妖怪センセの京怪図巻

# 祇園祭にあわいは騒ぎ

朝戸麻央

富士見L文庫

# 夏祭りの夜　一

――ほぅ　ほぅ　ほぅたる　来い。

どこかで聞いたことのある童謡を、誰かが小さな声で口ずさんでいる。

ぼんやりとした表情で左右を見回すと、そこは神社の境内にあるクスノキのそばだった。ひと気《け》もなく、あたりはひっそりと静まりかえっている。

遠くかすかに、祭りの喧騒《けんそう》が聞こえてくる。周囲には誰もいない。ここには浮遊する淡い光――ホタルを追いかけて来たのだ。だがその光も、いまはどこにもない。

唐突に、瑞希《みずき》は我に返った。

(……おにいちゃんがいない)

ようやく気づいた。いやちがう、自分が手を離してしまったのだ。はぐれないように、とあんなに言われたのに。どうしよう、と瑞希は怯《おび》えながらきびすを返した。

(おにいちゃん。――おにいちゃん、どこ)

兄といっても、血のつながった実の兄ではない。家族というには遠い、だが赤の他人よりは近い「またいとこ」という存在なのだと知ったのは、瑞希がいまよりもっと大きくなってからだった。

八つも歳の離れたその親類を、瑞希はこころから信頼していた。見えない世界に怯える瑞希を理解し、怖くないのだと諭してくれる、ただひとりの人物だからだ。

(おにいちゃんがいっしょじゃないと)

じわじわと足元から恐怖が這《は》いのぼってくる。眼窩《がんか》が熱を帯び、見る見るうちに涙が視界を覆った。うちは、とぐすっと洟《はな》をすすりあげる。

(オ、バ、ケ、の、こ、え、を、き、い、て、し、ま、う、)

——物心ついたころから、瑞希にはほかのひとには聞こえない音が聴こえた。

たとえば田舎の家で耳にした、いるはずのない人間の立てる物音。縁側をとたとたと走っていく音は空耳とは思えぬほど大きかったのに、両親や親戚《しんせき》は気のせいだろうと笑ってとり合わなかった。

あるいは物陰から呼びかける「オイデ、オイデ」の声。ふり向いてもそこには誰もおらず、瑞希が泣きながら逃げ出すと、女の笑い声がうしろから延々と追いかけてきた。

そういったわけのわからない、年齢性別正体不明の変な物音を、瑞希はまとめて『オバケのこえ』と呼んで恐れていた。自分にだけ聴こえるのが嫌で、自分が悪い子だからこんな目に遭うのだろうかとずいぶん悩みもした。学校へ行くのも怖くて、朝起きてふとんから出ない日もあった。

だがある日、両親につれられ、はじめて訪れた親戚の家で、耳慣れない家鳴りの音を耳にした。またヘンなオバケがいる、と怯える瑞希に、

「あれはね、家守の仕業なんだよ」

とこっそり教えてくれた人がいた。それが「おにいちゃん」だった。

「いえもり？」

「そういう名前の妖怪《ようかい》なんだ。あわいのものなんだよ」

「あわいのもの？」

ふしぎに思った瑞希が聞き返すと、おにいちゃんはにこりと笑った。

「そうか、瑞希ちゃんも聴こえる人なんだね。僕とおんなじだ」

「おんなじ？　おにいちゃんもきこえるの？」

「うん。あれはいたずらはするけど悪いものじゃないんだ。だから怖がらないであげて」

大丈夫だよという言葉と、頭を撫《な》でる優しい手の感触を、瑞希はいまもはっきりと覚えている。ずっと味方がいなかった瑞希にとって、彼の言葉は救いだった。だから、彼の言葉に逆らおうなどとは思いもよらぬことだったのだ。

（はなさないでねって言われたのに）

お祭りのあいだきちんと面倒を見てあげるんだぞと、おじさんに言われたときは不服そうにしていたけれど、彼は優しい人だから、瑞希の手をずっと握ってくれていた。一年に

一度のお祭りだ、きっとおにいちゃんもはしゃぎたかっただろうに、親戚の子のお守をまかされては、楽しむばかりというわけにもいかなかったろう。

だから、彼のせいではない。手を離したのは瑞希だった。ほんの一瞬。

さっきまで、祭り特有のどこか浮き足だったような喧騒の中、出店がひしめく道をいっしょに並んで歩いていたのに。

的当て、わたあめ、金魚すくい。背の高いおにいちゃんに手を引かれて歩きながら、瑞希は目を輝かせ、落ち着きなくきょろきょろと視線をさまよわせていた。赤くて大きなリンゴあめを見て、瑞希はあれが欲しい、とねだろうとした。

だが、ふと祭りのざわめきがとだえた。

瑞希は何かに気をとられてふり向いた。出店と出店の合間を縫うようにして、ふわりと蛍光緑の丸い小さな光がよぎったのだ。時期的にはまだほんの少し早いはずだったが、ホタルだ、と瑞希は思った。

ホタルは珍しい。もっとずっと北のほう——たとえば賀茂《かも》川と高野《たかの》川のまじわるあたりではしばしば見られることもあるらしいが、京都の町中ではまず滅多にお目にかかることはない。その小さな淡い光に、瑞希は引きよせられた。

あまりに自然に、するりと瑞希が手を離してしまったので、「おにいちゃん」はそのことに気づかなかった。彼もまた、祭りのにぎわいに注意が逸《そ》れていたのだろう。

好奇心に誘われるまま、瑞希は光の軌跡を追った。そして、気がついたらこの樹のそばにたどり着いていたのだ。

ほんのついいましがたまで瑞希を先導するように漂っていたホタルもどこかへ消えてしまった。それはひとを惑わすという鬼火だったのか、はたまた未練に縛られ、現世に留《とど》まっていた儚《はかな》い魂だったのか。気がつけば祭りの喧騒も灯籠《とうろう》の明かりも、すっかり遠くなってしまっている。

(もどらなくちゃ。おにいちゃんも、きっとさがしてる)

そう思ってきびすを返すと、じゃりっ、と足元で玉砂利が鳴った。やけに大きく響いたその音に、びくりとして身をすくませる。

「おや。これはこれは、かわいらしいホタルが来たものだ」

突如、声がその場に降ってきた。どこから聴こえたのだろうと頭上を仰ぎ、クスノキの葉陰に何者かが隠れていると気がついた。藍色《あいいろ》の混じりはじめた夕空を背景に、着物を着た小柄な人影が枝に腰かけ、こちらを見下ろしている。赤い化粧を施した、白い狐の顔。

「ひっ」

瑞希は小さく息をのんで後ずさった。キツネのオバケだ、ととっさにそう思って逃げようとしたのだ。だが、

「ああ、ちがうよ。安心して、これはお面だから」

相手がおかしそうな声で言い、それを証明するように狐面を手で持ちあげた。目元は仮面の陰に隠れてよく見えないが、わずかに鼻の下部分と口元がのぞく。指もちゃんと五本ある、人間の手だ。ほっとして足を止めた瑞希に、相手はニッとくちびるを吊《つ》りあげた。

「甘い水に誘われるのはホタルだけど、おまえはホタルに誘い出されて来たみたいだね」

ころころと鈴を転がすような声で影が笑う。同じくらいの歳の子かな、と瑞希は思った。顔はよく見えないが、手や下駄を履いた足は小さいし、体つきも自分とほぼ変わらない。

瑞希はごくんとつばをのみこみ、おそるおそる訊《たず》ねた。

「……あなた、だれ？」

影絵の中で、猫のそれにもよく似た二つの瞳《ひとみ》がはっきりと金に底光りした。そう、まるで、ネズミが罠《わな》にかかるのを待っていた猫のそれのように。


七歳になったばかりの、ある夏祭りの夜。

小さな手を知らずに離してしまった〝おにいちゃん〟が——人混みの中で瑞希を見失ってしまった彼が、のちのちまでどれほどの罪悪感を引きずることになってしまうのか。

そしてホタルの淡い光を追った自分が、いったい何に誘い出されてしまったのか。このときの瑞希は、まだ知る由もなかった。

# 第一話　拾われた〈面喰《めんく》い〉

## 一、

　多聞《たもん》がその生きものと出逢《であ》ったのは、四月の第一週のことだった。

　今年の京都の春は遅く、三月下旬になっても気温はあがらず、梅も桜もなかなか開花には至らなかった。焦《じ》らすかのように桜がほころびはじめ、ようやく年に一度の短い盛りが来たと思ったら、今度はあいにくの長雨が続いた。

　そんなわけで、久しぶりに青空がのぞいた今日は、まさに春めいてうきうきとした一日となるはずだった。盆地である京都の冬――骨から冷えるような「底冷え」の期間が長かっただけに、お日様が出ているか出ていないかだけでも随分気分が変わる。

　やっと春らしい一日になるな、と開店準備をしながら喜んだのもつかの間、正午少し前に訪れた客は、まさに春一番といった面倒事を引っ提げてきたのだった。

「うーん……」

　カウンターの台上に広げられた巻物を前に、多聞は低い唸《うな》りをあげた。

　顔を上げ、目の前でこれこの通り、と片手を拝むようにして頭を下げる男に、嘆息まじりのつぶやきを返す。

「そう言われても困るんですが」

「そこをなんとか頼みます。わしと『大書院《だいしょいん》』さんの仲じゃないですか」

表面上は腰を低くして、七十がらみの男はへらへらとした愛想笑いを浮かべる。男の名は蛇塚《へびづか》といい、多聞の祖父の代からの顔見知りだが、正直あまり仲良くしたい類《たぐい》の人間ではなかった。

――ここは四条寺町《しじょうてらまち》商店街に居をかまえる古書店「大書院」。

寺町通《どおり》の白いアーケード屋根に覆われた四条―三条《さんじょう》間は、京都でも数少ない繁華街のひとつに数えられる。シーズン中は特に修学旅行生や海外からの観光客の姿も多く、平日の朝から人通りが絶えない。

飲食店、アパレル、みやげ物店、パチンコ店やゲームセンターなど、あらゆる店が軒をつらねるなかでも、「大書院」は比較的シックで落ち着いた構えをしている。古書店ではあるが、扱っているものは和綴《わと》じ本《ぼん》や古地図や浮世絵のレプリカなどで、世間一般の「古本屋」のイメージとは少し違う特色《カラー》を持つ。

もともと多聞の曽祖父《そうそふ》の代から始まった店だが、現在はおもに叔父である大悟《だいご》とふたりできりもりしている。本来の叔父との共同経営者は多聞の父・名彦《なひこ》なのだが、名彦は現在旅行好きの母とともに日本各地を転々としているため、ひとり息子の多聞が留守を預かる形になったのだ。あくまで一時的に、だが。

店内の棚に並ぶのは古本ではなく、浮世絵のレプリカや現代の木版刷《もくはんずり》、あるいはお手ごろ価格のポストカードなどで、一見すると画廊のようだ。もちろん商品がそういったものであるから、持ちこまれるものも通常の書籍とは少し毛色が変わっている。

「ところで、これはどこで手に入れられたんです？」

多聞は眉《まゆ》をよせ、カウンター上に広げられた紙を示した。

やや黄ばんだ巻物状の和紙には、墨で描かれた女のうしろ姿が延々と並んでいる。広げた紙の右端――つまりはじまりは長い黒髪の後頭部、そして三つ並んだ左には、黒髪の隙間からわずかに耳らしきものがのぞき、肩越しに呼ばれてふり向いたような奇妙な角度がとられている。

つまり「ふり返る」という所作をスローモーション映像のように一瞬一瞬切りとって、時系列に並べてあるのだ。それだけなら単なるパラパラ漫画もどきなのだが、多聞の目にはそれ以上のものが視えていた。もちろん審美眼という意味ではなく。

「ちょっとした知人のツテで。室町《むろまち》の古い蔵を整理すると言うから、手伝いがてらいろいろ頂いて来たんですわ」

悪びれもせず蛇塚は答える。

彼もふくめ、おそらく普通の人間には、長い黒髪の女がふり向く様子が墨で描かれているだけに見えるだろう。だが多聞の目には、黒髪の後頭部に透けて、いびつな形をした頭蓋骨が視えていた。そしてその頭頂部から、角《ツノ》らしきものがのぞいているのも。

「まさか、断りなくではないでしょうね」

「とんでもない。ちゃんと報酬としてもらったんですよ。先方さんも気味の悪い絵だと嫌がっ……あーいやいや、なんでもありません」

慌てたように手をふり、彼はうっかり口を滑らせたことをごまかそうとした。

蛇塚はこうして半年に一度くらいの頻度でふらりと現れ、どこかしらから入手した古い紙ものを小遣い稼ぎに売りにやってくる。いわゆるプロの「せどり屋」とは違い、大半が素人目にもわかるガラクタなのだが、ふしぎなことに、蛇塚が持ちこむ物品の中には必ず「いわくつき」の代物がまぎれこんでいた。

「どうでしょう。紙の傷み具合を見るに、かなり昔に描かれたものと違います？　パラパラ漫画の巻物なんて骨董《こっとう》としても珍しいと思ったんですが」

巻物は天地のサイズが二十センチほどでやや小ぶりだが、布地の裏打ちや木製の軸などを見るに、巻物としての体裁はきちんととられている。紙の黄ばみやカビの具合も、それらしく作られた贋物《にせもの》ではない。ただ――と、多聞はため息をついた。

パラパラ漫画といえば、古くは「ソーマトロープ」と呼ばれる玩具《おもちゃ》がヴィクトリア朝時代から存在しているが、この巻物はおそらくそんな楽しい目的で作られたものではないだろう。開かなくてもわかるほどの禍々《まがまが》しい気配が、それを証明している。

「蛇塚さん。何度も言ってますが『大書院《うち》』はそもそも骨董品屋ではないし、鑑定も行ってません。それを期待して持ちこんでくるのは筋違いですよ」

大書院は古書店であってアンティーク屋ではない。ポストカードや大入り袋は紙製品だから古書としても扱っているが（紙であっても〝切手〟となるとまた話は変わってくる）、骨董価値どうこうという話になると、多聞にはお手上げだ。

「まあそう仰《おっしゃ》らず。おたくのお祖父《じい》さんにお世話になったよしみで」

愛想笑いを浮かべながらも蛇塚は譲らない。多聞がどんなに強硬に出ようが、所詮《しょせん》相手からすればたかだか二十代半ばの若造だ、与《くみ》しやすしと蛇塚が考えているのは明白だった。

くわえて祖父の名を出されると、多聞もどうにも弱いところがある。

「それに絵といえば、聞きましたよ。多聞くんも最近はどこぞで怪しい絵を……」

蛇塚が余計なことを口にする前に、多聞は慌てて言葉をねじこんだ。

「――わかりました。あとで叔父にも相談してみますので、ひとまずお預かりします」

「ありがたい！　それじゃ、また伺わせて頂きますんで」

してやったりという笑みを浮かべ、蛇塚は弾んだ足どりで店を出て行った。

残された多聞はカウンターの椅子の背に凭《もた》れ、眉間《みけん》を揉《も》むようにして重いため息を漏らす。店内にほかの客がいない時間帯でよかった。

叔父はいま、二階で商品の整理をしている。だが、こんなものを実際に見せて相談するわけにはいかない。売り物にするなど、そもそも論外である。

「まったく、どうしたものかな……」

と、独白めいたつぶやきを思わず漏らしたときだった。

「こんにちはー、センセ」

店の入り口から闊達《かったつ》な少女の声がした。聞き覚えのある声に、多聞は見入っていた巻物から顔を上げ、

「やあ。いらっしゃい、瑞希《みずき》ちゃ……」

と、こたえかけたところで絶句した。

店に入ってきたのは、親がいとこ同士——つまり多聞とはまたいとこの関係に当たる少女、芳枝《よしえ》瑞希だった。

年齢は十六。花盛りの娘だというのに、ワンポイントのついたTシャツに薄手のパーカを羽織り、くるぶしまでのジーンズのパンツを穿《は》いている。いたってシンプルな格好だ。肩までの髪はやや茶色がかった色だが、特に染めているわけでもなく、化粧気どころか女っ気もゼロだ。彼女にいちばんふさわしい言葉を選ぶとしたら「自然体」だろう、と多聞はつねづね思っている。

互いに気心の知れた親戚《しんせき》であり、また同じ京都市内に住んでいることもあって、彼女は

こうしてちょくちょく店に遊びに来るのだが——、それはいい。

問題は、瑞希が腕に抱えた奇妙な存在だった。そいつはきょろきょろと物珍しげに店内を見渡し、壁に飾られた浮世絵や美人画のレプリカにきらきらと目を輝かせている。

頭にぱっと浮かんだのは、むずかるのを我慢している赤ん坊だ。もちもちとした肌に小さな鼻と口。特徴的な細目は大阪の通天閣《つうてんかく》にある二代目が有名な、とある幸運の神様を連想させる。頰には猫にも似たヒゲが二本生え、よろこびをあらわすかのようにピンと伸びていた。

外見の特徴をさらにつけくわえるなら、丸い頭には笠《かさ》を被《かぶ》り、肩には蓑《みの》を羽織り、さらに足にはわらじを履いた、どこからどう見ても立派な旅装姿をしていた。

「……風の又三郎？」

が、多聞の渾身《こんしん》のボケは、幸いにも瑞希の耳には届かなかったようだ。彼女は別のことに気をとられていたようで、あー、と声をあげた。

「センセ、それ、新しい作務衣《さむえ》？」

多聞は苦笑した。たしかにいま着ている作務衣は下《お》ろしたてのものだが、そこに気づくとは、相変わらず目敏《めざと》い子だ。

「似合ってるからいいけど、センセは本当に作務衣好きだねー」

「この格好がいちばん楽なんだよ」

呆《あき》れたように笑う瑞希に多聞は肩をすくめる。入り口をちらりと見、ほかの客が店に入ってこないのを確認してから多聞はコホンと空咳《からせき》をした。

「……それで、瑞希ちゃん。今度はまたどこで何を拾って来たんだい」

瑞希の拾ってくるものは犬猫の類ではない。もっと悪いことに人間ですらない。

「ええとね、このひと、お店の前で倒れてたの」

ねー、と同意を求めるように瑞希が問うと、謎の珍客は瑞希と目線をかわし、にこにことうなずいた。

「このひとって……」

「瑞希はん、わては大丈夫やさかい、下ろしとくれやす」

驚いたことに、大阪弁なのか京都弁なのか、いまひとつ判然としない関西弁モドキでそいつは言った。うなずいた瑞希が床に下ろしてやると、待ってましたとばかりに多聞のほうへ進み出て、被っていた笠を脱ぐ。

「ども、ひとつよろしゅう。瑞希はんのお師匠はん」

つむじを巻いた丸い頭が、礼儀正しくぴょこんと下げられた。

「いやあ、ほんま驚きやわ。ちゃんとわてが視えて、声も聴こえてはる御仁がこの平成の世にふたりも存在してはるとは」

糸目をさらに細め、ふくふくしい、と表現したくなる笑みをその顔に浮かべる。対照的に、多聞ははっきりと眉間にしわをよせた。

「……誰が『お師匠』だって？」

それに、いったいなんの師匠なんだ？　首をかしげていると、瑞希があっけらかんとした様子で多聞を示した。

「このひとがうちの親戚でセンセの、安心院《あじみ》多聞さん」

「ほへえ。なんや寺の坊さんみたいな名前でんなあ」

昔からさんざん言われてきた「坊主のような名前」というひと言に、多聞はぴきりとこめかみを引きつらせた。

「それ、センセは気にしてるから言っちゃダメだよ。名乗るたびに『お寺のひとですか』って訊《き》かれるから、最近はフルネームを名乗らないようにしてるんだから」

「……瑞希ちゃん」

声のトーンを低く落とすと、瑞希は慌ててこちらに向き直った。

「あ、えーとねセンセ。このひとは妖怪《もののけ》の〈面喰《めんく》い〉さんなんだって」

「めんくい？」

多聞はハテと首をかしげた。種族名だとしても聞いたことのない名前だ。

「そうどす」

「美男美女が好きとか？」

「それ、うちも言ったよ。そういう意味じゃなくて、言葉通りの意味なんだって」

面喰《めんく》い。面とはつまり顔のことである。それが文字通りというと——。

とたんに多聞は胡乱《うろん》な目つきを妖怪に向けた。

「まさか人間の面《つら》の皮はいで食べるような存在じゃないだろうね」

だが、〈面喰い〉はアイターと言うように自分の額を叩《たた》いた。

「それも瑞希はんが先に言わはりましたで、お師匠はん。もうちょっとひねらな、ネタかぶったら興醒《きょうざ》めや」

「ネタじゃない。そして師匠じゃない」

「心配いりまへん。わてが喰うんは二次元の、紙の顔やさかい」

多聞は首をひねった。

「紙の顔？　つまり、似顔絵とか肖像画って意味かい」

「そうどす。写真もでんな。昔はふぃるむだけやったけども、最近はゼニだかカメだかのぷりんともありますやろ？」

「ゼニカメ？　……ああ、もしかしてデジカメのことかな」

「ああ、ゼニタメルカメとかそんな名前でしたかいな。そう、それどす」

「デジタルカメラね。それで、ひとの顔写真とか絵を食べる妖怪だって？」

妖怪はこくりとうなずいた。あっけらかんとした返答に、多聞は眉《まゆ》をよせる。

「……それは変わってるな」

「仕方あらしまへん。わては〈面喰い〉やさかい、そういう存在ですねん。黒ヤギさんがお手紙食べるんといっしょですわ」

多聞はそうか、と相槌《あいづち》を打った。そういう存在だと言われれば納得するよりほかはない。

「うちも驚いた。面喰いさん、お店の前で竹久夢二《たけひさゆめじ》の美人画を見ながらよだれ垂らしてたんだもん。よっぽどおなか空《す》いてるのかなって」

「そうでんねん。わて、もうここ何日も〈面〉にありつけてへんのどす。ひもじゅうて悲しゅうて、いまにお腹と背中の皮がぺっちょんとくっつきそうですわ」

憐《あわ》れっぽい声を上げ、〈面喰い〉と名乗った妖怪は腹のあたりを押さえて多聞を見上げた。要は腹が減った、と言いたいのだろう。

「それで、ここにつれて来たのかい」

「うん。センセだったらなんとかしてくれるかなあって」

目を細め、多聞は額を押さえて首をふる。

「……瑞希ちゃん。うちは交番でも、もののけ生活保護センターでもないんだよ？」

「まあええですやん」

「きみが言うな」

思わずつっこむ多聞に、まあまあ、と慌ててフォローに回るのは瑞希だ。

「面喰いさんは悪くないし……て、なんか変な感じ。そもそも〈面喰い〉って人種名みたいなものだよね？」

「人種名って、瑞希ちゃん。モンゴロイドとか北京原人とかじゃないんだから」

「はあ。まあ、そうどすな。〈面喰い〉ってのは〈座敷わらし〉とか〈小豆あらい〉とかと一緒で個体名やあらしまへん」

「個人の名前はないの？」

瑞希の問いに小首をかしげ、妖怪はへらっと笑った。

「いままで呼んでくれる相手もおらへんかったしなあ。まあ、瑞希はんが好きに呼んでくだすったらええんちゃいまっか」

「うちが名前つけていいってこと？　えーと、じゃあ……め、ん、く、い、だし……『衣《きぬ》笠《がさ》さん』ってのはどうかな？」

「一文字も合《お》うてへんー！」

「……なんで『衣笠さん』なの、瑞希ちゃん」

「や、だってなんかそういう感じだし」

「うん、まあ、なんとなくわかった」

「わからんといておくれやす！　てゆーか、わてボケふたりに挟まれていつの間にかツッコミ役になっとるー！」

「誰がボケだ！」

多聞は思わず手にした巻物でぽこんとカウンター台を打ちつけた。瞬間、あっ、と間のぬけた声が漏れる。

「危ない危ない。大事なあずかりものなのに、雑に扱うところだった」

慌てて巻物を巻きなおすと、瑞希が怪訝《けげん》な顔で多聞の手元を覗《のぞ》きこんだ。

「――センセ。ずっと持ってるけど、それなに？」

「知り合いから買ってくれと頼まれてあずかった絵なんだけどね。あまり良いものじゃないから困ってたんだよ」

「絵ってことは掛け軸？　でも、それにしてはなんだか……」

瑞希はとまどったように言葉を濁した。興味津々というより訝《いぶか》しげなのは、彼女もこれが善くないものだと本能的に察しているからだろう。

「気になるかい？　見てもいいけど、少しだけだよ」

多聞は一気に開いてしまわないよう慎重に巻物をほどき、瑞希と衣笠（瑞希による命名）の両者に見せてやった。

「……ええと、見返り美人の図？」

瑞希が素直な感想を口にする一方で、ははあ、と面白げな声をあげたのは衣笠だった。

「いまどき珍しい形の呪詛《じゅそ》でんな。こんなもんがまだ現代に残っとったとは」

「そうなんだ」

うなずいて、多聞は再びくるくると巻物を閉じる。さすが妖怪といったところか、衣笠は一発でこの絵の意図を見抜いたようだ。

ひとりだけ理解できなかったらしい瑞希は、ふしぎそうに首をかしげる。

「呪詛ってのろいのことだよね？　これがそうなの？」

「僕も全部見たわけじゃないけど、たぶん巻物をほどいて順に追っていくと、最後に女の正面があらわれるんだろう。そしてそれは、あまり気持ちのいいものじゃないはずだよ」

というより、ストレートに見た人間を不幸にする種類のものだ。おそらく、怒りと憎しみで鬼となった女の姿。

「えっと、不幸の手紙の絵版、みたいなもの？」

「うんにゃ。そんな生易しいもんとちゃいますわ」

眉間《みけん》にしわをきざみ、衣笠は首を横にふる。

「この手のモンは、持っとるだけでも悪いもんを引きよせるさかい。こりゃあ贈られた御仁は相当、誰かの怨《うら》みを買《こ》うとったんやろなぁ」

「それじゃ、やっぱり持ち主に返すわけにもいかないねえ」

さきほど蛇塚がうっかり口を滑らせていたが、もとの持ち主も絵のことを不快に思っていたのだろう。だから蔵整理を手伝った報酬として、体よく蛇塚に押しつけたのだ。

（まあ、それをさらに押しつけられたわけだけど）

　買取になるのは百歩譲って仕方ないとしても、問題は処分をどうするかだ。商品として売るなどもってのほかだが、へたに古紙回収に出すのも危険な気がする。焼却するのが一番てっとり早いが、果たして通常の手段で安全なのかどうか。

（ここはやっぱり、あいつに協力を仰ぐしかないか……）

「センセのとこ、たまーに変なものが持ちこまれるよね。やっぱりセンセが妖怪絵――」

「いや、この場合それは関係ないと思うよ、瑞希ちゃん」

　瑞希の感慨を多聞はすばやく遮った。聞きつけた衣笠がふしぎそうにこちらを見上げる。

「妖怪絵？」

「なんでもない。こっちの話」

　どうしたものかな、と顎《あご》をなでて思案していると、「お師匠はん、お師匠はん」と衣笠がバンザイをするように両手をふった。

「それ、わてに貸しておくれやす」

「だから師匠じゃないって。……どうするつもりだい、衣笠くん」

　渡してやってと瑞希に巻物を渡す。瑞希はさらにその巻物を衣笠にバトンタッチした。

「おおきに」

　礼を言って巻物を受けとるなり、衣笠は無造作に巻物を開いた。どうするつもりなのかと多聞たちが見つめる前で、巻物の終わりのほうだけ——ちらりと一瞬、ふり向く寸前の女の顔が見えた——べりっと引き剝《は》がすと、あーんと口をあける。

「あっ」

止める間もなかった。衣笠は破いた紙を端からむしゃむしゃと食べてしまったのだ。

「衣笠くん!?」

「衣笠さん！」

驚愕《きょうがく》する多聞と瑞希を尻目《しりめ》に、衣笠は口のなかのものを嚥下《えんか》した。苦い薬でも飲んだかのように渋面になると、ううむ、と唸《うな》る。

「よくある女の怨念《おんねん》、ちゅうやつでんな。男に捨てられて、恨みながらひとりで子を産んで育てたものの、数年後にはやり病で亡くなってしもた。死ぬ寸前まで怨みを捨て切れんで、享年は二十代のなかば。さぞ無念やったんやろなあ、えらい苦い味やわ」

つらつらと述べる衣笠に、多聞と瑞希は同時に目を丸くした。

「そ、そんなことわかるの？」

「へえ。ちなみにこの絵を描いたんは当の女の息子でんな。送りつけた相手は間違いなく女の夫、つまり絵描きの父親ですわ」

多聞は瑞希と顔を見合わせた。

「……つまり、それが〈面喰い〉の能力ってことかい？」

「そうどす。せやけど心配あらしまへんで、明治ごろの話やさかい。描き手はとっくの昔に鬼籍に入っとるし、送られた相手も言わずもがなや」

しれっとこたえると、衣笠は蓑《みの》の下から布切れをとり出し、口の周りをぬぐった。

「あー、苦《にが》。久々の食事にありつけたのに、マズぅてしゃあないわ。そんだけ残された息子も無念やったんやろうけど」

瑞希が衣笠によって破りとられた巻物の残りを拾い上げ、はい、と多聞に渡した。驚いたことに、振り返る寸前の女の絵にはなんの異常もなくなっていた。多聞の目に視えていた角と骨は消え、開かなくてもわかるほどの禍々《まがまが》しい気配も消えている。

「衣笠くん。怨念も『いっしょに食った』のか、それとも『食ったから消えた』のか、どっちだい？」

多聞が訊《き》くと、衣笠はにやりと笑った。

「なかなか鋭い指摘でんな、お師匠はん。食うことは供養でっせ」

「？　食べることが供養なの？」

きょとんとして問い返したのは、多聞ではなく瑞希だった。

「せや。怒りや憎しみは『飲み下す』もんでっしゃろ。怨《うら》みつらみを残して死んだ者の無念を汲《く》んでやることだけでも供養になる。形として残す、ちゅうんはそういうことや」

なるほど、と多聞はうなずいた。

「〈面喰い〉がどんなものか、少しわかってきたよ」

「でもそれって、衣笠さんは大丈夫？　怨みとか食べておなか壊さないの？」

「安心しとくれやす、瑞希はん。わては妖怪《ようかい》やさかい腹なぞ下しまへん。まあ、うまいかまずいかで言うたら二度と食いたない味やったけども。口直しにこの大正美人、頂いてもよろしおすか？」

言いながら、衣笠は期待に満ちた目で棚の美人画のレプリカを指さした。多聞はため息をつく。

「いいわけないだろう。写真でもいいなら家にあるから、それでがまんしてくれないか」

「うひょひょ、おおきにどす」

奇妙な笑い声をあげ、衣笠はにんまりと目を細めたのだった。

二、

「叔父に店を頼んでくるから、先に開けて待ってて」

と多聞から家の鍵《かぎ》を渡された瑞希は、衣笠をつれて安心院家に向かった。四条寺町商店街から東西と南北にそれぞれ道を一本ずれた、古い家屋である。

「お邪魔しまーす」

勝手知ったるとばかりに居間へ足を踏み入れると、カタカタ、ミシミシと部屋のそこかしこで奇妙な家鳴りがした。

出迎えの声に驚くことなく、瑞希は「こんにちは」と笑顔で返す。

多聞の家は玄関に近い一部屋が洋間で、障子で仕切られた奥の二部屋が和室だ。和室の二部屋と壁を隔てた廊下側が台所で、典型的な京都の町家づくりの家だった。

最奥の和室がいつも多聞が寝起きし、仕事や趣味に没頭する部屋だが、家具といえば仏壇と箪笥《たんす》と戸棚、それから冬にはこたつになる小さな卓しかない。多聞は今年で二十五歳のはずで、まだ「オジサン」と呼ぶには早いのに、どうしてこんなにジジむさいのだろうと、瑞希はたまに首をかしげたくなる。

服装はフォーマルを要求される場以外ではほとんど作務衣《さむえ》だし、おしゃれという言葉とは縁がない。背丈は日本の成人男子の平均よりやや高く、顔立ちも決して悪くないのに、浮いた話のひとつも聞かないのは、そういうところが原因なのだろう。

本人は気楽なものだよ、とあっけらかんとして笑うだけだが。

「あれっ、センセ、絵描いてたのかな？」

ちゃぶ台の上には硯《すずり》や筆、墨絵皿や画仙紙の束が置かれてあった。瑞希に続いて部屋に入ってきた衣笠が、紙の束を手にし、感嘆の声をあげた。

「驚いた。お師匠はん、絵描きさんやったんか」

とりとめもなく筆で描かれた花や草、動物や静物の墨絵を一枚一枚眺める。だが絵の中に人物を描いたものがないとわかると、衣笠はあからさまにがっかりした表情になった。

「これは趣味で描かはったものでっか？　それともお仕事で？」

「どうかなぁ。センセは趣味だって言うけど、知ってる人は知ってる、ぐらいには知名度あるらしいから。うちのお母さんの話では」

「へえ。そら知ってる人は知ったはるやろうけど。いわゆるギョーカイでは名の知れた、って感じでっしゃろか」

「んー、なんかね、センセは『妖怪絵師』って呼ばれてるの」

衣笠はぴくりと反応し、瑞希の言葉をくり返した。「妖怪絵師？」

「うん。基本的に趣味ではなんでも描くけど、仕事で受けるのは妖怪の絵が多いんだって。センセの描く妖怪、いまにも動き出しそうなほど真にせまってるって評判らしくて」

「ははあ。お師匠はんは『視える』ひとやし、それらしく描けるんも当然でっしゃろな」

したり顔で衣笠はうなずく。

「でも、実際に描くとなるとぜんぜん別の話だと思うよ。センセ、美術の大学に二年ぐらい通ってたけど、もっと前からすごく上手だったもん。ほとんど独学じゃないかなあ」

「独学でっか。そらすごいな」

瑞希は顔を輝かせた。

「そう、すごいの！　うちは絵心ないから技術の良し悪しはわからないけど、でもセンセの絵は上手だと思う。ものも風景も人間も、なんでも描けるんだよ」

「ほへえ。ほな、瑞希はんもモデルにならはったことありますのん？　たとえば『ぬーど』なんか……」

　衣笠はうぇへへ、と奇妙な笑みを浮かべながらにじり寄ってくる。見た目は無垢《むく》な赤ん坊だが、中身はむしろセクハラ中年親父だ。瑞希はあっさり首を横にふった。

「ううん。前にヌードでもいいから描いてって頼んだことあるけど、センセにダメって言われた」

「なななななんやてー!?　そんな嫁入り前のうら若き乙女が男の前でホイホイ肌を見せるやなんて、お天道様が許してもこのわてが許しまへんでー！」

「え？　だから断られたんだってば」

「当たり前ですがな！」

　前言をひるがえし、必死の形相で迫る衣笠に瑞希は目を丸くする。そこへ、ちょうど玄関の引き戸ががらがらと開く音がして、奥の間に多聞が入ってきた。

「ただいま。……なんの騒ぎ？」

「おかえりなさい。いまね、センセにうちのヌ……」

「みみみ瑞希はん、それ以上はあかーん！」

言いかけた瑞希の口を衣笠が慌てて押さえて絶叫する。何をやってるんだ、と呆《あき》れたように肩をすくめ、多聞はきびすを返した。

「お茶淹《い》れてくるから座って待ってて。衣笠くんにも写真がないか探してくるよ」

「へ、へえ。すんまへんなあ」

衣笠は事態をごまかすようにへこへこしながら、部屋の隅から座布団を引っぱりだし、ちゃっかり畳の上に並べはじめた。それを手伝いながら、瑞希は台所へ向かおうとする多聞を呼びとめる。

「あっ。待ってセンセ、週刊誌はある？　新聞でもいいけど」

「新聞は昨日古紙回収に出したばっかりだよ。週刊誌って？」

「だって芸能人の写真がたくさん載ってるじゃない」

ああそうか、と納得したように多聞はうなずいた。

「でもうち、週刊誌なんて買ってないしなあ。たまに美術系の雑誌か生活雑誌を買うくらいで……。まあ、見てみるよ」

長身がのれんの向こうに姿を消すと、衣笠は安堵《あんど》したように胸を撫《な》で下ろした。

「瑞希はん、あんさんホンマ天然でんな。けどお師匠はんもボケボケで助かったわ。あー、危ないとこやった」

「え、何が？」

瑞希は首をかしげる。瑞希としてはただ純粋に、多聞に描いてほしいだけなのだが。

ややあって、小脇に雑誌をはさみ、手に盆を抱えて多聞が戻ってきた。多聞は衣笠に「はい、これ」と分厚い生活雑誌を手渡す。

「一冊しかなかったけど、大丈夫かな？」

「おおきにどす、充分ですわ。ああ、栄養源や―、口直しや―」

多聞は嬉々《きき》として雑誌に頬ずりする衣笠に苦笑しながら、湯呑《ゆの》みと急須《きゅうす》、小皿を載せた盆を卓に置いた。

「わあ、お羊羹《ようかん》ひさしぶり！」

黒と緑と黄色の小さな羊羹が品よく三つ並んだ白い皿に、瑞希は目を輝かせる。京都では「いただきもの」の定番である『とらや』の羊羹だ。

「黄色いのはハチミツ味だよね？　お抹茶味のもらっていい？」

「どうぞ。お茶が熱いから気をつけてね」

急須を持ちあげ、宇治茶をそそいだ湯呑みを手渡される。衣笠はニヤニヤしながら「おかんみたいどすな」などと余計なことを言った。

「……雑誌、返してくれないか」

「いややわ―、お師匠はん。ほんの冗談ですて」

「師匠じゃないって。きみ、さっきから言ってるけど、なんで『お師匠』なんだ？」

「へっ？　せやかて瑞希はんがずっと『先生』って呼んではりますやん」

「だってセンセはセンセだもん。うちの妖怪のセンセ」

黒文字にさした羊羹を口に運びながら、瑞希は答になっていないような答を返す。くどすぎない上品な甘みが口の中に広がり、思わず笑みがこぼれた。

「妖怪の先生ってなに、瑞希ちゃん。まあ……でもそうだね、あだ名みたいなものか」

苦笑しつつ、多聞はさらにもう二杯分湯呑みに茶をそそぐと、そのうちのひとつを衣笠へ差し出した。

「よかったら衣笠くんもどうぞ。飲めるかわからないけど」

「お気遣いおおきに。それにしても……この家、ようさんいるわりにやけに静かでんなあ」

何気ないふうを装いながら、衣笠が唐突にそんなことを言った。

（あ、やっぱり気づいてたんだ）

と瑞希はこっそり胸の内で舌を巻いた。

音こそしないが、さきほどからやけに天井がざわついているのがわかる。珍客に対する警戒というより、好奇心が抑えきれずうずうずしている様子だ。知らない親戚《しんせき》の子を見たときの子どもの反応にも似ている。新顔に対しては大抵こうだった。

「センセの家、いつもはもっと賑《にぎ》やかなんだよ」

瑞希の言葉に、天井のどこからかカタカタと同意の音が鳴る。

「客がいるときは僕が許可するまで騒ぐなと言ってあるからね。気に入らない人間は驚かしてすぐ追い出そうとするから」

その発言が不満だったらしく、「カタカタ」が「ガタガタ」になった。心外だと言いたいらしい。なるほどとうなずいた衣笠はズーと音をたてて茶を飲み干し、多聞に向かって頭を下げた。

「結構なお手前どした」

「どうも。……衣笠くんってお茶は飲めるんだね」

衣笠はへえ、とうなずく。

「水やお茶は摂取できるんですわ。五穀、つまり稲や麦も口に入れることは可能やけども、腹の足しにはならんのどす。わては〈面喰い〉やさかい、あくまで栄養になるんはひとさまのお顔だけですねん」

「へええ、おもしろいね」

感心する瑞希である。やはり人間とは根本からして構造がちがうようだ。

「さぁて、ほんならそろそろありがたく頂きまひょ」

拝むように両手をパンと打ち鳴らすと、衣笠は中年女性がほほ笑む雑誌の表紙を、おもむろにべりっとひき剝《は》がした。瑞希と多聞が固唾《かたず》をのんで見守るなか、口を開けて端からもしゃもしゃと咀嚼《そしゃく》する。あえて似通っているものを挙げるとすれば、シュレッダーだろうか。

「……どんな感じ？」

気になっておそるおそる訊《たず》ねると、衣笠は目を細めた。

「そうどすなあ。この女性、なかなか人生うまいこと行ってはるようや。四十代でバツイチ、子どもさんふたり抱えてはるようやけど、なかなかいいお味ですわ」

驚きもあらわに、瑞希は身を乗り出した。

「人生がうまく行ってるとか、そんなこともわかるの？」

「へえ。手相、っちゅーもんがありますやろ。手と同じで顔にも相がありますねん。手相見さんが肉づきやらしわの数やら見て判断しゃはるんと同じように、わては顔の相を食うことによって相手を知るんどす。そういう存在やさかい」

「いい味ってことは、さっきの巻物の絵よりは美味《おい》しかったってこと？」

「そりゃ容貌《ようぼう》はその人そのものやから。しんどいときは表情にもそういうもんが出ますやろ？　しょぼくれた顔を食べたら疲れた味がするし、人生いまがいちばん幸せ、という笑顔を食べたら幸福な味がするもんや」

瑞希は今度はうーん、と眉《まゆ》をよせた。いまいちピンと来なかった。

「じゃあ美人の顔を食べたら美人の味がするってこと？」

「いやいや、美醜は関係ないんですわ。顔は結局そのひとの人柄が出るもんやから。どんなに美人でもひねくれ者は底意地の悪さがあらわれるし、あんまり見られた造作やなくても、人生を楽しゅう過ごしてはったら瑞々《みずみず》しい味がする。そういうもんですねん。第一わてがええ顔やと感じるのと、そうでないと感じる基準は人間さんのとは違いますしな」

ふむふむと多聞が横で相槌《あいづち》を打った。

「僕からもひとつ訊《き》いていいかな、衣笠くん。写真と絵じゃどう違うんだろう?」

「媒体の違いでっか。ん1、そうどすなぁ。被写体が同じやったら基本は変わらんけど、わてからすると味つけに差異があるんですわ。たとえば同じラーメンでも、インスタントと料理人が作るもんは違いますやろ。でも結局、ラーメンは同じラーメンでもある、と。そんな感じやろか」

「ラーメンとはまた俗な喩《たと》えを出してくるね」

と多聞は面白そうに笑う。

「つまり、ひとの手になる絵のほうが美味しいってことかな?」

「絶対とは言いまへんけど、絵のほうがわての舌に合うのはたしかどす。せやけど、もちろん絵も写真も、描く人、撮る人の腕によりますえ」

「ああ、そりゃそうか。つまり、インスタントでも作りかたによっては美味しく作れるし、プロが作ったものでも舌に合わないこともある、と」

「その通り。料理人の腕が個性的すぎると大衆受けせえへんこともありますやん。うまいけど辛すぎるとか、油分が多いとか。逆にカップ麺《めん》とかは大勢の人に食べてもらえる普遍性がある、と。じゃんくふーどでもたまに食うたら美味しゅう感じるもんですやろ」

「なるほど。しかし、よくよく人間臭い表現をするなぁ、きみも。わかりやすいけど」

呆れ半分、感心半分といった様子で多聞は茶をすする。瑞希は首をかしげた。

「中身がわかるのは人間だけなの？」

「んにゃ、妖怪《ようかい》もですわ。虫やら動物は試したことがないさかいわかりまへんけど」

と衣笠は肩をすくめる。

「じゃあもし、うちの顔写真を食べたらうちの味もわかる？」

「そりゃもちろん。まあ瑞希はんのお顔やったらさぞかし甘うてやーらかい果物みたいな味がするんちゃうかと思いますけど……」

へっへっへっとよだれを垂らさんばかりの衣笠に、瑞希ではなく多聞が冷ややかな一瞥《いちべつ》を投げる。

「衣笠くん」

低い声音に衣笠はヒッと首を竦《すく》め、へらへらとごまかすような笑みを浮かべた。

「味は気になるけど、顔を食べられたら衣笠さんにはうちのことぜんぶ筒ぬけになってしまうんだよね？」

「いやいや。わてがわかるんは、あくまで顔から読みとれることだけですわ。本当につらいとき、泣かずに笑わはるひともいはるやろ。わてはそういう細かい機微まではわからん。わかるんは、そのひとがつらいときでも笑えるほど、芯《しん》の強いひとやということぐらい」

「本当に？」

「へえ。さっき、わては手相にたとえましたやろ。読みとれるんはあくまでそのひとの表面にあらわれとるものだけですわ。だいたいあんさんら人間の感情なぞ、複雑すぎてわてらにはよう理解できんし」

「人間ってそんなに複雑なの？」

「そーらもう。わてら妖怪のがよっぽど単純や。泣きたかったら泣くし、笑いたかったら笑う。ひもじかったら暴れるし、人間に腹立てたらこっそり悪さもする。わてらに世間体なんぞあらしまへんからな」

「まあ、そういうところはむしろ人間の子どもに近いのかもしれないね」

多聞がそう言うと、ずっととなりをひそめていた家鳴りがガタガタ言い出した。ブーブー、と野次を飛ばしているらしい。

「さいでんな。けど、どっちがええか、悪いかやない。人間はんが複雑怪奇にできとるおかげでわてらにもありがたみがある。そういうもんどす」

お茶をすすり、衣笠はふっくりと笑った。

「――じゃあセンセ、衣笠さんのことお願いね」

三和土《たたき》にそろえた靴に足をつっこみながら、瑞希は言った。

「ああ。家守たちも気に入ったみたいだし、心配しなくていいよ」

「うん。でも、別に心配はしてないよ。センセ、なんだかんだで面倒見いいから」

けろりとした声で調子のいいことを言う。多聞は苦笑するしかない。

「あんまり買いかぶられても困るんだけどねえ」

「……ごめんね、センセ。いっつも迷惑かけて」

「なんだい、急に」

多聞は目を細め、急にしゅんとうなだれた瑞希の頭を乱暴にかき回した。

「しおらしいこと言う瑞希ちゃんなんて、らしくもないよ。いいんだ、僕はきみの親戚のお兄さんで、おまけに『先生』らしいからね。妹分のわがままくらい、いつでも聞くよ」

「うん。ありがと、センセ」

靴べらを使わず、とんとんと爪先で床を叩《たた》き、瑞希は外へ出ようとした。その背に向けて多聞は呼びかける。

「あ。ちょっとそこで待ってて、瑞希ちゃん」

言い置いて多聞はばたばたと奥の部屋へ引っこみ、すぐに三和土にとって返した。

「これ、おみやげに持って帰りなさい。残り物だけど」

多聞が差し出した抹茶味の羊羹《ようかん》を見、瑞希は喜色を満面に浮かべた。瑞希は抹茶のお菓子が大好物なのだ。

「ありがとセンセー、愛してる」

臆面《おくめん》もなく放たれた告白に、多聞は深々と嘆息してみせる。

「あんまりそういうことは軽々しく口にしちゃだめだよ、瑞希ちゃん。高校生なんだから、そろそろ彼氏でもつくったらどうだい」

瑞希はだめだなあ、と言いつつかぶりをふった。

「センセ、そういうこと言うとオヤジ街道まっしぐらだよ」

「そうなの？」

「そうだよ。だいたい、うちは三代以上家系が続いてる生粋の京女だもん。京女は気位が高いんだから、そうそうしっぽなんか振りません」

腰に手をあて、きっぱりと瑞希は宣言する。多聞はくすくすと笑った。

「だといいけどね」

「けど、センセだったら振ってもいいよ。しっぽ」

「……瑞希ちゃん！」

「あはは、冗談でーす。じゃあねセンセー。お羊羹ごちそうさま！」

笑いながらひらひらと手をふり、瑞希は引き戸を閉めた。ぴしゃんと閉ざされた戸の前で多聞はまったく、とため息をつく。すると、いつの間に奥から出てきたのか、隣に衣笠が佇《たたず》んでいた。にやにやとした笑みを浮かべて。

「なんやキラキラ眩《まぶ》しいてしゃあないでんな、あの年ごろの娘さんは」

「……」

「お師匠はんもなかなか苦労してはんなあ」

「師匠じゃない」

「妖怪絵師に、妖怪が視えるお嬢はん。家守の棲《す》む家に、いわくつきの絵も扱う古書店か。こりゃおもろいわぁ、しばらくご厄介になりますえ。ええでんな、多聞はん？」

「……好きにしたらいい」

うきうきと鼻歌でも歌いそうなほど上機嫌な衣笠に、肩を落とした多聞は疲れた声でこたえたのだった。

# 第二話　〈鬼〉、笑う

一、

　五月頭の大型連休のころ、色とりどりのツツジが街路脇のそこかしこで花ひらく。紅葉で赤く色づく秋も美しいが、緑がもっとも鮮やかに輝くこの時期も、京都の観光にはもってこいのシーズンだ。

「ねえ、衣笠《きぬがさ》さん。ほんとにそこでいいの？」

　自転車の前かごに衣笠を乗せ、瑞希《みずき》は東大路通《ひがしおおじどおり》を北上しているところだ。かごに薄手のエアクッションを乗せ、その上にちょこんとおさまった状態の衣笠が瑞希をふり返った。

「へえ。あんじょう快適どす」

　京都の市内を移動するなら、へたにバスや電車などの公共機関を利用するより、自転車を使うほうが早い（もちろん駐輪場の確保が必須《ひっす》になるが）。市内は中心地へ行けば行くほど道が狭くなるし、何より一方通行の道がとても多いからだ。

　そんなわけで高校生である瑞希も、移動手段はもっぱら自転車である。目的地までは片道二十分ほどかかるが、坂は下《くだ》りが多く、十代の足であればどうという距離でもない。

「わては短足やからこっちのが楽なんどす。それに、瑞希はんは安全運転でっしゃろ？」

「うん、まあ。無茶はしないよ」

「ほんなら大丈夫や。わての姿はふつうの人間には見えへんさかい、おまわりさんに怒られる心配もあらへん。瑞希はんは重うないでっか？」

「ぜんぜん。学校カバンのが重いぐらいだよ。前に抱えたときも軽くて驚いたけど、衣笠さんって体重何キロ？」

「いややわぁ、わては〈子なき爺《じじい》〉とはちゃいますよって。レディに体重聞くのはマナー違反でっせ、瑞希はん」

「衣笠さんってレディだったの？」

などとのんきに漫才をしながらアップダウンのある東大路通の坂を下る。

東大路四条《しじよう》の交差点で、瑞希は赤信号に引っかかった。八坂《やさか》神社参拝の観光客が大勢信号待ちしているなか、ななめ前に立つ女性が腕に抱く赤ん坊が、こちらを注視していることに気がついた。その瞳《ひとみ》があまりに熱心だったので、ふしぎに思った瑞希は視線をたどり、ぎょっとした。

赤ん坊が熱心に見つめていたのは、かごに乗っている衣笠だったのだ。衣笠のほうでも気づいたらしく、はっとした顔で赤ん坊をふり返る。衣笠の目と子どもの目が真っ向からぶつかった——瞬間、信号が赤から青に変わった。

鳥の鳴き声のような誘導音とともに、一斉に人の波が動き出す。

衣笠はへらっと愛想笑いを浮かべ、子どもに向けてバイバイするように手をふった。とたんに、子どもの表情がくしゃりとゆがむ。自転車のペダルに足をかけた瑞希は、あ、と内心で声をあげた。

火がついたように子どもが泣き出し、若い母親は唐突に泣き出したわが子を慌てて宥《なだ》めにかかる。ごめんなさい、とこころの中で詫《わ》びながら、瑞希は横断歩道を渡りきった。

「もおお、衣笠さん！　赤ちゃん泣かせたらダメでしょ！」

自転車を漕ぎながら怒る瑞希に、えらいすんません、と衣笠はかごの中でしゅんと肩を落とした。

「わても油断してましたわ。赤ん坊には特にわてらが見えやすいの、失念しとりました」

「え、そうなの？」

「へえ。人間はおとなになるにつれてわてらが見えへんようになりますさかい。瑞希はんは『視える』おひとやから例外やけども、ふつうは小さいときほど顕著なもんですねん」

「うーん、そうか。……そうかも」

そういえば小学生のとき、瑞希のほかにも「オバケ」を見たことがあると豪語する同級生がいた。そのいくつかは勘違い、もしくは幽霊の正体見たりなんとやらだったが、なかには真物がまじっていたことを瑞希だけは知っている。

「ねえ衣笠さん、視える人間と視えない人間の違いってなんなの？」

「そりゃあ、意識れべるの差とちゃいまっか」

「意識レベル？」

首をかしげる瑞希に、衣笠はへえ、とうなずいた。

「瑞希はん、ブレーキかけて、足元をよう見てみなはれ」

地面を示され、瑞希は言われたとおりに自転車を停め、素直に視線を下に向けた。コンクリートの車道と石畳の間に、ひっそりと愛らしいタンポポが息づいている。

「瑞希はん、わてがいま下を見ろと言うまで、足元の花のことは意識してはりました？」

「ううん。地面は見てたけど、タンポポのことまでは気がついてなかった」

「それと同じ理屈どす。『ここ』にわてのような妖怪《ようかい》がいる、と意識していなければわてらの姿は視えまへん。『在る』ことを知らなければ、視えへん。そうでんな？」

「うん」

「瑞希はんら『視えるひと』は、わてらが居ることを知ってはる。逆に、見えない人間はわてらが居ることを知らへん。いないものを見ることはできひんのですわ」

瑞希はむずかしい表情で首をかしげた。

「えーと、なんかそれってニワトリが先かたまごが先か、って問題じゃないかな……？」

「ほな、こう考えてはどうでっしゃろ。実は人間は誰しも、額に第三の目を持ってる。視力に個人差があるのと同じで、第三の目もよう見える人と見えへん人がおる。そんで、第三の目は赤ん坊のころのほうがよう見えるけど、言葉を覚えたり、歩くのを覚えたりするのとは逆に、どんどん弱なっていく」

「その第三の目ってみんなが持ってるの？」

「へえ。まあ、ほとんどの人は第三の目があることにも気づかんのやけど。せやから『見通す力』ってのは、むしろ小さい時分のほうが強いんですわ」

見通す力かぁ、と瑞希はつぶやいた。

「さっきの赤ちゃんは衣笠さんが見えてたけど、いつかは見えなくなったりするの？」

「その可能性は大でんな。たとえば言葉が喋《しゃべ》れるようになったときは、わてのことはもう気づけへんかもしれへん」

「なんか、それって……少し、残念だね。うちも小さいころは怖がりだったし、いっそ気づかなかったら、って思ったこともあったけど」

顔を曇らせた瑞希を、衣笠は見上げる。

「瑞希はん、この世に人間のこころのありようを知るもんが人間のほかになーんにもおらへんかったら、あまりにさみしないでっか？　単純にこころを通わせるだけやったら、犬やら猫やら人間に身近な動物でもできますやろう。せやけど、わてらは人間はんの深層にある隙間を埋めるために存在してるんやないかって、つねづね思っとりますねん」

「『さみしい』の隙間に？」

そうどす、と衣笠はうなずく。

「わてらはあわいのもんやから」

あわいとは「間《あいだ》」のことだ。多聞《たもん》も以前、そのようなことを言っていた気がする。

「わてらは表面的には存在しとらん扱いやけど、たとえ目には見えんでも、わてらみたいなんが隣におったら、人間さんも少しはさみしないんちゃうかって、そう思いますわ」

衣笠が気を遣ってくれているのがわかって、瑞希はようやく笑みを見せた。

「そっか。そうだね。もしどこかから衣笠さんたちが見ててくれるんだったら、人間もさみしくなくなるね」

「へえ」

「うちはずっと視えるままでいたいなあ。衣笠さんのこと、見えなくなるのは嫌だもん」

衣笠は目を細め、ふっくりと笑った。

「大丈夫や、瑞希はん。おとなになってもそのこころのままでいてくれはったらな」

## 二、

東山二条《ひがしやまにじょう》の交差点を東に右折すると、琵琶湖《びわこ》疏水の流れる、通称「岡崎《おかざき》」と呼ばれるエリアに行き着く。京都岡崎は北に平安《へいあん》神宮、その周辺に美術館や図書館、動物園にテニスコートといった公共の施設が多く集中している。

「みやこめっせ」という通称で知られる京都市勧業館もそのうちのひとつであり、土日祝日ともなれば岡崎一帯が観光客や地元民で大いに賑わう。

神社仏閣の多い京都では年中どこかしらで祭事が行われているが、寺社にかぎらず、五月上旬のイベントの多さは目をみはるほどである。たとえば、みやこめっせで開催される全日本弓道大会。弓袋や矢筒を肩にかけた、袴姿《はかますがた》の老若男女をあちこちで見かけるのもこの時期ならではだ。

「袴のひとたちを見ると『あー、ゴールデンウィークなんだなあ』って気がするね」

「うん？　なんか言わはりましたか、瑞希はん？」

ぽつりとこぼした独り言に衣笠が反応する。瑞希はううん、と首をふった。

「せやけど、ほんまに観光客多いどすなあ。これみんな古本市のお客さんなんでっか？」

「ううん。ここではいろんなイベントやってるから」

京都では古本のみを扱う市が非常に多い。大きな古本市は少なくとも年に三回、イベント会場や神社の境内を利用して開催される。

おそらく一番有名なのは八月中旬ごろに下鴨《しもがも》神社の糺《ただす》の森で行われる「下鴨納涼祭」であろうが、春は五月、それから秋は十月～十一月頭に、それぞれ屋内で市がたつ。

京都の古本屋組合を中心に、催し物会場である「みやこめっせ」で、ゴールデンウィークに合わせた約五日間、春の古書大即売会が行われるのだ。開催は三十回を超えており、それなりの歴史がある。

瑞希は駐輪場に愛車〈流星号〉を停め、衣笠をつれてさっそく古本市会場へ向かった。

ゴールデンウィーク中の土曜だけあって、古本市会場はまずまずの盛況を見せていた。地元の古本屋を中心とした各店舗がそれぞれのスペースに本がぎっしりつまった本棚やワゴンを設け、客はその合間を歩きながら背表紙を眺め、ときおり手にとったり、立ち読みしたりしている。

本の種類は文庫に新書、ハードカバーに全集、映画のパンフレットから図録図版までさまざまだ。古くて希少価値の高いものから、現在も書店で手に入るベストセラー、はては古銭や掛け軸なども売りに出されている。客層も幅広く、大学生らしい若者や、一筋縄ではいかないコレクターを思わせる男たち、たまに旅行者らしき外国人も見かけることがある。児童書や絵本も売っているので、子ども連れを見かけることも少なくない。

「瑞希ちゃん、頼む。これに値札つけておいて」

「はーい」

瑞希は多聞の叔父である大悟《だいご》を手伝い、「大書院《だいしょいん》」のブースで忙しく立ち働いていた。

「大書院」が出品しているのは古地図や浮世絵のレプリカ、おみやげ用のポストカードなどが中心だ。客に専門的なことを問われても瑞希にはお手上げなので、手伝うのはもっぱら裏方の作業だった。

「あっ、衣笠さん、それ食べたらだめだよ！」

菱川師宣《ひしかわもろのぶ》の美人画のレプリカを眺め、よだれを垂らさんばかりにしている衣笠を、瑞希は小声で叱り飛ばした。衣笠はへへ、と愛想笑いを浮かべ、そっと売り場に戻した。

「は、はじっこ舐《な》めるだけやったら、ちょっとくらい……」

「だめだってば、もー！　だいたい、それレプリカだよ？」

いくら他人に姿が見えないからといって、まったく油断も隙もない。瑞希はひょいと衣笠の襟首をつかみ、積まれたダンボール箱の上に座らせた。ここに着く前に買っておいた週刊誌を衣笠の手に押しつけ、噛《か》んでふくめるように言いきかせる。

「それ好きに食べてていいから、しばらくおとなしくしてて」

「へえ」

しばらくそうしてバタバタと慌ただしく働き、小一時間ほど経っただろうか。客足が途絶えたのを見計らって、大悟が瑞希に休憩を言い渡した。

「瑞希ちゃん、手伝いはしばらくいいし、休憩がてら会場でも見ておいで」

ほいお駄賃、とさし出された千円札を素直にうけとる。

「ジュースでも飲んできな。そんでお金余ったらおいちゃんにもお茶買ってきて」

「合点承知ー」

右手でビシッと敬礼のまねをしてから、瑞希は週刊誌のページを頰張る衣笠をこっそり手招いた。

「衣笠さんも行こ。昔の映画のパンフレットとかも売ってるし、見てまわろ」

「東映活劇とかでっか？　へえ。そら楽しみでんな」

衣笠はうきうきとした様子で週刊誌を床に置き、瑞希のあとを小走りでついてきた。

会場の中はざわざわとした大勢の人の気配で満ちている。人いきれのために、弱冷房が入っていても蒸し暑いほどだ。

衣笠と手をつないで歩きながら、瑞希は通行人に気づかれないよう、小声で話しかけた。

「もしかして衣笠さんが食べてるときって、ふつうの人には雑誌だけ浮いてるように見えたりするの？」

「安心しなはれ、瑞希はん。視えへん人間には、わてが手に触れているもんも同時に見えへん——というか、感じにくくなりますよって」

「そうなの？」

「へえ。そやないとわて、すっ裸で歩かなあかんようになりますやん」

「あ、そうか」

瑞希は衣笠の着ている蓑《みの》を見下ろし、納得してうなずいた。

「じゃ、衣笠さんと手をつないでるうちも？」

「いんや、瑞希はんは生物やから、他人の目から隠れることはありまへん。さっきタンポポの話でたとえましたやろ。わてが身につけてるもんは感じとれなくなるだけや」

「なーんだ、そういうことかぁ」

拍子抜けした。どうやら透明人間にはなれないらしい。

少し残念な気持ちで、衣笠といっしょに壁沿いの通路を他の店のブースを冷やかしながら歩いているときだった。

「みっ、瑞希はん、瑞希はん」

衣笠が唐突に、動揺した様子で瑞希の服の袖《そで》を引っぱり、前方に注意をうながした。

「あ、あれを見ておくれやす」

「え？　衣笠さん、どうし……」

訊《たず》ねかけた瑞希は、ちょうどその瞬間、かたわらをすれちがった女性の横顔をまともに見てしまい、目を丸くした。というより、自分の目を疑った。

——その女性の横顔は、鬼だった。

いや、より正確に言えば、女性の顔にぼんやりと鬼の面のようなものが重なって見えたのだ。ちょうど薄い紙を二枚重ね、光に透かしたように。

脳の処理がおいつかず、絶句したままその場に棒立ちになった瑞希に、着物の男がぶつかりそうになった。

「おっと、危ないよ。気をつけて」

「あ、すみません」

注意され、瑞希は慌てて脇へよける。男が横を通りすぎたあとも瑞希はしばし放心していたが、衣笠が袖をひっぱって注意を促した。

「瑞希はん、しっかりしとくれやす」

「衣笠さん……いまのって、オニ……だよね？」

眉根《まゆね》をよせ、衣笠はまじめくさった顔でうなずいた。

「へえ。ひと口に鬼いうてもいろんなやつがおるんやけども……もう一度よう見てみなはれ。あの娘さんの肩んとこ」

「肩？」

瑞希は再度確認するために、たったいますれちがった女性のあとを追った。

彼女は児童書や絵本が並べられた本棚から一冊の本を抜き出し、ぱらぱらとページをめくっているところだ。手にとったのは岩波《いわなみ》書店版の『星の王子さま』で、うつむきがちにそれを読みはじめた。

周囲にも客はいたが、彼女を見て騒いだり、悲鳴をあげたりするものはいなかった。

（やっぱり、ほかのひとには見えてないんだ）

年齢は二十歳ぐらいだろうか、まだ学生のように見える。耳のうしろでゆるく内まきになった髪をひとつにまとめ、バレッタでとめている。薄手の白いサマーカーディガンを羽織った華奢《きゃしゃ》な肩に、黒いぼんやりした何かがにじんで見えた。

「……うーん？」

瑞希は目を細め、息をのんだ。絵本を読む女性の肩に乗っていたのは、たしかに小さな鬼だった。身体は手のひらほどのサイズなのだが、それに反して頭部が異様に大きい。アンバランスさに、ひどく不安をかきたてられる。彼女の顔が鬼のように見えたのは、この不気味な鬼の顔が重なって視えたからだろう。

「鬼言うてもようさんおるし、あいつは小物——まあ小さいから小鬼とでも呼んどきまひょか。弱ってる人間にとり憑《つ》いて、しょうもない悪さばっかしよるやつや。けど、頭があんなに膨れとるっちゅうことは、あの嬢さん、憑かれて大分長いんかも」

「憑かれ……って、ええっ？　それ、具体的にはどういう状態？」

「肩がおもーとか頭がイターとかからはじまって、全身がだるうなって、最後にはなんや息するのもメンドくさいわァ……と思うようになってまう状態ですわ」

「よくわからないけど、疲れて鬱《うつ》になって最後にはなんか死にたくなる感じ？」

端的にまとめると、衣笠は難しい顔のままうなずいた。

「まあ、さいでんな。その理解でええんちゃうかと」

「それ大変！　どうしたらいいの？」

「嬢さんにとり憑いてる鬼をひっぺがしたらええねんけど、ふつうの人間には触れへんし、そもそも視えもせえへん」

「うちには見えるけど……」

衣笠は首をふった。

「あきまへん。たぶんその筋の専門家、現代やったら宮司さんとか、もしくはちゃんとしたお祓《はら》いのできるひとやないとムリですわ。瑞希はんは視えてもシロートですやろ」

「ちょっと触れないかやってみる！」

「はっ？　え、ちょう待ち、瑞希はん！　素人がうかつに手ェ出したら危な……」

衣笠が制止する声をふりきり、瑞希は児童書コーナーに向かった。本を読み続けている女性の背後に足音を殺して近づく。

真うしろからだと、肩に乗っているものがたしかにはっきりと見えた。

鬼の肌の色は青白く猫背気味で、漫画や昔話の絵本などで見るような虎柄のパンツは穿《は》いていない。毛髪はなく、頭はつるつるとして前頭部に突起のようなもの——おそらくこれが「ツノ」と呼ばれるものだろう——がある。

瑞希は息を殺して女性の背後に立ち、蚊をたたく要領で、えいっと両手をのばして捕まえようとした。

が、小鬼はぴょんと跳ねて瑞希の手をかわし、近くの本棚にとび移った。くしゃくしゃの老人のような顔で瑞希をあざ笑うように口角を吊りあげ、スイと姿を消す。

「あっ！」

思わず声が出た。瑞希の前に立っていた女性がびくっとしてふり向き、驚いた顔になった。右目の下にある泣きぼくろが少し印象的な女性だ。

「あ、な、なんですか？」

「えっと、あのその、肩に大きなクモが！」

「うそ！　きゃああ、ど、どこ!?」

とっさに出た嘘に、相手はすっかり動転した様子で自分の体をあちこち検分する。

「あ、もう、どこかに逃げていったみたいです」

慌てて瑞希がごまかすと、女性はあからさまにほっとした顔になった。

「……あー、よかった。私、クモってすごい苦手だから」

「ごめんなさい、驚かせてしまって」

「ううん、いいのいいの。気にしないで」

醜態をさらしたことを恥じ入るかのように、彼女は赤くなって笑った。嘘をついたことに良心の呵責《かしやく》を覚える。瑞希が同性だったからよかったものの、男だったらチカンと間違えられてもおかしくないところだ。

だが、相手の顔を見た瑞希はぎくりとした。彼女の瞳《ひとみ》は明らかに湿っていたのだ。

（――な、泣かせた⁉）

顔色を変えた瑞希に気づいたのだろう、彼女は慌てて目元をぬぐおうとした。焦って手に持っていた本を床に落とし、「ああっ」と声をあげる。同時に拾おうとして屈《かが》んだ拍子に、瑞希は彼女と頭をぶつけてしまった。

「いたっ」

「ご、ごめんなさい！」

おでこを押さえつつ下がるや否や、今度は女性が肩にかけていたトートバッグを下に落とした。ばさっと音がして、口の開いた布製のバッグからスケッチブックと紙が数枚滑り出る。ドミノ倒しのような不幸の連鎖に、衣笠があちゃー、という表情になった。

「あああ、絵がっ！」

「うわわわっ」

悲鳴を上げ、女性が慌ててその場にしゃがみこむ。瑞希は先に本を棚に戻し、手伝おうと屈んだ。周囲にいたほかの客がじろじろと注目するが、気にしてはいられない。

「えっと、一、二、三……あと一枚足りない」

バッグから滑り出た絵を数え、彼女が顔を曇らせる。足りないと聞いて瑞希が床を見回すと、うしろから衣笠が助け舟を出した。

「隣のお店のワゴンの下に一枚落ちてまっせ」

うなずいて、瑞希は文庫本の並べられた百円均一のワゴンの下を覗《のぞ》きこむ。衣笠の指摘通り、最後の一枚が見つかった。

「あ、あった」

手をのばして厚手の紙を拾い上げる。見るつもりはなかったのだが、視界に飛びこんできたそれに、瑞希はぎくりとして手をとめた。――紙に描かれていたのは、鬼だったのだ。

鬼の絵といっても、たとえば歌川国芳《うたがわくによし》に代表されるようなおどろおどろしいものではない。水彩で描かれたと思《おぼ》しきその鬼は、棍棒《こんぼう》こそ持っていないものの、どこか愛嬌《あいきょう》のある人間くさい表情をしている。

鬼の絵に驚いて思わず見入っていると、身を屈めた瑞希の背後から「ありました？」という女性の声がした。

はっと我に返り、瑞希は急いでその絵を持ち主の手に渡した。

「は、はい。どうぞ」

「ありがとう。ごめんなさいね」

「いえ、うちのほうこそ……その、いろいろ驚かせてすみません」

どう言っていいものか迷いながら謝ると、彼女はばつが悪そうに顔を赤らめた。

「格好悪いところ見せちゃって」

「あの、もしかして画家さん……ですか？」

彼女が肩にかけた大型のトートバッグに絵をしまおうとしたので、瑞希はおそるおそる訊《き》いてみた。衣笠が何か言いたげに瑞希の袖を引いたが、あえて無視する。

やはりどうにも目の前の女性のことが気にかかって仕方なかった。衣笠が忠告するまでもなく、瑞希は鬼を祓える専門家などではない。お節介だということは百も承知だったが、このまま見て見ぬふりもできなかった。

「え、あー、この絵ね。……見ちゃった？」

「はい、ばっちり。ごめんなさい」

素直にうなずくと、彼女はさきほどとは少し違う照れ笑いのような顔になった。

「いや、謝らなくていいし私は画家じゃないけど……。——あ、そうだ。あなたの名前は？　高校生？」

「はい。芳枝です。芳枝瑞希《よしえ》」

「芳枝さんね。それじゃ、いっしょにジュースでも飲まない？　私、奢《おご》るから」

「へ？　え、でも……」

面食らう瑞希に、彼女はにっこりと笑いかけた。

「この会場を出たところに、カフェがあるの知ってる？　実はまだ入ったことがないんだけど、ちょうどいいし芳枝さんつき合ってくれない？」

三、

相手は鳥居《とりい》彩《あや》と名乗った。年齢は二十三歳で、平日は岡崎の近くにある広告会社で働く社会人だが、いまは休職中なのだという。

「注文は……、ケーキセットがあるなあ。抹茶パフェと迷うけど、これにしようかな。瑞希ちゃんは何がいい？　好きなの頼んでいいよ」

「あ、はい。じゃあ同じものを」

勘定は自分で持つつもりだったが、彩が騒がせたお詫《わ》びだといって譲らなかったので、結局年下らしく素直に奢ってもらうことにした。強引な誘いに戸惑ったが、乗りかかった船でもあるし、そもそものきっかけをつくったのは瑞希である。

「それじゃ、ケーキセットふたつで」

注文を聞きにきたウェイターが去ってしまうと、ふたりのあいだには気づまりな沈黙が落ちた。何か言わなきゃ、と瑞希が顔を上げた瞬間、同じように顔をあげた彩とばっちり視線が合う。

——うっ。

「「あ、あの……」」

同時に声が重なり、気まずさに再び黙りこむ。

「ご、ごめんなさい。彩さんから……」

「え？　いやいや、瑞希ちゃんのほうから」

互いにどうぞどうぞと譲りあっていると、瑞希の隣のイスに腰かけた衣笠（もちろん彩には見えていない）が眉間《みけん》にしわをよせてつっこんだ。

（ああもう、何をやっとるんでっか瑞希はん。辛気くさい！）

そう言われても、と瑞希は彩に気づかれないよう小さく首をふる。

（ええからさっさと言いたいこと言ってしまいなはれ。お見合いとちゃいますねんで）

それはわかっている。だが、何からどう切り出していいものやら見当がつかないのだ。

瑞希が会話の糸口を必死で探していると、彩のほうからあっさり口火を切ってくれた。

「ありがとね、瑞希ちゃん」

「えっ？」

「私が目を赤くしてたから、気にしてくれたんだよね。優しい子だなあ、って思ったよ」

彩の認識は事実とは微妙にずれていたが、完全に的外れというわけでもなかったので、瑞希はあえて訂正しなかった。

「彩さんが泣いたの、うちがクモって言って驚かしたせいなのかと思って」

「ううん、違うよ。ごめんね、こっちこそびっくりさせちゃって」

「えっと、それならどうして……」

遠慮がちに涙の理由を訊くと、彩はくしゃりと顔をゆがめた。気まずそうな表情に、さすがに立ち入ったことを聞いてしまったと、瑞希はうろたえる。

「ご、ごめんなさい。よけいなお節介を」

「ううん、そうじゃなくて。なんか、これも縁なのかなあ、と思って」

うってかわって砕けた口調で彩はひらひらと手をふった。肩の力をぬいたようだ。

「瑞希ちゃん。よかったら、私のぐち聞いてもらえる？　辛気くさいし、ちょっと長い話になってしまうけど……」

「は、はい」

「本当は、ずっと誰かに聞いてもらいたかったんだ、私も」

そう言って彩は照れたように笑ったのだった。


「——お待たせしました」

テーブルにケーキセットが運ばれてきた。彩はチーズケーキ、瑞希は抹茶のロールケーキである。飲み物はどちらもアイスティーを注文した。横で衣笠がものほしそうにしているが、彩がいる手前、食べてみるかと訊くわけにもいかない。

衣笠はあきらめたような表情で、「ほな、わてはちょっと席外しますわ」と瑞希に耳うちし、イスから身軽に飛びおりた。気を遣ってトタトタと短い足で駆けていく衣笠に、申し訳ないような気持ちになる。

「どうぞ、食べて。瑞希ちゃん」

「あ、はい」

ごめんね衣笠さん、とこころの中で両手を合わせ、瑞希は「いただきます」と彩からケーキの皿を受けとった。

「あのね、瑞希ちゃん。私、絵本作家だったの」

チーズケーキにフォークを突き刺し、彩は唐突に話を切り出した。

「……だった？」

使われた過去形をくり返すと、彩はうなずいた。

「そう。もと絵本作家ってこと」

もと、の部分をことさら強調して彩は言う。

「一年前に大きな絵本の新人賞をとってデビューしたの。一冊だけど、出版もしたのよ」

「ええ、すごい！」

瑞希が驚きの声をあげるが、彩は顔色をくもらせた。

「うん。私も、絵本作家になるのが子どものころからの夢だったし、すごくうれしかった。私の夢を知ってる家族や友達もみんな喜んでくれて……、でも」

「でも？」

「全然、すごくなかったの。出版したはいいけど、まったく売れなくて。出版社が大々的に宣伝もしてくれたけど……売上がぜんぜん伸びないままで。おかげで出る予定だった次の本も出ないことになっちゃって。ついには、こう」

彩は右手で自分の首を掻《か》っ切る不吉な仕草をする。

「簡単に言うとお払い箱、ってことね。出版社に雇われてたわけじゃないから、正確には解雇《クビ》とは違うんだけど」

「………………」

彩は暗い表情のまま、淡々と続ける。口ぶりが平坦《へいたん》なぶん、彩の苦悩が押し殺されているようで、瑞希は何も言えなかった。

「この一年間ずうっと悩んでたの。胃に穴が開くくらい。何が悪かったんだろう、どうすればよかったんだろう、やっぱり私には才能なんてなかったんだって毎日鬱々《うつうつ》と思いながら生きてた」

社会人として働いたことのない瑞希には、彩の言うことの実感は湧かない。だが想像することはできる。誰かに突然、おまえはお払い箱だ、と宣告されたとしたらどんな気持ちになるだろう。おそらく、宙に放り出されたような気になるのではないだろうか。

「もうあきらめよう、ってそれこそ何百回考えたかわからない。好きなことを仕事にしたいなんて、やっぱり甘い考えだったんだって。……けど、絵本作家になることが子どものころからの夢で、人生の半分以上をその夢といっしょに生きてきたから、いざほかに何ができるんだろう、って思ったら、なりたいものがなんにも思いつかなかったの」

自嘲《じちょう》するような笑みを浮かべ、彩はティースプーンでくるりとカップの中をかき混ぜた。

「そこでやっと気づいた。気づいちゃった。私が夢以外に何もない人間だってこと。なんて中身のない空っぽの人間だったんだろう、って思ったら、急に目の前が暗くなって」

空っぽの人間、と彩が自嘲してそう表現したのが、瑞希にはひどく切ないことに思えた。

自分の胸にも、ぽっかりと大きな穴があいてしまったような。中身のない人間、とはなんと寒々しい表現なのか。

「気づいてから毎日苦しかった。仕事へ行っても身が入らなくて失敗ばっかり。ついには上司に怒られて強制的にお休みにされちゃった。で、休みの日は家に閉じこもってひとりで悶々《もんもん》と絵を描いてる。描いたら描いたで自分の才能のなさにうーんざり。——だめだ、このままだと病気になると思って、今日やっとスケッチブック抱えて外に出てみたの」

彩の視線が彼女のトートバッグに向けられる。得心のいった瑞希はうなずいた。

「最初は岡崎動物園でも行こうかと思ったんだけど、そういえば近くで古本市やってたなあって思い出して、こう、ふらふらっとね。それで、児童書のコーナーで久しぶりに見つけたのが、大好きな『星の王子さま』だったの」

ああ、と瑞希は思い出す。彩が手にとり、熱心に読んでいたのは、あまりにも有名な——サン＝テグジュペリの『星の王子さま』だ。夏休みの課題図書だったから、瑞希も読んだことがある。話は寓話《ぐうわ》的で、当時の瑞希には少し難解だった。完全には理解できなかったが、ただただ美しく、さびしさの欠片《かけら》がいつまでも胸に残るような、そんな話だった。

「あの本は私が絵本作家になりたいと思ったきっかけでね。うちは家が裕福じゃなかったから、親にもあんまり本を買ってもらえなかったの。でも、あの『星の王子さま』だけは別。母が誕生日に買ってくれて……」

カチャン、と彩がスプーンをカップソーサーに置く音が響く。

「最初に読んだときは難しくてわからなかった。でも、お話がわからなくても、あのあたたかくて素朴な挿絵はずっと好きで何度も見てた。見るたびに……というかおとなになるにつれて少しずつ理解できるようになってきて、そのうち私にとって特別な本になった」

うん、と瑞希は思わず相槌《あいづち》を打った。その気持ちには共感できる。

「絵を描くことも好きだったから、いつのまにか自然と『星の王子さま』みたいな本を作りたいと思うようになったの。さっき見つけて、手にとって、やっぱり素晴らしい本だと思った。百年残る名作だって。そしたら急にぶわあっとつらい気持ちがふくれあがって」

「つらい気持ち……？」

「つらい、とはちょっと違うかな。そうじゃなくて、自分の至らなさに気づいたっていうか。本物のダイヤを見て、自分がイミテーションだってわかった、って感じ。自分でもうまく説明できないから、瑞希ちゃんにはもっとわからないと思うけど……、むなしくて情けなくて、もうあきらめろって誰かに耳元で囁《ささや》かれた気がした」

彩は重い荷物をおろしたときのように、ふうっと大きく息を吐く。

「私が泣いてたのはそういう理由。だから、瑞希ちゃんのせいじゃないの。いろいろ気を遣わせてごめんね」

「……ううん」

なんと答えていいかわからず、瑞希はくちびるをぎゅっと結んだ。

「そんな暗い顔しないで。見ず知らずの私の話、黙って聞いてくれてありがとう。ずっと胸の奥にしまいこんで誰にも話さなかったから、苦しくて仕方なかったの。だから瑞希ちゃんが話聞いてくれるって言ったときに、私、神さまが瑞希ちゃんに会わせてくれたのかなって思ったのよ」

そんな、と瑞希はふるふると首を横にふる。高校生の自分が何を言っても、彩の気持ちを軽くすることはできないとわかっていた。そしてそれが、情けなくてかなしかった。

「瑞希ちゃんはふしぎな子だね。こんな話を黙って聞くなんて、おとなでもしんどいよ」

「……うちは、聞くことしかできないから」

こたえると、彩は「それでじゅうぶん」とにっこり笑った。やせ我慢をしているようには見えなかった。

「さあ、早くケーキ食べて。おかわりいる？　なんだったらもう一個たのんでもいいよ」

「あ、いえ。いただきます」

両手をあわせてからケーキにフォークをさす。大好きな抹茶味のケーキなのに、なぜか少しも甘いと感じられなかった。

「あの、彩さん」

「ん？　こっちも食べてみる？」

チーズケーキを口に運ぶ彩が訊《たず》ねたので、そうじゃなくて、と瑞希は首をふった。

「さっき、ちらっと見えた彩さんの絵、もう一回ちゃんと見せてもらってもいい？」

「ああ……うん。えーと、どうしても見たい？」

気まずそうに目をそらされたが、瑞希はあえて空気を読まず、素直にうなずいた。

「うん。どうしても見たい」

「えー、あー、うん。……まあいいか。じゃあ、どうぞ」

少し照れたように笑って、彩はトートバッグからスケッチブックを取り出した。

「本描きじゃない練習のイメージ絵をひとに見せるの、ちょっと恥ずかしいんだけどね。瑞希ちゃんだから特別」

「ありがとう」

紙を汚しては大変なので、瑞希はケーキの皿と紅茶の入ったカップをテーブルのわきへ移動させ、スケッチブックを受けとった。慎重な手つきで表紙を開き、何も描かれていない真っ白な中表紙をめくる。

描かれている題材はさまざまだった。デフォルメされたキツネやウサギといった小動物から、稲穂や田んぼといった写実的な風景、山すそへ沈む夕日、つがいのアキアカネ、農民らしい鍬《くわ》や鋤《すき》をかついだ人間、仙人らしき老人に、お地蔵さま。濃い鉛筆でざっと荒々しく描かれたものから、パステルで淡く色づけされたものまで、一貫性はなくとりとめもない様子で描かれている。写生ではなく、想像上のものも多い。本人の言うとおり〝イメージ〟のイラストなのだろう。

「日本のなつかしい風景でんな」

横で感心したようにつぶやいたのは、いつの間にか席に戻っていた衣笠だった。瑞希の隣に座り、手元からのぞきこんでくる。

「なんか、昔話の絵みたい……？」

「そうそう。古い民話やおとぎ話から情景を想像して描いてるものなの」

瑞希は美術に造詣《ぞうけい》が深いわけではないし、他人の画力を判断できるほど絵が描けるわけでもない。だから彩の絵が技術的に高いのかどうかはわからなかった。

だが、純粋に好きだと思った。描かれたモチーフにこころがこめられているのがわかる。

「難しいことはわからないけど、うちは彩さんの絵すごくいいと思う。ちゃんと温度がある感じがする」

「本当に？　ありがとう」

世辞ではない瑞希の賛辞に、彩はうれしそうに頬を染める。

さらにページをめくると、そこに、瑞希がさきほど見かけた赤鬼の絵が描かれていた。

「あっ！」

彩が唐突に悲鳴のような声をあげ、瑞希の手からスケッチブックを奪いとった。厚紙の表紙が、横からのぞきこんでいる衣笠の鼻をかすめそうになり、衣笠はひえっとばかりに身をすくませる。

「ご、ごめん。そこから先はちょっと、デビュー作の下絵もあるから、かなりその……恥ずかしくて」

勘弁して、と真っ赤な顔で拝まれては、それ以上無理強いもできなかった。

「彩さん、耳まで赤くなってる」

「か、からかわないでよ。もう」

スケッチブックで赤面を隠そうとする彩に、瑞希はふふっと笑った。年上の女性なのに、かわいいと思う。瑞希はひとりっ子だが、もし姉がいたらこんな感じなのだろうか。

「うち、彩さんの絵、本当に好きだよ」

「そ、そう？」

何も気負わずに瑞希が言うと、彩は困惑した様子でこちらを見返した。自信がないように、その瞳《ひとみ》が揺れている。瑞希はにっこりと、その瞳にほほ笑みかけた。

「新しい絵を描いたら、また見せてね」

夕方から用事があるという彩とカフェの前で別れ、瑞希は急いで古本市に戻った。時間を忘れ、店番の手伝いを放り出してきたままだ。息せき切って「大書院」のブースに戻ると、大悟は「ずいぶんゆっくりだったなぁ」とふしぎそうに首をかしげた。

「ご、ごめんなさい、つい話しこんじゃって。お茶も買えなかったし、お金返すね」

「お友達と会ってたの？　仕方ないなあ。じゃ、おっちゃんもちょっと休憩してくるわ」

「はーい。いってらっしゃい」

「もうすぐ多聞も会場着くから、しばらく店頼むよ」

ブースを出て行く大悟の背中を手をふって見送っていると、衣笠がぽつりと名を呼んだ。

「……瑞希はん」

「ん、なに、衣笠さん？」

「あの嬢さん、危ないかもしれまへんで」

「彩さんが危ない？　って、どういうこと？　衣笠さん」

眉間《みけん》にしわをよせて衣笠は答える。「危ないゆうんは嬢さんの命ですわ」

「えっ⁉」

思わず大きな声を出してしまい、目の前で古地図をひとつひとつ丹念にながめていた客が怪訝《けげん》そうにこちらを見る。瑞希は慌てて手元の古本カタログを目の前で広げた。

「ど、どうして？　あの鬼、うちが捕まえようとしたら逃げたのに」

下を向き、ぼそぼそとささやくような声でたずねる。

「いや、あれは一時的なもんや。しばらくしたら戻って、また嬢さんにとり憑《つ》きますわ」

「まさか、彩さんが鬼にとり憑かれたのって、あの鬼の絵と関係してたりする？」

衣笠は首をふった。

「いや、それはたんなる偶然どす。鬼は嬢さんの暗い気持ちが引きよせたもの、あるいはどっかで拾うてきてしもたもんや」

「完全に追っ払うのは無理なの？」

衣笠はますます難しい顔つきになった。

「さっきも言うたけど、ふつうの人間には無理ですねん。瑞希はんが彩はんの気持ちをちょっとだけ明るうしたから、今日くらいは大丈夫かもしれへん。せやけど、憑かれてるあいだはどうにもならへん。あいつはまた彩はんを鬱《うつ》な気持ちにさせてまう」

「鬱な気持ちにならなかったらいいの？　うちが定期的に彩さんを励ますとか……」

「せやかて毎日は不可能でっしゃろ。彩はんは社会人で、瑞希はんは学生や。生活のサイクルもだいぶちがう。鬼がどっか行くまでずっと瑞希はんがそばにおるわけにもいかん」

そんな、と瑞希は動揺したつぶやきを漏らした。

「じゃあ彩さんにお祓《はら》いに行ってもらったら……」

「薦めて本人さんが素直にそうしゃはったらなあ。せやけど、彩はん本人は鬼に憑かれてるなんて知らへんのやで。落ちこみの原因は自分の夢がうまくいかんかったからや、自分のせいやと思うたはる。せやから憑かれてしもたわけやけど」

いったん憑かれてしまうとあとは悪循環や、と衣笠は言う。

「それに、お祓いにもいろいろありますわ。ただお参りに行っただけでは祓われへんし、わての知ってるかぎり、祓い屋の専門家も良し悪しや。たいしたことはできひんのに、法外な金を要求する悪辣《あくらつ》な詐欺師にでもひっかかったら目もあてられへん」

「うう。……そ、それじゃ」

焦りながらもさらに提案しようとしたとき、

「――どうしたんだい？」

頭の上から聞き覚えのある声がして、瑞希ははっと顔を上げた。

「センセ！」

「ごめん、来るの遅くなって。何か問題でもあった？」

イベント日だというのに、おなじみの作務衣《さむえ》姿だ。気づかうように瑞希の顔をのぞきこむ多聞の顔を見たとたん、瑞希の涙腺《るいせん》は安堵《あんど》でゆるみそうになった。

「センセ……」

「み、瑞希ちゃんっ？」

泣き出しそうな表情に、多聞が目に見えてうろたえた。何をした、とばかりに横目でぎろりと衣笠を睨《にら》む。

「ええ、なんでわてですねん!?　濡《ぬ》れ衣《ぎぬ》やで、衣笠だけに！」

衣笠の訴えを黙殺し、多聞は少し身を屈め、瑞希の肩に手をおいた。

「何かあったの？」

「どうしよう、センセ。彩さんが死んじゃうかも」

多聞はぱちくりと目をまたたいた。「……死？」

四、

ときおりやってくる客に対応しつつ、多聞は瑞希から事情を聞きだした。

「……なるほど、そういうことだったんだね」

唸《うな》るようにつぶやき、多聞はぎろりと衣笠を一瞥《いちべつ》する。

「だから、なんでわてですねん、多聞はん。わて、何かしましたか？」

「いや別に」

そっけない返事をし、多聞は瑞希に視線を戻した。

「それで結局、その鳥居さんって人はどうしたの？」

「来られそうだったら明日《あした》もう一回古本市に来るって。本当は今日、市を全部見てまわるつもりだったと思うけど、結果的にうちのせいで予定が狂っちゃったから……」

瑞希がそう言うと、多聞は首をふった。

「目の前にそんな状態の人がいたら、放っておけないと思うのも無理はないよ」

「うん。でも――」

瑞希が何かを口にしかけたとき、

「すみませーん。これ、値札剝《は》がれてるんですが、おいくらですか？」

客が声をかけてきたので、瑞希はブースの外に飛び出していった。

「は、はーい、お待ちください」

多聞は腕を組み、足元からそろりそろりと微妙に距離をとりはじめた衣笠を冷たい目で見下ろした。

「……衣笠くん」

「へ、へえ。なんでっしゃろ多聞はん」

「まったく、余計なことをしてくれたね」

「はあっ？　ちょっと待っておくれやす、わてのせいやとでも？」

「おや。違うのかい？」

「ちゃいますがな！　わては瑞希はんを止めようとしたんやで。厄介なことには関わらんほうがよろしいで、って」

「ほら、厄介事だっていう自覚はあるんじゃないか。止めたって言うけどね、そもそも最初に鬼の存在を瑞希ちゃんに教えたのはきみだろう」

「うぐっ。た、たしかにそのとおりやけども……さすが痛いところついてきゃはるわあ。イケズでんなあ、多聞はん」

はあ、と多聞はため息をついた。

「知ってるとは思うけど、瑞希ちゃんはああいう子なんだよ。困ってる人を――たとえそれが人間じゃなくても――見たら、見なかったふりができない程度のお人好《ひとよ》しなんだ」

「へえ。そりゃもちろん、わてかてようわかっとります」

と衣笠はうなずいた。

「だから、なるべく関わらせたくないんだよ」

「関わらせたくないんは、わてらあわいの物事にでっか？」

その問いに多聞はこたえなかった。かわりにがしがしと耳の後ろを搔《か》いて、小さく嘆息する。衣笠が何か言おうと口を開いた瞬間、瑞希が古地図を持って駆けよってきた。

「センセ、これ値札が剝がれてるんだって。いくらするもの？」

「ん、見せてみて」

多聞は組んでいた腕をほどき、ブースのなかから出て行った。ひとり残された衣笠はダンボール箱の上にどすんと尻《しり》を乗せ、神妙な顔でひとりごちた。

「……まったく、保護者面せなあかんのも大変ですなあ、多聞はん」

しみじみとしたその言葉は、むしろ苦笑しているようでもあった。

明けて翌日。多聞が古本市の店番をしていると、大書院のブースに客がやって来た。二十歳ほどの若い女である。棚の前で、商品ではなく誰かを捜すように視線をさまよわせたので、すぐにぴんと来た。おそらく瑞希がここで店番をしていると伝えたのだろう。

「鳥居彩さんですか？」

「は、はいっ？」

声をかけると、彼女はびくりと反応し、視線をこちらに移した。唐突に名を呼ばれたために警戒が見えるが、間違いなく本人だ。

その証拠に、彼女の左肩の上にぼんやりと、何かの影がにじんで見える。

この手の輩《やから》と直接目を合わせるのは危険だし、何より自分が「視える人間」だと気づかれてはまずい。多聞は視線を外し、左肩に意識をやらないよう気をつけた。

「驚かせてすみません。僕は安心院《あじみ》といいます。瑞希ちゃ、瑞希の——ええと」

なんと言うべきか、続ける言葉に一瞬つまる。

「——親類縁者です」

名乗ったとたん、彩の顔がほっと安堵にゆるんだ。

「ああ、瑞希ちゃんの……親戚《しんせき》の方なんですね」

「はい。昨日はうちの瑞希がご迷惑をおかけして申し訳ありませんでした。ケーキまでごちそうになったそうで」

「いえそんな、迷惑だなんて！　むしろ迷惑をおかけしたのはこちらのほうで……」

恐縮したように彩は手をふった。

「ただじっと、私のつまらない話に耳をかたむけてくれて。私、それだけでちょっと救われた気がしたんです。ずっと吐き出すこともできなかったから」

多聞は目を細め、うなずいた。

「お役に立てたようで何よりでした」

「あっ、彩さん！」

横手からかかった呼び声に、彩ははっとそちらを見た。Tシャツにパーカを羽織った、ラフな格好の瑞希がうれしそうに駆けよってくる。その笑顔につられたように、彩の表情にもぱっと明るい色がさした。

「こんにちは、瑞希ちゃん」

「今日も来てくれたんだね。よかったぁ」

会えてうれしい、と瑞希が満面の笑みを見せる。その瞬間、彩の肩に乗っていた黒い影が大きく揺らいだ。喜びという強烈な陽の気を彩がはなったために、陰気を好む鬼が驚いて身をすくませたのだろう。いい効果だ、と多聞は思った。

笑う門には福来る、という諺《ことわざ》があるが、あれは正鵠《せいこく》を射ている。人間は明るく笑っているときは陽の気を体から発散しているのだ。そのため陰気を好む輩は近づくのを嫌がる。悪いものがよってこないのだから、体調を崩すことも精神的に落ちこむこともない。

愛想笑いよりも大口を開けてガハハと笑うほうがいいのだが、いかんせん気落ちしているときにはかなり難しい。だからこそ親しい人間、もしくは気を許せる人間と楽しい時間を共有することが大事なのだ。

(瑞希ちゃん相手に気を張り続けるのは難しいしなあ)

多聞ではこうはいかない。瑞希だからできるのだ。

もしいまの内なる声を衣笠あたりが聞いていたら、「多聞はんは兄バカやなぁ」と苦笑したことだろう。その衣笠は店のブースの隅でごろんと横になり、週刊誌の写真をもそもそと食《は》んでいる。

(家でごろごろしてる休日のおっさんかきみは)

とつっこみたいのを、多聞はさきほどからぐっとこらえていた。

「センセ、彩さんとお話ししてたの?」

瑞希の問いに、彩は「先生?」と首をかしげる。

「安心院さんは学校の先生か何かなんですか?」

あっ、と多聞は瑞希と声をそろえた。まずい。

「そうじゃなくて、えーと、センセは絵を描く先生で」

自分の失言に対して瑞希が慌ててフォローを入れる。たしかに、「妖怪《ようかい》の先生」などと説明したところで、彩にはうさんくさく思われるのが目に見えていた。

「絵の先生なんですか？　え、安心院……？」

何かを思い出すように彩が視線をさまよわせ、唐突にああっと声をあげた。

「まさか、安心院さんって、あの『妖怪絵師』の安心院多聞さんなんですか⁉」

「あ、ええ、はい。一部ではそんなふうに呼ばれてるみたいですね」

珍しい名前とはいえ、まさか知られているとは思わなかった。絵本作家とは畑がまるで違う。驚きつつ多聞がうなずくと、彩は顔を輝かせた。

「あの、以前寺町《てらまち》のギャラリーで妖怪画の個展をされてましたよね？」

「……ご存じでしたか」

「はいっ！　私、あの個展で先生の絵を拝見したときからファンなんです！」

なんとも気恥ずかしくなり、多聞は照れ笑いを浮かべた。

「あーいや、『先生』などという柄ではないですし。あのときもまだほんの駆け出しで……お恥ずかしいかぎりです。まあ、いまもそんなに変わりはないですが」

「そんなことありません！　安心院さんの妖怪の絵、想像上の生きものなのに、まるで生きているように感じられて、私すごく尊敬してます」

「そ、それはどうも……」

「よかったね、センセ。生のファンだって！」

興奮状態の彩の絶賛に多聞はうろたえ、その横で瑞希がのんきに笑う。

三者のやりとりを横になって眺めながら、衣笠がテレビドラマの新展開を見るかのようにニタニタしているのが多聞の癪《しゃく》にさわった。完全に他人事《ひとごと》だ。

「あ、そうだ。これ、瑞希ちゃんに渡そうと思って持ってきたの」

と彩は今度は瑞希に向きなおり、肩に下げたバッグから大判本をとり出し、手渡した。

「彩さん、これって……」

それは金色の帯のついた一冊の絵本だった。瑞希の肩越しに、どれどれ、と多聞はのぞきこむ。表紙には『あかおにくんのぼうけん』とあった。

「この鬼さん、昨日見た絵の？」

「そう、私のデビュー作。瑞希ちゃんにもらって欲しくて」

「え、うちがもらっていいの？」

「うん。どうせ売れ残りだし……、自分の手元にあるより誰かに持っててもらうほうが私もうれしいから」

「うち、自分で買うよ」

とんでもない、と彩は慌てて手をふった。

「高校生からお金なんてもらえないよ。いいから気にしないで。どこの本屋さんにももう置いてないし」

ためらいがちに、瑞希はそれを受けとった。

「あ。いらなくなっても、できたら捨てないでくれるとうれしいな。ここの古本市で売るんだったら仕方ないけど……」

「そんな、いやだよ。ぜーったい捨てないし、売らないよ」

ぶんぶんと首を横にふる瑞希に、彩はうっすらとほほ笑んだ。

「ありがと、瑞希ちゃん」

瑞希はもらったばかりの絵本をうれしそうにながめ、ぱらぱらと中をめくった。例外もあるが、開いた本の左頁に文章、右頁に絵、という構図になっている。タイトルにもある「あかおにくん」が、はじめてできた人間の友達のために奮闘する物語のようだった。

フルカラーのイラストはやや彩度が低いようだが、水彩画の筆づかいや優しい色合いは彼女の画風なのだろう。文章も熟読したわけではないが、面白そうだと多聞は思った。

「いい絵ですね」

「やっぱり、センセもそう思う⁉」

「うん。僕も絵本は専門外だけど、お世辞じゃなくいいと思うよ。すごく表情豊かだ」

同意を求める瑞希に多聞はうなずいた。褒められた彩は顔を赤らめ、ありがとうございます、としきりに恐縮している。

彼女の肩にいまもいる鬼が、さきほどからやたらとそわそわとしている。おそらく「うれしい」や「誇らしい」といった、彩の感情が落ちつかないのだろう。この状態がずっと続けば、鬼も自然と離れざるをえなくなるのだが。多聞は思案に暮れた。

(……さて、どうしたものかな)

――一方、その横で瑞希もおなじようなことを考えていた。

(このままずっと、彩さんが明るい気持ちのままでいられたらいいのになあ)

どうして満ち足りた感情のままで人間は過ごしていけないのだろう。楽しい時間や感情ほどあっという間に消えてしまい、苦痛や憎悪ほど胸に長く居座って、癒《い》えるのに時間がかかる。そこを鬼につけこまれれば、衣笠の言った通り、気分は悪循環のままだ。

(逆だったらよかったのに)

そうすれば、人間はもっとずっと楽に生きていける気がする。そんなふうに思ってしまうのは、自分がまだ幼いからだろうか。

「ありがとう、彩さん。帰ったらゆっくり読むね」

「うん。よかったら感想教えて」

瑞希は礼を言いながら、彩からもらった絵本を、自分のカバンの中に大切にしまった。

その横で、多聞がふと思いついたように彩に話しかけた。

「鳥居さん、もしよろしかったら僕の絵を見に来てくださいませんか？」

「もしかして、また個展を開かれるんですか？」

「ええ、来週から。前と同じで、知人の経営する小ギャラリーですが」

「伺いたいです！　でも、本当にお邪魔していいんですか？」

「はい、ぜひいらしてください。……そうだ、あれを」

ぱんと手をたたき、多聞はその場にしゃがみこむ。

「ええと、どこにやったかな」

多聞は周囲においてある荷物をひっくり返すような勢いで、あちこち探しはじめた。

「青いファイルは？　センセ、いつも面倒くさいものまとめてそこに入れてるし」

「あ、そうか」

瑞希の指摘に、多聞は慌ててごそごそと帆布製の肩かけカバンに手をつっこんだ。不透明な青いファイルから個展のチラシとハガキをとりだし、彩に差し出す。

「どうぞ」

「いいんですか？　ありがとうございます！」

「女性が見て、あまり気持ちのいいものではないかもしれませんが」

「いいえ、そんなことありません！　安心院さんの描かれる妖怪は怖いけど、どこか憎めない部分があって、私はとても好きです」

「はは……、恐れいります」

「なんや多聞はんデレデレしたはるなあ。気持ち悪いわー」

衣笠が瑞希の服の袖《そで》を引っぱり、ぼそぼそと小声で話しかけてきた。

「センセは『知る人ぞ知る』って知名度だから、面と向かって褒められたことがあんまりないんだよ。きっと照れくさいんだと思う」

同じくひそひそ声でこたえた瑞希に、多聞が聞こえてるよ、と言いたげに睨《にら》んだが、ふたりしてそしらぬふりをした。

「ありがとうございます。ぜひお邪魔させていただきますね」

頬を紅潮させてうれしそうに笑う彩の肩の上では、鬼が顔をしかめてもぞもぞと身をよじっていた。

「では、失礼します。またね、瑞希ちゃん」

「またねー、彩さん」

彩が手をふって大書院のブースをあとにしたのち、瑞希と衣笠は多聞をうかがった。

「センセ、彩さんを個展に呼んだのって何か考えがあるの？」

「うん、できるかぎりのことはやってみるよ。だから心配しないでいい。わかったね？」

多聞にぐりぐりと頭を撫《な》でられ、瑞希はこっそり頬をふくらませた。

「……また、子どもあつかいする」

ほとんど聞きとれないような声でぼそっとつぶやくと、かすかに笑みを浮かべる。

「うん、わかった。センセにお任せします」

「了解。瑞希ちゃんのご期待に添えるよう、努力するよ」

信頼しあった兄妹《きょうだい》のようなやりとりを、衣笠だけが横でじっと見つめていたのだった。

五、

五月ともなれば、盆地である京都はむしむしと湿度の高い日がつづく。日中気温も急激に上昇し、体感温度はほとんど夏のそれに近い。襟元をゆるめた人々も、一刻も早く目的地に着きたいと思うのか、みな足早に視界を横ぎっていく。全面ガラス張りのギャラリー内から外を眺め、多聞はぼんやりとした視線を壁掛け時計にむけた。

土曜の午後一時。小腹がすいてきたような気がするが、そろそろ差し入れが届けられそうだと思うと、迂闊《うかつ》に外へ食べに出るのも気がひける。

——新京極《しんきょうごく》商店街のなかにある、ギャラリー『雨宿り』。

寺町商店街と平行する新京極商店街は通称「新京極アーケード」と呼ばれ、おもに地元の若い世代とシーズン中には多くの修学旅行生で賑《にぎ》わう、京都でも屈指の繁華街だ（というより、ほかに繁華街らしい繁華街がないとも言えるのだが）。ファッション関係の店やドラッグストア、ゲームセンターや映画館、あるいは京都のみやげもの店が軒をつらね、日中はほぼ人通りがたえない。

だがそれも四条通から三条《さんじよう》通までのあいだのことで、三条通から御池《おいけ》通までのアーケード下では、鳩居堂《きゆうきよどう》という一六六三年創業の老舗《しにせ》のお香・書画用紙店をはじめ、額縁店や古書店、カフェではなく喫茶店といった昔ながらの店舗が増え、喧騒《けんそう》の質が少し変わる。

ちなみにこの界隈《かいわい》にある有名な史跡といえば本能寺《ほんのうじ》だが、現存のものはもちろん織田信《おだのぶ》長《なが》が明智光秀《あけちみつひで》によって討たれた「本能寺の変」で焼失した堂宇ではない。以後も本能寺は二回再建をくりかえしており、現在の本堂は昭和三年に建てられたものである。閑話休題。

「お邪魔しますよ」

男の客がギャラリーに入ってきたので、ぼうっとしていた多聞は意識を引き戻された。この暑さの中、浴衣ではなくきっちりとした和服に身を包み、パナマ帽を粋《いき》にかぶっている。わずかに着崩した様子なのが、逆に着慣れているという感があった。

「拝見しても？」

「ええ、無料ですのでどうぞ」

多聞が快くすすめると、男は礼を言い、ゆっくりとした足どりで飾ってある絵を順に眺めていった。鵺《ぬえ》、火車《かしゃ》、河童《かっぱ》、轆轤《ろくろ》、鎌鼬《かまいたち》……とひととおり代表的な妖怪《ようかい》の絵を鑑賞したあと、一枚だけある日本画に長く目を留め、何か納得したようにうなずいた。

「すみません」

男に呼びかけられ、「はい」と多聞はこたえた。

「こちらの日本画も、あなたが描いたものですか？」

彼が示したのは、壁にずらりと並んでいる妖怪絵の連作ではなかった。中にひとつだけある、異彩を放った作品。客が疑問を抱くのも無理はなかった。

「ええ、その絵も僕の作です」

「売り物ですか？」

「いいえ、申し訳ありません。売り物ではないんです」

そうですか、とさして落胆した様子もなくうなずくと、男は来たときと同じように静かにギャラリーを去っていった。

(なんだかふしぎな感じのひとだったな)

年齢はギャラリー『雨宿り』の画廊主、北上洋一《きたがみよういち》と同じぐらいだろうか。父と懇意にしていたこともあり、多聞とも昔から面識がある。まだほんの駆け出しだった多聞の画才にいちはやく目をつけ、個展を開いてみてはどうかと提案してくれたのも北上だった。

それまではちょこちょこと雑誌のイラストカットや、デザイン関係の仕事を請け負っていただけの多聞が、妖怪画の連作シリーズを描くきっかけになったのも、北上の助言あってのことだ。ある意味で多聞の恩人である。

今回もちょうど空きの時間が出るからと個展の開催をすすめられ、（もちろん費用は実費だが）多聞もふたつ返事でひき受けた。多聞もふだんは大書院の店番があるため、平日はギャラリーのスタッフに任せ、顔を出せるのは水曜と土曜の午後だけだ。

飾ってあるのがおどろおどろしい妖怪画ばかりだからか、ひやかし目的の客や一見《いちげん》さんはあまり来ない。それでもたまに訪れる客や知人の相手をしながら、気がつくと午後三時を回っていた。鳥居彩がギャラリーを訪ねてきたのは、そんな折だ。

「こんにちは」

入り口のガラス扉をあけ、見知った顔がぺこりと頭を下げた。

――来たな、と多聞はひそかに背中を伸ばした。

小花柄のワンピースを着た彩の肩には、いまも鬼が乗っている。気のせいか前よりもさらに痩《や》せた印象を受けた。顔色も悪い。あまり時間の猶予もなさそうだった。

いらっしゃいませ、と気持ちよく応じて出迎える。こちらから出向く手段がない以上、訪ねてきてくれてほっとした。

「いらしてくださってありがとうございます」

「こちらこそお招きいただきまして。――これ、ささやかですけど」

さし出された阿闍梨餅《あじゃりもち》の菓子折りに、多聞は恐縮した。

「すみません。なんだかかえってお気を遣わせてしまって」

「いいえ。誘って頂けて光栄です」

頭を下げる多聞に、彩ははにかんだように笑った。うれしそうな表情に、多聞は内心申し訳ない、と両手を合わせる。

あとでご馳走《ちそう》になります、と多聞が菓子折りを奥へしまいに行き、戻ってくるあいだも、彩は熱心に展示を眺めていたようだ。蛇や蛙の妖怪という、女性にはあまり好ましくなさそうな絵を真摯《しんし》に鑑賞されて、同じ絵描きとして何かを試されているような気分になる。

「化け蛙《がえる》、大蛞蝓《なめくじ》、大蛇《だいじゃ》……。安心院さん、これはもしかして三すくみの図ですか？」

彩が壁の絵を示し、訊ねた。

「正解です。よくおわかりになりましたね」

認めると、彩はやっぱり、と笑った。「壁の配置まで凝ってるんですね」

ええまあ、と多聞は曖昧《あいまい》にうなずく。内心で、こうしておけば彼らも容易には出て来られませんからね、とつけたした。

「河童、天狗《てんぐ》、管狐《くだぎつね》に轆轤首《ろくろくび》……。こっちの蛸《たこ》も、妖怪なんですか？」

「ええ。蛸の妖怪は結構いますよ。たとえば与謝《よさ》郡に伝わる〈衣蛸《ころもだこ》〉なんかは、船にとりついて沈めてしまう妖怪です。僕の絵の蛸妖怪はたんにいろんな墨を吐くだけですが」

「いろんな墨？」

「ええ。たとえばトリモチみたいにべたつく墨とか、絵を描くのに便利な速乾性の墨とか」

「硯《すずり》いらずですね」

「はい。絵描きにはありがたい存在です」

冗談だと思ったのだろう、彩はくすくすと笑った。ふいにその足が止まる。視線を注いだのは、さきほどの客と同じ、一枚の日本画だ。

「安心院さん。これ……モデル、もしかして瑞希ちゃんですか？」

彼女が指摘したのは、夏祭りの夜を背景に、ぽつんと佇《たたず》む浴衣姿の少女だ。多聞は目を丸くした。

「えっ、どうしてわかったんです？」

驚いた理由は、浴衣の少女はこちらに背を向けている――つまり、顔が見えない状態で描かれているからだ。しかも背の高さからいって、現在の高校生の瑞希ではない。年恰好《としかっこう》は十歳くらいの女の子だ。彩は困ったように首をかしげた。

「……わかりません。ただ、見た瞬間になんとなく『瑞希ちゃんだ』って思ったんです」

絵描きの勘、だろうか。もしかすると女の第六感なのかもしれないが。

「モデルになった本人には、いまだに気づかれていないんですけどね」

苦笑すると、彩はそうなんですか、と声をもらした。

「うしろ姿だから、本人にはわからないのかも?」

「おそらくそうでしょうねえ。作風もあまりに違いますし、最初見た人は戸惑って、本当に僕の絵かどうか疑ったりしますから」

先刻の客を思い出して多聞が言うと、彩は思案するような顔つきになった。

「たしかに妖怪画の連作とは違いますけど、安心院さんのものだとわかりますよ」

「そうですか? 筆致もかなり異なってると思うんですが」

「えーとですね。うまく言えませんけど、私は安心院さんの作品はどこか傍観者の立場で描かれているような気がするんです」

「傍観者ですか」

「はい。傍観者といっても絵の対象に無関心なわけじゃなくて、悪さをする生徒を仕方ないなあと呆《あき》れながら見守ってる担任の先生みたいな。この絵もそんな距離感に見えるので……あっ、私の勝手な印象ですけど」

一瞬、虚をつかれて黙りこんだ多聞に、彩は慌てて手をふった。多聞は動揺を隠し、へらりとした愛想笑いを浮かべる。

「いや、とんでもない。参考になります」

驚いた。やはり同じ絵描きの目はごまかしきれないのかもしれない。

関心はもっているが近づきすぎず、距離をおく。肩入れしない傍観者の立場は、多聞の普段のスタンスとかなり近い。

創作者としての内面を暴かれるのは恐ろしい反面、ひどく甘美なものでもある。創作はなんであれ、自己表現の側面がないとは言いきれないからだ。理解されるのは難しくとも、作品を通じて自分の一端が誰かに伝わることは幸福なことだろう。伝わらなかったからこそ、彼女は苦しむことになったのだから。

「こういう、描けるものの幅の広さも大きな魅力なんですね……」

嚙《か》みしめるように彩はつぶやき、ふっと口を閉ざした。言葉は褒めているようだが、その目元は暗かった。彩の肩のあたりでゆらりと何かが蠢《うごめ》いたのを、多聞は視界の端にとらえる。うぬぼれでないなら、彩のいまの感情は「妬《ねた》み」や「僻《ひが》み」に近いものだろう。

もちろん羨望《せんぼう》や妬みといった感情が悪いのではない。他人の成功を見て自分もこうありたいと願い、飛躍のために努力する向きもある。だが、他人を羨《うらや》む気持ちが湧くのは、返していえば自分の現状に満足していないからだ。その気持ちが行き過ぎれば自分を卑下し、あるいは自己否定にさえ結びつく。鬼がつけ入る隙をみずからつくってしまうのだ。

ギャラリーの入り口をすばやく窺《うかが》う。客が入ってくる気配はない。多聞は腹を括《くく》った。

「――彩さん」

彩の目の前で、多聞は柏手《かしわで》を打つように両手をパンと打ち鳴らした。

「少し驚かせてしまうかもしれませんが、悪い夢でも見たと思って忘れてください」

「……悪い夢？」

「頼んだぞ、おまえたち」

その瞬間、ざわりとギャラリー内の空気が変化した。ボッ、と湯沸かし器が点火したような音がして、壁に飾られた妖怪絵の一枚が突如として火達磨《ひだるま》に変わった。

「えっ？」

仰天して背後をふり返った彩の目の前に、逆さ吊《づ》りになった妖艶《ようえん》な女の生首がふわふわと浮いていた。髪をふり乱し、ニタリと笑うその首に、彩はヒッと小さく声をもらし、一瞬にして気を失った。

小鬼がぶれたように上下に揺れ、慌てた様子で彩の肩から飛びおりた。逃げるつもりだ、とすぐに気づいた。すかさず、

「いづな、外を！」

ぐらりと傾いだ彩の体を支え、多聞は口に出して命じた。

ひょう、と返事代わりに鋭く空《くう》を切る音がして、多聞のかたわらを小さな狐が通りすぎる。青い鬼火がぽっぽっと何もないところに灯《とも》り、炎のゆらぎが空気をゆがめる。

狐火の幻術だ。外から内部を窺い知ることができなくなると同時に、結界の役目も果たす。誰も中には入ってこられなくなるし、出るのも不可能になる。

ここへきてようやく罠《わな》だと気づいたらしい小鬼がぎょっと身をすくませ、こちらをふり

向いた。ばちっと火花の散るような音をたて、多聞の視線と鬼の目が真っ向からぶつかった。鬼は顔をむくむくと膨らませ、牙《きば》をむき出し、目を吊り上げて多聞を威嚇してきた。

「蛸薬師《たこやくし》！」

壁の妖怪絵のひとつが丸くふくれあがり、そこからにょろん、と大きな蛸が這《は》い出してきた。蛸は吸盤のある足をずるりと持ち上げ、漏斗管から墨をびしゃっと吐き出した。

「！」

逃げようと大きく跳ねた鬼に、墨と見えた液体が降りそそぐ。それはただの墨ではなく、トリモチのように粘着質で、もがく鬼を宙でからめとった。

多聞は作務衣《さむえ》のふところに手をつっこみ、毛筆と薄手の和紙をとり出した。宙に縫いとめられた鬼に和紙を叩《たた》きつけ、ザザッと筆で荒々しくその輪郭をなぞる。

「墨《スミ》は棲身、紙《カミ》は禍未、筆《フデ》は不出」

すっと息を吸い、丹田に力をこめて、裂帛《れっぱく》の気合とともに言葉を吐き出した。

「――魂魄《たま》、うつしとったり」

その瞬間、聞こえるはずのない鬼の叫びが、ギャラリーの中に響き渡った。

# 六、

来客用のソファに腰かけ、ぐったりと伸びていた彩の体がかすかに身じろいだ。寝言のような呟《つぶや》きを漏らし、ぼんやりと顔を上げた彩を、多聞はのぞきこむ。

「大丈夫ですか？」

われながら白々しいと思いながら、気遣いをこめて彼女に問うた。彩ははっと目を見開き、きょろきょろと周囲を見渡した。

「……あれ、私」

「急に立ちくらみを起こして座りこまれたんですよ。貧血ですか？」

「立ちくらみ……？　やだ、すみません！」

彩は顔を赤く染め、慌てて立ち上がった。

「最近ずっと寝つきが悪かったから、そのせいかもしれません。とんだご迷惑を！」

必死に頭を下げる彼女に、多聞は良心の呵責《かしゃく》を覚えながらいやいやと手をふった。

「ほんの短い時間ですからお気になさらず。具合が悪いようでしたら座っててください」

本当に白々しいなと思いながら客用のガラステーブルに手を置く。卓上にはさらの半紙といくつかの画材、そして墨で塗りつぶされた『鬼』の絵が一枚、無造作に置いてあった。

彩が驚いたように目をみはる。

「まさか、いまもお描きになってたんですか？」

「ええ。早めに描き留めておかないと、対象が逃げてしまうので」

そうなんですか、と感心したように彩はうなずいた。

「私とはまったく違うんですね。私の場合はどちらかというと、思い起こして描くという作業に近いです」

「描き方はひとそれぞれですからね」

「あの、見せて頂いてもかまいませんか？」

どうぞと言うと、彩は絵をしげしげと眺めた。何か納得がいかないのか、不可解そうに眉根《まゆね》にしわをよせる。鬼の絵から顔を上げ、壁に飾られたほかの妖怪《ようかい》画を見つめた。

ああ、と腑《ふ》に落ちた様子で彩はつぶやく。

「この鬼……目がないんですね」

顔の上半分に眼窩《がんか》はある。だが「瞳《ひとみ》」は描かれていない。

鬼は通常、想像上の妖怪とされている。角や牙といった特徴はあるものの、その容姿に正解はない。だが多聞の描いた鬼は、あきらかに「欠けている」とわかる代物だった。

「『画竜点睛《がりょうてんせい》を欠く』、というやつですね。うん、たしかにこれじゃ気持ちが悪いな」

言いながら、毛筆を手にとった。白い小皿に注がれた墨汁に筆の先をひたし、小鬼の絵

に瞳を描ききった。その瞬間、

「あっ⁉」

彩が突然悲鳴をあげ、一歩後ずさった。平静をよそおって多聞は訊《たず》ねる。

「どうかしましたか？」

「い、いま……その鬼の絵が、うご――」

青ざめた顔で言いかけ、彩は手で口を覆うと、多聞の鬼の絵を睨《にら》んだ。まるでもう一度、本当に動き出すかどうか見定めようとでもするかのように。

「……いえ、すみません、錯覚でした。あまりに真にせまった絵だから、生きてるように見えたのかも」

「光栄です」

はは、と愛想笑いを浮かべながら、多聞はさりげなく背中を壁にあずけた。本当はその場にへたりこみたいほど疲れているのだが、それを悟られるわけにはいかない。

幸いにも彩は絵を注視していて、多聞の異変には気づかないようだった。

「私にはこんなふうには……魂が宿っているような絵は描けません。それがとても悔しいし、正直に言ってしまうと、とてもうらやましいです」

しぼりだされた言葉はおそらく本音だった。そしてそれは、同じ絵描きとしての賛辞ではあるのだろう。礼を言うべきか判断に迷い、多聞は首をふるだけに止《とど》めた。

「鳥居さんは僕をかなり過大評価されてますよ」

「そんなことは……」

彩はふいに思いつめたような表情をこちらへ向けた。

「――あの、実は私、今日ここに来たのはあきらめるためだったんです」

多聞は怪訝《けげん》な顔になった。

「あきらめる？　どういうことでしょう？」

「安心院さんの作品を見れば、自分にどれほど才能がないのかわかるだろう。そうしたら踏ん切りがつくかもしれない、と思って」

ひどい買いかぶりだ、と多聞は思った。ため息に聞こえないよう、小さく息を吐く。

「僕と鳥居さんではフィールドが全然ちがいますよ。作風そのものもですが」

「ええ、それはわかっています。でも――」

「今後どうするかは鳥居さんが決めることですし、僕がどうこう口出しすることではありません。ただ、ひとつだけ言わせてもらえるなら、他人の作品を夢をあきらめるための言い訳に使ってはだめです」

彩ははっと息をのんだ。

「それで一時的に踏ん切りはつくかもしれない。ですが、あとで必ず後悔します。自分の能力に見切りをつけたいのだとしても、それは他人との比較で得てはいけません」

口幅ったいことを言うようですが、と多聞は前置きしてから続けた。

「僕自身、才能があるなどと思ったことは一度もないです。いまは一部の方に評価していただいていますが、このさき五年、十年とこの道で食べていけるかはわかりません。それこそ一年後には筆を折っているかもしれない」

「そんなことは……」

多聞は首をふった。

「未来のことはわかりません、誰にも。それこそ、こいつに笑われてしまう」

鬼の絵を指さして言う。意味が通じなかったらしく怪訝な顔になる彩に、多聞はにやりと笑いかけた。

「言うでしょう？　来年のことを話すと鬼がわらう、って」

「あ……」

「鬼にわらわれるより、鬼をわらってやりましょうよ。どうせならね」

彩はしばし鬼を見つめていたが、はい、と小さくうなずいた。文字通り憑《つ》きものが落ちたような、すっきりとした表情だった。

「ああ、疲れた……」

しきりに礼を言う彩を見送ったあと、多聞はその場に脱力して座りこんだ。魂《たま》ごめの筆を使うと、いつもこうやって気力をごっそり削りとられる。なるべくなら使いたくないのだが、今回は致し方ない。

「——ははあ。こらおもろいわ、まるで紅葫蘆《べにひさご》でんな」

目を閉じて眉間《みけん》をもんでいると、すぐそばから聞き覚えのある声がした。ぎょっとして目をあけると、衣笠が鬼の絵を眺めてひょひょひょと笑っている。

いつギャラリーに入って来たんだ、と驚きながら、多聞は顔をしかめた。紅葫蘆とは『西遊記』に登場する、名前を呼ばれて応じると中に吸いこまれるまじない道具のことだ。

「まさか多聞はんの趣味が妖怪魚拓とは。いや、魚拓っちゅーか妖拓《ようたく》か」

「なんでも好きなように呼んだらいいよ。僕がうつしとるのは姿かたちじゃないけどね」

重い息を吐き出し、多聞は立ち上がった。

「実体のないものやもんな。ほんなら魂拓でっか。コンタク、っちゅーたら英語では文字通りの『接触《contact》』か。うひょひょ」

「言霊の話かい？　いや、いまのはたんなる親父ギャグか……」

よくもまあ外来語のことなど知っているものだと感心する。衣笠はガラステーブルにちらりと視線をやり、紙といっしょに置かれた一本の筆に目を留めた。

「この筆、ただの筆やおまへんな。どっちかっちゅーたらわてらに近いもんや」

「正解だよ。知り合いの坊主はこれを『魂ごめの筆』と呼んでる。強い霊力が宿っているんだそうだ」

衣笠はギャラリーにずらりと並んだ絵に視線を移し、納得したようにうなずいた。

「魚拓をとれば封印、描けば文字通り多聞はんの『手になる』妖怪絵ができるわけでっか。なるほど『魂ごめ』とはよう言うたもんや。便利なもんでんな」

「使えば僕も気力をごっそり持っていかれるから、あんまり使いたくないんだけどね」

多聞はため息をつき、ずきずきと痛むこめかみを押さえる。

「まさに『妖怪絵師』っちゅう異名は伊達《だて》やないわけでんな。わても多聞はんはただモンやあらへんと思とったけど」

「残念だけど、僕は視えて聴こえるだけの凡人だよ。筆の力を借りてるだけのね」

「こんな筆を扱える素養があるっちゅうだけでも常人とは思えまへんけどな。それで、こっちの封印した鬼はどうなさるんで？　落款でも入れて掛け軸にでもしなさるんでっか」

「人聞きの悪いことを言わないでくれ。売り物になんかできるわけないだろう」

衣笠の皮肉に、多聞は顔をしかめた。

「知人に寺の関係者がいるんだ。僕よりよっぽど詳しい専門家にあずけて、きちんと供養してもらう。それも、あくまで人間に害をなした場合だけだ」

「ははあ、そういうことでっか。けどまあ、そんな面倒なことせんでも」

衣笠は鬼の絵を手にとると、二つに折ってぱくりと口の中に入れてしまった。

「！　衣笠くん⁉」

一瞬の早業で、止める間もなかった。衣笠は紙をもぐもぐと咀嚼《そしゃく》し、ごくんとのどを鳴らして嚥下《えんか》する。

「こうしたほうが早いでっしゃろ。──あー、マズぅ」

苦い薬でも飲んだようにぺっぺっとつばを吐く衣笠に、多聞は血相を変えた。

「なんてことをするんだきみは！」

「えええ⁉　なんで怒らはるんでっか、多聞はん。別にええやないですの、こんな小物の一匹や二匹。人間さんに害があるだけで、別に大した存在でもあらへんのやし」

「あのね衣笠くん、誤解のないように言っておくけど、僕は本当に祓《はら》い屋や現代の陰陽師《おんみょうじ》を気どってるわけじゃないんだよ。むしろ──」

「むしろ？」

多聞は言いよどんだ。言葉を探していると、まさに天佑《てんゆう》というタイミングでギャラリーのガラス扉が開いた。

「こんにちはー、センセ！」

入ってきたのは制服姿の瑞希だった。多聞はこれ幸いと衣笠との会話を打ち切り、やあ、と満面の笑みを向けた。

「いらっしゃい、瑞希ちゃん」

「これ、個展のお祝いというか、差し入れ。お母さんがセンセに持って行きなさいって」

さし出されたのは村上開新堂《むらかみかいしんどう》のオレンジゼリー――実は多聞の好物である――の箱だ。前もって冷蔵庫に入れてあったのだろう、ひんやりした感触に多聞も相好を崩す。

「ありがとう。笑子《えみこ》おばさんにもあとで必ずお礼を言うよ」

「うん、うちからも伝えておくね。……センセ。もしかして、彩さんもう来た？」

ギャラリー内を眺める瑞希に、多聞はさすがに勘がいいな、と内心で舌を巻いた。

「おみえになったよ。さっき帰られたばかりだ」

「やっぱり？　会えるかなあ、と思って来たんだけど遅かったね。もう平気？」

「ああ。大丈夫だと思うよ」

遠まわしに鬼がいなくなったことを伝えると、瑞希は胸をなで下ろした。

「よかったぁ、本当に。さすがはセンセ」

「あのね瑞希ちゃん。何度も言うようだけど、僕は妖怪専門のカウンセラーでもなんでもないんだからね。あんまり頼みにされても困るよ」

「うん、それはわかってる」

まじめな顔になり、瑞希はぎゅっと眉根をよせた。

「うちも、あんまり無理言わないようにしなきゃって思ってるんだよ。センセはやさしいから、困ってるひとがいたら絶対見捨てないし」

「……そんなことはないけど」

「でも、結局うちがこういう相談できるのはセンセだけだから」

「………………」

「甘えてばっかりで、ごめんなさい」

「……いや」

うつむいてぽつりとこぼされた謝罪に、多聞は思わず口元をおさえ、視線をあさっての方向にそらした。これを計算でやっているなら大したものだが、まったく裏のない素直な気持ちで言っているのだから、多聞も強く出られないのだ。

「ふむ、なるほど。瑞希はんが心底頼りにして、甘えられんのは多聞はんだけ、と」

「うるさい」

にやにやと笑う衣笠を睨みつけたが、ゆるんだ口元としまりのない顔つきでは威力も半減だった。

「はてさて、甘えられてるんか、甘やかしてるんか。ほんまのところはどっちなんやろな、多聞はん？」

多聞は口をへの字に結び、衣笠のからかいを故意に無視した。

――これでも自覚はあるのである。ほんの少しだけ。

# 夏祭りの夜　二

——ほぅ　ほぅ　ほぅたる　来い。

どこかから、そんなわらべ歌が聞こえてくる。息を切らして祭りの喧騒《けんそう》のなかを走っていた多聞は、その歌声に足を止めた。

（まさか、瑞希ちゃん？）

焦ってあたりを見渡す。だが、幼い少女の姿はどこにもなかった。

——一瞬だった。ほんの一瞬目をはなした隙に、手をつないでいた少女がいなくなっていたのだ。気づいた多聞は青ざめた。

「瑞希ちゃん!?」

祭り客のなかには瑞希と同年代の子どもも多い。はぐれた少女を捜してあちこち走り回ったが、見当たらなかった。祭りの本部に行って誰かの協力を仰ぐなり、あるいは迷子のアナウンスをしてもらったほうがいいかもしれないが、人混みの中からいつ「おにいちゃぁん」という声が聞こえて来るかもしれないと思うと、容易に決断もできなかった。

気ばかりが焦って考えがまとまらない。瑞希とは十歳近く年齢《とし》が離れているとはいえ、多聞もまだ高校生だった。

(瑞希ちゃん、どこへ行ったんだ)

あれほど目をはなすなと父に厳命されていたのに。もしも誰かに誘拐されたりしたら

――、否、それ以上に、誰かではなく何かに攫《さら》われでもしたら。

瑞希は多聞と同じで、「ひとには聞こえない声」を聴くことができる。こんな祭りの夜には、人間のざわざわとした気配に引きよせられ、善くないものもふらふらとさ迷い歩いていることがある。そういう輩《やから》にとっては瑞希のような幼い子どもなど、格好の獲物だろう。

(招かれてついていったら大変なことになる)

多聞は血の気の引く思いで、瑞希を捜して屋台の並ぶ通りを走り回った。

そんなとき、ふと聞こえてきたのだ、あの歌声が。――わらべ歌の『ほたるこい』。しばらく耳を澄まして歌を聴き、多聞は声の聞こえてくるほうへ方向転換した。それが人間の肉声ではないと、ようやくわかったからだった。

歌声をたよりにたどり着いたその場所は、神社の裏手だった。

巨大なクスノキの根元で、うつぶせに倒れている浴衣姿の少女を発見し、多聞は驚いて

立ち尽くした。

「……瑞希ちゃんっ！」

急いで駆けよろうとしかけ——、その足がぎくりと踏みとどまる。倒れている瑞希のすぐそばに、何かが佇《たたず》んでいると気づいたのだ。

「おやおや。来たね」

意外そうというより、むしろ楽しげな口調でそいつは言った。女か男か判断の難しい、中性的な子どもの声。

何もない宙に突如ぽつぽつと青白い火の玉が浮かび、多聞は驚いた。蛍光色のそれは、鬼火、あるいは狐火と呼ばれるものか。

火明かりに照らされ、闇に浮かび上がって見えたのは、顔を白い狐の面で隠した童子だった。死装束を思わせる真っ白な着物を灰黒の帯で締め、裸足《はだし》に下駄を履いている。

多聞ははじめ、幽霊だと思った。

背丈は低い——瑞希とほとんど変わらない——のに、圧倒されるものを感じて、多聞は思わず踵《かかと》をさげた。だがよく見てみると足は二本あるし、体も透けていない。ちゃんとした実体がある。なにより、多聞はいままで幽霊は視たことがない。怪談では混同されていることも多いが、妖怪《ようかい》と幽霊はまったく別の成り立ちのものだ。

「つくづく星のめぐりあわせとはふしぎなものだね。今日にかぎってふたりも、素養のある童に出逢《であ》うとは」

面に隠れて見えないのに、なぜか相手が笑っているとわかる。憶測にすぎないが、たぶん彼は——便宜上「彼」と呼ぶことにするが、悪童のような顔をしている気がした。

「久しぶりに遠出してみれば、洛内《まちなか》はずいぶんにぎやかに様変わりしたものだ。ほんの四、五十年のあいだに人間もみな鈍感になった。誰もわたしの存在に気づかないとは」

多聞は面食らった。……四、五十年のあいだ？

半世紀もの年月を「ほんの」と表現したということは、見た目はどうあれ、おそらく相当に年旧《ふ》った存在なのだろう。たとえば〈化け猫〉や〈付喪神〉の例を見てもわかるように、あわいのものは年月を重ねれば重ねるほど格と力を増す。高校生の多聞には、とても太刀打ちできる相手ではなかった。

不幸にもこういう手合いに遭遇したら神仏に祈りながら逃げるしか手はないし、いますぐそうするべきである。だが、瑞希を置いていくことなど、できるはずもない。

「歌ってたのは、きみか？」

多聞が問うと、童子はこちらに体を向けた。

「そう、祭りの喧騒にまぎれてね。誰か、わたしの声が聴こえる人間がいやしないか、視える人間がいやしないかと思って。そうしたら、この娘がのこのことやって来た」

くすくすと笑う声が多聞の不安を掻《か》きたてる。本当は笑っていない、道化の笑み。

怯《ひる》んだところを見せれば瑞希の二の舞だ。様子を窺《うかが》いながら、多聞はじりじりと少しずつ距離をつめていった。隙をつくらないよう注意を払いつつ、慎重に対話に運んでいく。

ここで大声を上げれば誰かが気づいて見に来てくれるかもしれない。おとなが来れば、さすがにこいつも逃げるだろう。だが、まだ瑞希との距離が近い。逃亡の際に何かしないともかぎらない。なんとしても意識をこちらに向けさせなければ、と多聞は思った。

「……それで、その子に何をしたんだ」

多聞が睨《にら》むと、童子は心外だとでも言いたげに鼻を鳴らした。

「何もしてないよ。ただ、名前を訊《き》いただけ」

「名前?」

「この子が訊いたんだ。あなたは誰か、とね。だからわたしも訊いたのさ。きみの名前はなんだい、って」

多聞の知るかぎり、永くときを経てきたものほど、名を知られることを嫌がる傾向にある。それが高名であればあるほど、弱点をも知られることになりかねないからだ。

そして、逆の立場であってもそれは同じことだ。もし万が一にもあわいのものと対峙《たいじ》することがあったら、自分の名は容易に明かしてはならない。名前を知られるのは魂を握られることに等しい。いまは亡き多聞の祖父——彼もまた、かつては視える人であった——が、多聞に残した教えのひとつだった。

「そしたらこの娘がこたえたんだ、自分の名前は『ミズキ』だってね」

多聞の鳩尾《みぞおち》のあたりがすうっと冷える。名前を知られた。

視線が自分の右手に落ちる。

(どうして離したんだ、あの子の手を)

こちらの葛藤《かっとう》をよそに、童子はひとり愉快そうに肩を揺らした。

「おまえは多少なりともこちらの決まりごとを知っているようだ。いいだろう、特別に糸口をひとつ教えてあげよう」

言うが早いか童子の背後に長く白い尾のようなものがゆらりと視え、多聞は息をのんだ。

尾の形には見覚えがある。あれは、そう——狐の尾だ。

人間を誑《たぶら》かし、ときに誘惑し、あるいは嫁いだり子を孕《はら》んだりする、〈狐〉。関わったものは、場合によっては人生をゆがめられたり、酷《ひど》い目に遭うこともある。あわいのもののなかでも、もっとも厄介な部類。

絶句する多聞を尻目《しりめ》に、狐の童子はにやりと笑った。

「さて。おまえも、わたしの名前を問うてみるか?」

# 第三話〈のっぺらぼう〉の姫

## 一、

三条木屋町《さんじようきや》－四条木屋町《しじよう》界隈《かいわい》をひと言で言いあらわすなら「飲み屋街」である。全国チェーンの居酒屋にカラオケ、ラーメン屋に老舗《しにせ》の料亭などが軒をつらね、雑多で猥雑《わいざつ》な、京都でももっとも俗寄りの一画を形成している。

会社帰りのサラリーマンや飲み屋をはしごする大学生たちでにぎわう時間帯、多聞《たもん》は一軒の飲み屋の暖簾《のれん》をくぐった。

店の中は人いきれと賑《にぎ》わいに満ちている。週末でなくとも空席が珍しい店なので、今日は客が少ないと思えるほどだ。壁には昭和の新聞記事やポスター、チラシなどが隙間もないほどに貼られ、店の歴史を思わせる。金のない学生時代から、仲間内で飲むとなるとこの店だった。リーズナブルな値段でまずまずの量が食えるから重宝したのだ。

地下への階段を降り、きょろきょろと左右を見渡すと、奥の席で「よう」とばかりに見知った顔が片手を上げる。多聞は久しぶりの挨拶《あいさつ》もそこそこに席につくと、ビールと皿うどんを注文した。

「なんやお疲れやないか、多聞」

席につくなりため息をついた多聞に、対面に座る男が半分呆《あき》れたように笑った。

多聞の高校時代からの友人で同学年、名を南条輝陽《なんじょうてるひ》という。髪の毛を金に染め、両耳ばかりか鼻にまでピアス穴を開けている。見るからに軽薄そうな男だが、これでもれっきとした寺生まれ、しかも現在は派遣坊主だ。いまどき破戒僧を気どっているのかは知らないが、出会った当初から南条はこのスタイルを貫いている。

「ああ、ちょっとね」

げっそりとした表情で多聞はうなずいた。つき合いの長い相手なので、いまさらとりつくろう気もない。

「最近呼びつけて来ぃひんから、てっきり平和なんかと思っとったけど、違うんか？」

「まあ、平和といえば平和だけど」

多聞はさっそく運ばれてきたビールをあおる。

「妙な居候がいっぴ――いや、ひとり増えたぐらいだよ」

「なんや。また多聞とこのお姫《ひい》さん、妙なもんつれこんだんか」

「誤解を招くような言い方はやめてくれ。……妙というか、変わったやつではあるね。人間に害のあるタイプじゃないのはたしかだけど」

ははん、と南条は烏龍茶《ウーロン》のコップを片手に（彼は下戸だ）、気のない相槌《あいづち》を打つ。

寺の人間だからというわけではないが、南条も多聞と同じくこちら側——あわいの存在を知る人間だった。

「ほんま、もののけの駆けこみ寺と化してきよったな」

「まったくだよ。最近ちょっとした事情があって、鬼を封じたんだけど……」

とたん、南条は目をむいた。

「はあ？　おまえ、さっき平和や言うたやないか！　封じの絵はいったいどうしたんや？　はよ出さんかい！」

「いや、今回はそっちの世話にはならないよ。もう片づいた」

「片づいたて、まさか供養も祈禱《きとう》もせずに焼いたり捨てたりしたんとちゃうやろな？」

まさか、と多聞は苦い顔で否定した。たこわさを箸《はし》でつつきながら、経緯を簡単に話して聞かせる。南条はふんふんと相槌を打っていたが、衣笠《きぬがさ》が絵を食べたくだりを聞くと、へえ、と感心するような声をもらした。

「魚拓をなあ……、なんつった、そいつ。〈共食い〉いうたか？」

「違う。〈面喰《めんく》い〉だよ」

「めんくい。へえ、イケメンが好きなんか？」

「天井はもういいよ」

嘆息しながらつぶやくと、なんのこっちゃ、と逆に南条につっこまれた。

「ともかくそういう名前なんだと。本人の言いぶんでは比較的最近……生まれて百年？　そこそこらしいよ。昔からいる土着のやつじゃなくて、新しいやつだ」

「はあ、たしかに。百歳っつーたら妖怪では若手やろうな。若手いうんも変やけど」

「カメラやビデオなんかの映像媒体が発達して、ひとやものの姿をより現実に近いかたちで長く留《とど》めておけるようになったから、そこから発生したものなんじゃないかと思う。人間の感情が色濃く残ったものは化生に転じやすいだろう」

「なるほど。ダゲレオタイプからかぞえりゃ二百年弱か。カメラやビデオの付喪神なんかも、そろそろどっかで生まれててもおかしくないな」

　多聞はうなずいた。

「主食は人間の絵や写真だそうだ。試してないからわからないが、おそらく映画のフィルムなんかも食えるんじゃないかな。食った相手の人となりがわかるのが特技らしい」

「へええ。なんや面白そうなやつやん。害ないんならオレも会《お》うてみたいわ」

「面白いというかうるさいというか……、まあ、おまえとは気が合うかもな」

「どういう意味やねん。外見はどんなやっちゃ？」

　多聞はさしみ醤油《じょうゆ》に箸をひたし、空いた皿に蓑《みの》を着た地蔵のような絵を描いてみせた。

「ええと、こんな感じかな」

「いや、それじゃようわからんて。んで、その絵本作家の女……鳥居《とりい》さんやったか。その人はどうなったんや？」

「ああ、後日大書院《だいしょいん》のほうにも訪ねて来てくださってね。いまは勧業館近くの絵本屋でバイトしてるそうだ。創作も、別の出版社にかけあって一からやり直すつもりらしい。もう心配しなくていいだろう」

そぉか、と南条はうなずいた。

「ほんで、お姫さんはどうなん？」

「どうとは？」

「元気に過ごしたはんの？」

「ああ、元気だよ。風邪ひとつひかないみたいだしね」

またもそぉか、と南条はうなずく。

「姫が健康なんはええことやん、従者としては」

「誰が従者だ。いや、いっそ本当に姫と従者ならよかったのか……」

何を言うとるんや、と南条は笑う。

「相手はぴちぴちの女子高生やで？　ある意味勝ち組やないか。だいたいその女子高生に『先生』なんぞと呼ばせやがってこのムッツリが」

「違うっ。あれは瑞希《みずき》ちゃんが勝手に……」

思わずむきになって言い返しかけたが、南条はへいへいと馬耳東風だ。

瑞希が自分を「センセ」と呼ぶようになったのはいつからだったかもう忘れてしまったが、あれは敬称ではなく一種の愛称《あだな》のようなものだと多聞は思っている。

それに、実の妹でもないのに「お兄ちゃん」と呼ばせるのは忍びないし、かといっていまさら名前にさん付けも気恥ずかしい。「先生」ではなく「センセ」と短くして瑞希が呼ぶのも、近すぎず遠すぎない互いの関係を彼女も慮《おもんぱか》っているからなのだろう。

「何をどう言い訳したところで、うらやましい話やけどな」

「……なんなら代わるか？」

「いや、オレには荷がかちすぎやわ。遠慮しとく」

睨むと、南条はあさっての方向に視線をそらした。調子のいい男だ。

「──で、今日僕を呼び出した用件はなんだ？　からかうためじゃないんだろ」

「ああ、せやったせやった」

多聞が水をむけると、南条はだし巻き卵をもぐもぐと咀嚼《そしゃく》し、烏龍茶で流しこんだ。

「肝心の用件ねんけど……、多聞、ひとつ頼みがある」

いつになく真剣な調子で切りだした旧友に、多聞は身構えた。だいたい古いなじみが呼び出して頼みなどと言い出した場合、面倒事になると相場が決まっている。

「悪いが南条、僕はおまえの連帯保証人にはなれない」

「ちゃうわボケェ！　つか、おまえオレのことなんやと思てんねん！」

「破戒僧。それで、頼みってのは？」

「おまえを日本一の絵師と見込んでこの通りっ！　——とあるお嬢さんの肖像画を描いてくれへんかっ？」

一瞬、言われた言葉の意味がわからなかった。というより聞き間違いだと思った。多聞は皿うどんに箸をのばしたところで、ぴたりと手をとめた。

「……肖像画？」

## 二、

「えっ。今日、えりちゃんお休み？」

布のほつれ目から顔をあげ、瑞希は問うた。クラスメートであり、同じ手芸部員でもある未木谷《みきたに》佳苗《かなえ》が、器用な手つきで型紙にそって布を裁断しながらうなずいた。

「うん。なんか家の用事があるとかでクラブ休むって」

放課後の被服室は、手芸部の女子たちの発する華やかなざわめきで満ちている。ガタガタという電動ミシンの駆動音と、大型の断ちきりバサミが布を裂く音の合間に、ときおり爆発したような少女たちの笑い声が起こる。

「こら、そこ静かにして」

「すみませーん」

三年生の部長が注意すると、彼女らは首をすくめて謝罪し、再び自分たちの作業に戻る。そのくり返しだ。女三人よれば姦《かしま》しいというが、十人以上もの、ましてや箸が転がってもおかしい年ごろの少女たちが狭い室内にいるのだから、喧《やかま》しさもひとしおだ。

そんな騒動の中心から少し離れ、瑞希は部内でも仲のいい友人たちと机を並べて、エプロンを縫っている最中だった。

「そっか、えりちゃん来ないのかぁ。残念」

えり、とは今年入部してきた一年生の卯月江梨子《うづきえりこ》のことだ。瑞希にとってははじめての後輩であり、なおかつ入部して日が浅いので、同じ足並みで作業ができる同志でもあった。

おとなしそうな見た目に反してなかなかのしっかり者だが、どこか育ちの良さを感じさせる品があり、何よりもまず人目を惹《ひ》く容姿をしていた。先輩風を吹かせられるから、という理由ではないが、瑞希は江梨子のことを妹のように気にかけており、江梨子のほうでも瑞希にはよく懐いている。理想の先輩後輩の関係だった。

「まあ病気じゃなくてよかったじゃん」

横からそう口をはさんで来たのは、瑞希とは中学からつき合いのある金子恵《かねこめぐみ》だ。下の名前は「めぐみ」と読むが、親しい友人はみな音読みで「ケイ」と呼んでいる。

「卯月ちゃんの家って、たしか老舗の料亭じゃなかった？　お嬢さまだし、お家《うち》の用事もいろいろあるんじゃない？」

恵は手に裁縫道具ではなく自前のデジタルカメラを持ち、もくもくと作業を進める佳苗の横顔を写真におさめている。慣れたもので、佳苗も瑞希も彼女の突飛な行動について何も咎《とが》めない。恵の趣味は写真なのだ。その恵がなぜ手芸部員なのかというと、学校に写真部がないせいだった。

「そうね。土曜日もお茶やお花の稽古《けいこ》で忙しいって言ってたし」

うんうん、と布を裁断し終えた佳苗がうなずく。

「本当にあの子、着物のモデルさんみたいに美人だもんねえ。おまけにひとり娘でしょ？　親御さんが蝶《ちょう》よ花よと育てていらっしゃるのもわかる気がするわ」

「案外、お見合いだったりして」

「えー、まだ高校生なのに⁉　……けど、あの子ならありうるかも」

恵と佳苗が盛りあがる横で、瑞希はもくもくとエプロンに針を通す。

「今日、エプロンの次に何をつくるか、いっしょに相談しようって言ってたのになあ」

「ほんとに仲いいね、あんたらは」

佳苗が苦笑した様子で目を細める。

「卯月ちゃん、クラスの子らとはあんまり仲よくないみたいだからね。瑞希と喋《しゃべ》ってるときがいちばん楽しそうだし」

恵が漏らしたひと言に、佳苗が少し驚いたように目をみはった。

「そうなの？」

「うん。あ、別にいじめとかじゃないよ？　ただちょっとあの子、どこかお嬢さま然としてツンと澄ましたところがあるじゃない。それでちょっと敬遠されてるみたい」

「ああ、ちょっと近づきがたい感じがあるもんねぇ。顔がきれいだからなおさら」

三人の中で一番情報収集力に長《た》けた恵の言葉に、佳苗が納得したようにうなずいた。瑞希は危うく指に針をつき刺しかけ、慌てていたために恵たちのやりとりをほとんど聞いていなかった。

「というか瑞希、あんた二年なのに一年と同じペースってどうなの。先輩としての威厳はどうした、威厳は」

「うーん。あ、でも最近は左の親指けがするの減ってきたよ」

たったいま、針で指を刺すところだった瑞希の返しに、ふたりは「まったくこの子は」とでも言いたげに首をふった。

「あたしもひとのことは言えないけど、瑞希はなんで手芸部にしたのさ。別に運動神経悪くないんだから、運動系のクラブに入ればよかったのに」

写真部がないからという理由で同じ文化系の部活にした恵が、自分のことを棚に上げてあきれたように肩をすくめる。

「うちも本当は美術部とどっちにしようか迷ったんだけど……、花嫁修業ならやっぱりこっちかな、と思って」

手芸部に入って二年目になるが、本来の手先の不器用さが祟《たた》ってか、いまだに簡単なエプロンや鍋《なべ》つかみなどの裁縫にあけ暮れている。佳苗や恵は、すでにワンピースやぬいぐるみなど、もう一段階すすんだ物作りに移行しているにも拘《かか》わらずだ。そのため瑞希が花嫁修業のために手芸部に入部したのだと言っても、誰ひとりとして信じてくれない。

佳苗と恵は首をかしげつつ、目線をかわしあった。

「なんで美術部か手芸部かの二択なの？」

「瑞希の言うことはいまいち本気かどうかわかんないんだよなー」

「……いつも本気だよ？」

「ま、そういう台詞《せりふ》はエプロンぐらいまともに仕上げてから言いなさい」

友人からのありがたいお叱りに、「はーい」と素直に返事をして、瑞希はふたたびエプロンを仕上げにかかったのだった。

——その、帰りのことである。

「えええええ、センセにモデル⁉」

いつものように安心院《あじみ》家へ遊びに来た瑞希は、玄関先で驚愕《きょうがく》の声をあげた。

「へえ、そうですねん」

瑞希を出迎えにあらわれた衣笠は、なぜかばつが悪そうに答えた。

衣笠が多聞の家に居候するようになってから、早くもひと月以上経とうとしている。もはやすっかり家に居ついてしまった様子の衣笠は、瑞希が訪ねたとたんガタガタと騒ぎ出した家守たちに「静かにしなはれ！」と注意を飛ばす。

「世話んなった知人を仲介して、多聞はんのとこに依頼が来たそうですわ。先方さんが何をどう気にいらはったんかしらんけど、『ぜひ多聞はんに』って言わはったらしゅうて、今日から通いでお宅のほうへ」

衣笠は比較的高級な住宅がならぶ界隈《かいわい》の地名を挙げた。

「日曜の店番もしばらく叔父さんに任せはるとかで。瑞希はん、大書院《みせ》のほうへは？」

「今日は寄ってない」

瑞希は首をふり、悄然《しょうぜん》として肩を落とした。

(なんでだろう……なんかうち、モヤモヤしてきた)

制服の胸元に手をあて、瑞希はぽつりとつぶやく。

「センセ、ずるい。うちのときはダメって言ったのに、ほかの人は描いてあげるなんて」

ぽつりとこぼした言葉に、不満と悔しさがにじむ。この感情を嫉妬《しっと》と呼ぶのかは微妙なところだが、納得がいかないという気持ちではある。

「瑞希はんもやっぱり年頃のおなごでんなあ」

衣笠はふっくりと目を細めた。完全に親目線のまなざしである。

「まあ落ち着いとくれやす。多聞はんに直接聞かはったらええですやん。とりあえず入って待ちなはれ、瑞希はん」

促され、瑞希は素直にお邪魔することにした。


(なんや瑞希はんが暗ぁなると、わても調子くるうわあ)

瑞希を居間に通しながら、衣笠はそわそわと落ちつかない気分になった。ふだんが屈託ない少女だけに、消沈している姿が際立って見える。その証拠に、さっきまで騒がしかった家守たちもざわつくのをやめ、急にピタリと静かになった。

「ねえ、衣笠さん。そのモデルさんって女のひと?」

衣笠が差しだした座布団に腰を下ろすなり、うつむいた瑞希がぼそりと訊《たず》ねてきた。げに恐ろしきは女の勘である。どうせ隠してもすぐにバレるわ、と衣笠は腹を括《くく》った。

「あー、そう言うてはりましたな」

「若い?」

ああ、そこまで訊《き》いてくるのか。

「へえ。親御さんが高校生に上がった記念にとかで」

「じゃあ高校一年生だね」

ひとつ下かぁ、と瑞希はつぶやいた。「美人さんなのかな？」

「さあ、そこまではわてにも……」

衣笠は微妙に言葉を濁した。ただ、記念として写真ではなくわざわざ肖像画を描かせるあたり、推し量れるものはある。親の贔屓目《ひいきめ》という可能性もあるが、なんとなく美少女だろうという予感がした。

「もしかしてヌードとか？」

衣笠は派手な動作でのけぞった。

「そんなわけないですやん！　ただの肖像画ですて。高校生やのにハダカなんか親御はんが許すはずないですやろ。もしそうやったら、多聞はんもはじめから断らはるわ！」

「……そうだよね」

ようやく安堵《あんど》して瑞希はうなずいた。拍子抜けしたようでもある。

「なんだか、すごく嫌な気持ちになっちゃった。うちがセンセにお願いしても、いっつも断られるから」

「そら、しょうがあらしまへんて」

衣笠は深い同情をこめてうなずいた。瑞希にではなく多聞に、だ。

「うちがもっと美人だったら描いてくれたかなあ」

さびしそうにつぶやいて、瑞希は膝《ひざ》を抱えた。

普段は男子のような飾り気のない格好をしていることが多い瑞希だが、いまはプリーツの入ったスカートという、高校の制服だ。それだけでずいぶん女らしさが増した気がするのだから、年頃の娘というものは恐ろしい。

（――こりゃ多聞はんも苦労しはりますわ）

「瑞希はん、ひとつツッコんだこと訊いてもええでっか」

「うん？　なに」

「多聞はんは、瑞希はんにとってどういう存在なんどす？」

直球といえば直球な質問に、だがしかし瑞希はかけらも動揺せずに返答した。

「センセ？　……センセは、うちのおまもりかなあ」

「おまもり？」

衣笠がおうむ返しに訊ねたとき、ガラガラ、と玄関の引き戸が開く音がした。同時に、「ただいま」と呼びかける声がある。

「ああ、多聞はん帰ってきゃはった」

気まずい空気を払うようにパッと立ち上がり、衣笠は家の主人を出迎えた。瑞希も座ったまのろのろと顔をあげる。

「おかえりやす、多聞はん」

「ただいま。いらっしゃい瑞希ちゃん、学校の帰りかい？」

家の前にとめてあった自転車で来訪に気づいたのだろう、瑞希を見ても驚かず、作務衣《さむえ》姿の多聞はひょいと手を上げて挨拶《あいさつ》した。

「おかえりなさい、センセ。お邪魔してます」

答える瑞希の声はふだんと変わりなかったが、多聞は何かに気づいたようだった。

「……何かあったの、瑞希ちゃん」

さすがにつき合いが長いからか、微妙な雰囲気の違いを汲《く》みとってしまったようだ。それには答えず黙りこんでしまった瑞希にかわり、衣笠は慌てて質問した。

「た、多聞はん、依頼のお家に行って来はったんやろ。どうでした？」

「ああ、すごい豪邸だったから驚いたよ。『卯《う》ノ月《つき》』っていう老舗《しにせ》料亭をやってるとは聞いてたんだけどね」

言いながら、画材道具一式をつめた大きめの帆布カバンを畳に下ろす。

「いやいや、家の話やのうて。モデルさん本人の」

「モデルの子？　うん、かわいい女の子だったよ。あんまり喋らなかったけどね。今日は挨拶というか、顔合わせしただけで帰って来たんだけど」

かわいい、という単語に瑞希は小さな反応を見せる。衣笠ははらはらと気をもんだ。

「聞いたら瑞希ちゃんと同じ学校だって言うから驚いたよ。一年生だからひとつ下だね」

いやあ若い子相手だといろいろ緊張するね、とオヤジのような発言をくり出す多聞の袖《そで》を、衣笠は慌てて引っぱった。

「あ、あかんて多聞はん。それ以上言うたら火に油すまし、じゃない、火に油や」

「なんだいそれ。というか、瑞希ちゃんの様子がおかしいけど、何かあったのかい？　まさか、また衣笠くん……」

「冤罪《えんざい》ですがな！　わてはなんもしてへん、原因は多聞はんやんか！」

逆に食ってかかられ、多聞はきょとんとした。

「は？　僕？」

「せや、瑞希はんが描いてくれって言うたときは断らはったのに、なんでそのお嬢さんのは承諾しゃはってんや！　まさか、その娘はんがべっぴんやったから引き受けたとか、そんな事情とちゃいますやろな？」

「はあ？　何を言ってるんだ、違うに決まってるじゃないか」

多聞は即座に否定し、疲れた様子で肩を落とした。

「僕だって断れるなら断りたかったよ。だいたい僕は似顔絵や肖像画なんてまるで専門外だよ!?　趣味で油彩を描くこともあるけど、妖怪《ようかい》絵師なんて呼ばれてる人間に、ふつう肖像画なんて頼む人間がいると思うかい？」

たしかに、と衣笠はうなずいた。カメラやビデオなどの記録媒体が発達した現代でも、肖像画を専門とした描き手は探せばいくらでも見つかるだろう。

「ほなら、どういういきさつですのん」

「そのお嬢さんが大変な写真嫌いらしくてね。学校行事なんかでどうしても必要な場合を除いて、絶対に写真は撮らせないそうなんだよ。けど親御さんとしては、娘さんの一番きれいな盛りを形として残しておきたい。絵ならどうかと娘さんに打診したら、しぶしぶ承諾したらしいんだ。そこで、京都在住でお宅まで通える絵描きを探せ、となった」

はあ、と嘆息する。

「先方さんはもともと僕の名前自体は知っておられたようなんだ。で、僕の友人の知り合いが——ぶっちゃけ他人なんだけど、うっかり先方さんにツテがあると言ってしまったらしい。それで、友人を経由して僕のところに依頼が来た」

「ほへえ。えらい遠回りでんな」

「まったくだよ。友人にはいちおう世話になってるし、顔を立ててくれと頼まれれば断りづらくてね。引き受けざるを得なかったんだよ」

自分でも弁解しているようだと思ったのか、多聞はちらちらと瑞希の顔を伺っている。が、瑞希は相変わらず貝のように黙ったままだ。

困った様子の多聞はそっと衣笠に耳うちした。

「衣笠くん。まさか、瑞希ちゃんが落ちこんでるのって、僕が前に絵を描くことを断ったせいなのか？」

「そうどす。ほんまに女心のわからん朴念仁でんな」

「ちょっと待ってくれ。瑞希ちゃんが前に僕に頼んだのはぬ――」

そのとき、ずっと沈黙していた瑞希がふいに声音を漏らした。

「……センセ」

「は、はいっ？」

低い声音に、多聞の声は逆にうわずる。そんなつもりは毛頭ないだろうが、浮気《うわき》がばれた旦那《だんな》のような狼狽《ろうばい》ぶりだった。

「そのモデルの女の子、『卯ノ月』の娘さんで、うちよりひとつ下で同じ学校に通ってて、おまけに美少女なんだよね？」

「あーうん、そうだよ。苗字が『卯月』で、下の名前が……エミ？　エリ、だったかな」

しどろもどろに答えると、瑞希は勢いよくふり向いた。驚いた表情に、多聞までもがつられて目をみはる。

「センセ、それ卯月江梨子ちゃん。うちの部活の後輩の」

# 三、

翌々日の放課後、被服室に入るなりお目当ての人物を見つけ、瑞希はひょいと手を上げて気さくに挨拶した。

「おはよ、えりちゃん」

「あ、瑞希先輩。おはようございます」

瑞希が近づいていくと、ひとつ下の後輩、卯月江梨子は深い紺色の布に刺繍《ししゅう》していた手を止め、礼儀正しく頭を下げた。

その容姿を端的に表現するなら、まさに「お人形《にんぎょ》さんのような」といった少女である。生まれてから一度も染めたことがないのだろう、つやつやとした黒髪は長く、作業の邪魔にならないよう首のうしろで束ねられている。それだけでもいまどき珍しいほど楚々《そそ》とした大和撫子《なでしこ》の風情だが、卵形のきれいな輪郭に薄い唇、そのうえ涼やかで黒目がちな瞳《ひとみ》が品よくおさめられているとくれば、誰が見ても完璧《かんぺき》な純和風美少女であった。

「……負けた」

と、瑞希は思わずつぶやく。本人を前にして、まさに兜《かぶと》を脱ぎたい気分である。

「？　どうかしたんですか、先輩」

「いや、えりちゃんは今日もかわいいなあ、と思って」

首をかしげる後輩に、世辞ではない賞賛をおくったのだが、江梨子はあいまいな笑みを浮かべただけだった。

「もう。なんですか先輩、急に」

容姿のことは言われ慣れているのだろう。あまりにくり返すと厭《いや》みになりそうなのでやめておいた。

「おとといのおやすみ、お家《うち》のご用だったんだよね？」

「あ、そうなんです。なんか、絵を描いてもらうことになっちゃって」

「うん、知ってる。あのね、えりちゃんの絵を描く画家さん、うちの親戚《しんせき》なんだ」

「え、安心院先生が瑞希先輩の!?」

親同士がいとこで、と瑞希が説明すると、江梨子はすなおに目を丸くした。

「わあ、そうなんですか。世間は狭いですねえ」

「なになに？　なんの話？」

瑞希と江梨子が盛り上がっているところへ、いましがたやってきた恵が割りこんでくる。

瑞希が簡単に事情を説明すると、恵は物珍しさからしきりに「へえー」を連発した。

「瑞希の親戚に画家がいるなんてあたしも初耳なんだけど。若いひと？」

「年齢までは聞いてないですけど……、あ、でも若くてけっこうカッコいい人でした」

「本当!? 瑞希ってば、どんな人なのよ！」

無邪気にこたえる後輩に、恵はとたんに色めきたつ。異性の、それも器量良しとなれば、気になって仕方ないお年頃だ。友人につめよられ、瑞希は目を白黒させながら「歳は今年で二十五だよ」と答えた。

「うっそお、九つも離れてたらおじさんじゃん！ 顔はかっこいい？」

「どうかなあ。うちは身内だし、外見がどうとかはあんまり考えたことない。あ、でも家の中ではいっつも作務衣だよ」

「さむえ？ ってあの作務衣？ 夏でも冬でも？」

瑞希はうなずいた。多聞は余程のことがないかぎり、いつでも作務衣姿である。盆地である京都の真夏の炎天下だろうと、骨まで冷えこむ冬であろうとそれは変わらない。状況に応じて麻のものや藍染《あいぞめ》、はてはデニム地などを使いわけ、冬には半纏《はんてん》を羽織るなどして寒さを凌《しの》いでいる。なぜかわからないが、作務衣には徹底したこだわりがあるらしい。

「あ、そういえばお会いしたときも作務衣姿でしたよ。似合ってらっしゃいました」

江梨子のフォローともとれる言葉に、恵はしかし渋面になった。

「うーん。あたしの中でちょっと頑固な職人さんか、修行中のお寺の人みたいなイメージが浮かんできたわ。偏見で申し訳ないけど」

「頑固じゃないけど、まじめかなあ。趣味は若くないし、ちょっと変わってるし、ときどきおっさんくさいなあ、と思うこともあるけど」

「おじさんがおっさんくさいのは仕方ないわ。——けど、」

「セ……じゃない、お、おにいさんは優しいひとだから」

いつものように「センセ」と口にしかけた瑞希が慌てて言い直すと、その必死さが恵と江梨子には別のニュアンスでもって聞こえたらしい。ふたりは何かピンときたように目線をかわしあった。

「へええ、優しいおにいさん、かあ」

「たしかに、優しそうな人でした」

恵はにやりと笑い、江梨子は訳知り顔にうなずく。

「瑞希、親戚の画家さんと写真ぐらい撮ってないの？」

とたんにうきうきと、さきほどとはちがうノリでせまる恵に、瑞希はたじたじとなった。

「おにいさん、あんまりそういうの好きじゃなくて」

実は一枚だけ、瑞希の携帯のフォルダのなかに多聞が写ったものがある。親から携帯を買ってもらった日に、記念にいっしょに撮ろう、と無理を言って撮らせてもらったのだ。

だが、その画像のことは誰にも言いたくない瑞希の秘密だった。秘密の、宝物なのだ。

「写真ぎらいかあ。卯月ちゃんと同じだね」

恵の何気ないひと言に、江梨子はあいまいな表情でほほ笑んだ。江梨子がカメラをひどく厭《いと》うことは、瑞希も恵も知っている。一年生たちが入部してきた日、恵が「記念に一枚」と撮ろうとしたところを、江梨子だけが固辞したためだ。

恵としてはあくまで後輩たちの入部を記念して、という気持ちであったろうし、江梨子も先輩相手に拒絶はしづらかったのだろう。一枚だけしぶしぶフレームにおさまったが、それ以降はもちろん、恵もむりに江梨子を撮影したりはしていない。

「もったいないなあ。卯月ちゃんは美人だし、被写体としてすごく絵になるのに」

と、恵はつねづね口にしている。将来の夢はフォトグラファーかな、と冗談半分に言う恵の興味対象は、景色や無機物ではなくもっぱら人間だ。

「写メがダメなら生でもいいんだけどねえ、瑞希？」

「え、ええと、写真ないか探しとくね」

一方的に盛りあがる恵と、とまどいつつ答える瑞希の横で、江梨子はふっと表情をくもらせ、小さくため息をついた。その瞬間、江梨子の顔の輪郭がまるで二重写しの絵のようにぶれたように見え、瑞希はぎょっとした。

「えりちゃん、どうしたの。だいじょうぶ？」

「あっ、いえ大丈夫です。ちょっと寝不足で」

驚いた瑞希の問いは体調を心配したものではなかったが、江梨子は手をぱたぱたとふって否定した。その顔にはもう、どこにも異変は見られない。

「そういえば、顔色ちょっと悪いね。なんかしんどそう」

恵までもが年上の気遣いを見せて江梨子の顔をのぞきこむ。

「ちょっと体がだるいだけです。でも、こんな時期だし仕方ないかなって」

「ああ、それわかる」

恵は同意のしるしにうなずきながら、小雨の降りしきる窓の外を見た。

「あたしも偏頭痛もちだもん。じとーっとして、イヤなお天気が続いてるもんねぇ」

暦の上では五月の最終週、気象庁の情報では梅雨入りはまだらしかったが、京都ではすでに連日雨がつづいていた。

京都は盆地という土地がら日中は暑く、そのうえ湿度も高い。むしむしとじめじめの二重攻撃で、繊細な神経の持ち主はいらだちを募らせる。ただでさえ季節の変わり目には体を壊しやすいのに、これだから盆地は、と地元民が口をそろえて言うゆえんである。

「暑いのか寒いのか、せめてはっきりしてほしいわ。……まあ、暑かったら暑かったで文句言うんだけど」

「あはは、言えてます」

友人と後輩がいかに京都が過ごしづらいかという話題で盛りあがるあいだ、瑞希はほっと胸をなで下ろし、きっと気のせいだったのだろうとまぶたをこすったのだった。

# 四、

毎週日曜日の昼二時に多聞は卯月邸を訪《おとな》い、江梨子の肖像画を制作することになった。期限は一ヶ月から半年。期日に幅があるのは、多聞にとって肖像画を描くなどという経験がはじめてなので、制作にどのくらい日数がかかるのかわからなかったからだ。

老舗《しにせ》料亭を営んでいるだけあって、卯月家はまさに「邸宅」と呼ぶにふさわしい規模だった。間口が狭く奥行きのある、いわゆる「町家」と呼ばれるつくりが多い京都で、玄関からして立派な門構えであること自体、富裕層の証明である。

町中《まちなか》にあるにも拘《かか》わらず、築山《つきやま》のあるちゃんとした庭があり、庭のすみには小さいが土蔵もあるという。敷地の広さも相当だが、おそらく築年数もかなりのものだろう。

こういう古い家には何かしら棲んでいるものだが、と思っていると、あんのじょう縁側の天井に、何かがいる気配がある。しばらく耳をすませ、どうやら悪いものではないらしい、と多聞は判断した。安心院家の家守と似た類《たぐい》のものだ。

一瞬立ちどまった多聞をふり返り、先導していた着物姿の老婦人が静かにうながした。

「先生、どうぞ」

「あ、はい」

婦人は江梨子の祖母だと名乗った。ピンと背筋の伸びた美しい立ち姿には、たしかにかつての女将《おかみ》を髣髴《ほうふつ》とさせる気品がある。

緊張した面持ちの多聞が通されたのは、庭に面した縁側つきの奥の間だった。本来和室であった部屋を洋間にしたらしく、床には毛足の長い絨毯《じゅうたん》が敷かれ、ひと目で年代物とわかるソファと書き物机、ランプやコート掛けなどが絶妙な場所に配置されている。

「こちらでお待ちください。江梨子を呼んでまいります」

「ありがとうございます」

まるで映画のセットのような部屋に感心していると、婦人は完璧な所作で頭を下げ、部屋を出て行った。

入れ替わるように現れたのは、これまた映画の登場人物もかくやという純和風の楚々とした女子高生だ。着ている制服が現代のものでなければ、いっそ大正ロマンものの一幕かと思うところである。

「こんにちは、先生」

「こんにちは。あ、僕のことは『先生』ではなく『さん』でいいですよ。——ところでこのお部屋、素晴らしいですね。どなたのお部屋なんですか？」

「新しいもの好きだった曽祖父《そうそふ》の部屋なんです。この部屋が丸ごとアンティークみたいなものなので、曽祖父が亡くなってからもそのままの状態で保存してるんです」

たしかに室内にあるものはどれも、骨董《こっとう》として値がはりそうなものばかりだ。

「なるほど。さすがに本物のお金持ちは違いますね」

厭《いや》みではなく素直な賞賛として聞こえるよう、言葉のニュアンスには気をつけたのだが、江梨子は肩をすくめただけだった。

「使う人間のいない部屋なんて、持てあますだけです。掃除も大変ですし」

高校一年という年齢のわりにはずいぶんおとなびた子だな、と多聞は思った。礼儀作法などは幼少時から厳しくしつけられてきたのだろうが、いまどきの十六歳とは思えない。

とはいえ多聞の「若い子」の基準といえば、天真爛漫《てんしんらんまん》を絵に描いたような瑞希なので、それも「いまどき」の標準かは甚だ疑問である。

「そうだ、瑞希先輩から聞きましたよ、安心院さんのこと。ご親戚だって」

唐突に出た名前に驚く。そういえば部活の後輩だと瑞希が言っていたのを思い出した。

「あ、はい。親同士がいとこで」

「わたし、それを聞いて安心院さんにお願いすることにしてよかったなあって思いました。安心院さんのこと、先輩からいろいろ教えてもらったんですよ」

はあ、と思わず間のぬけた声がもれた。瑞希の親戚だと知って親近感を持ってくれたのはありがたいが、いったい何を教えたのだ、と安心するより不安になってしまう。

「先輩が言ってましたよ。安心院さんはちょっと変わってるけど優しいひとだって」

その「ちょっと変わってる」の部分が一番引っかかるところなのだが、江梨子の反応を見るに悪いものではなかったようだ。

「それはどうも……ありがとうございます」

はたしてお礼を言っていいものかと思いつつ、多聞は後頭部を掻《か》いた。江梨子がおかしそうにくすくすと笑う。

「では、よろしくお願いいたします、安心院さん。きれいに描いてくださいね」

にっこり笑いながら念をおされ、多聞は恐縮したまま「こちらこそ」と答えたのだった。

「——鋭意、努力いたします」


愛用のスケッチブックに、芯《しん》の軟らかい鉛筆でさまざまな角度から見た江梨子の輪郭を描いていく。やや左向きの顔、次に右向きの顔、横顔と正面。下書きというより、むしろ「あたりをとる」というイメージに近い。

だが、多聞は鉛筆を動かしながら強烈な違和感を覚えた。——何か、おかしい。

「……そんなに緊張しないでいいから、ふつうに座っててください」

多聞の言葉に、江梨子は硬い表情のままでうなずく。落ちつかず、何度もイスに座りなおす様子に、参ったな、と多聞は内心で途方に暮れる。

「少し休憩しましょうか？」

手に持ったスケッチブックを閉じようとすると、江梨子は首を横にふった。

「いえ、はじまったばかりですから。それに、少しでも早く終わるほうがわたしとしては助かりますし」

多聞は手をとめる。助かる、か。

「写真なら一瞬ですむのに、絵のほうがよかったんですか？」

江梨子はとまどうように頬に手をやり、はい、とうなずいた。

「安心院さんは事情は聞いておられますよね？　わたし、写真ぎらいなんです」

「ええ、ご両親からそう伺いました」

「誤解されてるかもしれませんが、わたしは『撮られる』ことが嫌なんじゃないんです」

「え？」

多聞は思わずまぬけな顔で聞き返した。写真がきらい、というのはてっきり「撮影されること」が嫌なのかと思っていた。

「ええと、正確に言うと、わたしのこの顔が形として残ることに抵抗があるんです」

「……というと？」

「あの、決してうぬぼれで言うのではないので、誤解しないで欲しいんですが」

神妙な顔で前置きする江梨子に、はい、と多聞はうなずく。

「――わたし、最近この顔がとても嫌になってきたんです」

「はあ」

「しつこいようですが、自画自賛じゃなく、みんな本当に幼少時からわたしの顔を褒めてくれました。『かわいいね』『美人だね』『お人形みたいだね』って」

「ええ」

そうでしょうね、と多聞は相槌《あいづち》を打った。

「親はたぶん、自慢だったんだと思います。どこへ行ってもかわいいと褒められる娘を、得意先やお客さんの前につれだしては紹介していました。知らない人に断りもなく写真を撮られることも珍しくなかったですし」

どんな容姿だろうと、親にとって子どもはかわいいものだ。ましてやこれほどの美少女、他人から盛んに褒めそやされれば親が有頂天になってもおかしくない。

「わたしも褒められてうれしかった。かわいいと言われて喜ばない女の子はいません。家は客商売ですし、子どもの見栄えがよくて親が困ることもないでしょう。中学生のときも、お客さんの前にお膳《ぜん》を運んだりすることもありました。高校生になったいま、そういう機会ももっと増えると思うんです」

まじめに聞いている証拠に、多聞はうなずく。

「わたしはひとり娘ですから、むかしから漠然と、いずれお婿さんを迎えてわたしが家を継ぐのだろうと思っていました。ずっと、なんの疑問も抱かずにいたんです。でも……」

江梨子は言いよどんだ。何かとても言い出しづらいことなのだろうと察して、多聞はあえて促さずに待つ。

「近ごろ特に、お客さまの——それも男性の目が気になるようになってきたんです。なんだかだんだん、誰も彼もがそういうふうにわたしを見ているような気がして……このあいだも、父の知人だという方にお会いしたとき、わたしのことを探るような目でじっと見つめられて逃げ出したくなりました」

ああ、と多聞は腑《ふ》に落ちるような気がした。

「自意識過剰だと頭ではわかってるんです。でも、どうしても他人の目が気になって」

江梨子は不快げに首をふる。思春期の少女というのは特にそういったことに敏感だ。しかも幼い時分から外見で注目を集めていたなら、過剰に反応してしまうのも無理はない。

多聞はふむ、と唸《うな》った。

「それなら、なおさらどうして『肖像画』にされたんです？　長時間見られるほうがつらくはないですか」

「それは……、両親が最近やたらと口にするようになったからです。縁談、って」

「え、縁談？」

「はい。冗談か本気かわからないんですが、言うんです。わたしをお嫁さんに欲しいと仰《おつしゃ》っている方がいるとか、得意先の息子さんが大学を卒業されてお嫁さんを探してるとか、そんな話ばっかり……。気にしすぎかもしれません、でもなんだかすごく嫌なんです。わたしに結婚のことを考えろと強要しているみたいで」

「ははあ……」

「挙句に、振袖《ふりそで》を着て写真でも撮らないかってすすめてくるんです。江梨子ももう十六だねって。いまが一番きれいな盛りだからって言われて、わたし、ゾッとしました」

嫌悪感を隠しきれず、江梨子は身体をふるわせる。多聞は納得せざるをえなかった。

「それで写真は嫌だ、と」

「はい。勝手にお見合い写真にでもされたら困りますから。家を継ぐのはいいんです。その覚悟はある……つもりです。でも、まだ早すぎます」

悔しげにくちびるを噛《か》む姿に彼女の深い懊悩《おうのう》が見え、多聞は困った。江梨子の両親の真意はわからないが、その言動によって娘が苦しんでいるのは事実だ。

親子の確執に立ち入るつもりはないし、老舗《しにせ》料亭の跡継ぎ問題に首をつっこむつもりもない。だが目の前で女の子が顔を曇らせているのを、そのままにしておくのも男が廃る。

多聞はふっと笑った。

「それならやっぱり、肖像画を引き受けたのが僕でよかったかもしれませんね」

「え？」

「妖怪《ようかい》絵師が描くのは妖怪の絵ですから。僕が美人を描いても、きっとほとんどの人が雪女だと思ってくれますよ」

「……雪女なら、嫁の貰《もら》い手はなかなかいないかもしれませんね」

冗談半分に多聞が言うと、江梨子はようやく微笑を見せたのだった。


「……うーん」

その晩、自宅に帰った多聞がスケッチブックを手に唸っていると、居間でテレビを見ていた衣笠がてこてことそばにやって来た。

「なんですねん、多聞はん。さっきからウンウンと。便秘かいな」

「違うよ。どうも気になることがあってね」

「へえ。気になるって、まさかモデルさんがでっか？　いけまへんで多聞はん。いくらピチピチの女子高生やからって、立派な浮気《うわき》や。瑞希はんというおひとがありながら……」

「ち、が、う！　そういう意味の気になるじゃないよ。今日、ずっとこの子の姿を描こうとしてたんだけど、どうしても顔の部分をスケッチすることができなかったんだ。うまく言えないんだが、手が描くことを拒否してるような……」

「はへ、拒否？」

衣笠は多聞の持つスケッチブックをひょいとのぞきこんだ。紙面にはいすに座った少女の全身が、鉛筆で細やかに描写されている。首から下は制服の皺《しわ》もふくめて克明に写しとられているのに、顔の部分だけがまったくの空白だった。

なんやのこれ、と衣笠はつぶやき、多聞を見返した。

「まさか、あまりのべっぴんさんで筆が追いつかへんかったとか？」

「いや、そんなことはない、と思う……んだけど」

多聞はとまどいつつも首をふる。あらためて訊《き》かれると自信がなくなってきた。

「どういうお嬢はんなんでっか？」

「見た目の話かい？　腐っても絵描きとしては、描き甲斐《がい》のある被写体だと思ったよ。こんな美少女なら、そりゃご両親も自慢なはずだって」

「そうやのうて、性格とか。そないにべっぴんやのに写真がきらいなんですやろ？」

「うん、少し理由を話してくれたよ。年頃の女の子にはよくある潔癖症の一種じゃないかな。異性の目が悪い意味で気になるみたいでね」

そうでっか、とつぶやいた衣笠は、しばし難しい顔で首をかしげていたが、「どれ」と、おもむろに手を伸ばし、スケッチブックから紙をべりっとはがすと、止める隙も与えずに口に放りこんだ。

「あっ！　何するんだ、衣笠くん！」

慌てて止めようとしたが、紙はもしゃもしゃと衣笠の口の中で咀嚼《そしゃく》されてしまった。

「……なんや、味がようしまへんなあ」

ややあって、衣笠が眉間《みけん》にしわを刻んでぽつりと唸った。

「味がしない？」

「へえ。うまい言葉が見つからんのやけど、ほんまにただの紙を噛んでる感じや。それも新聞紙やトイレの紙とちごて、さらのコピー用紙みたいな……」

「またそんな妙なたとえを」

呆《あき》れた多聞はつっこんだ。新聞紙やトイレットペーパーを食べ比べたことなどないので味の違いはわからないが、それでもなんとなく言いたいことはわかった。

「うーん、やっぱりわては〈面喰《めんく》い〉やさかい、目鼻立ちがないもんを味わうんはムリなんかもしれまへんなあ。食うたら少しはこのお嬢はんのことがわかるか思うたけど」

「そうか。じゃあ今度お邪魔したとき、写真を貸してもらえないか聞いてみるよ」

衣笠はうなずいた。

「へえ。そうしたほうがよろしいやろな。――はよ、手遅れにならんうちに」

# 五、

授業終了の鐘の音が鳴りひびくと、教室内の空気は一気に弛緩《しかん》した。ざわざわとした喧騒《けんそう》が校舎中に広がり、一日のうちでもっとも長い昼休みがはじまる。

購買部のパンを買いに駆け出していく生徒がいる一方で、運動系のクラブに属している生徒はユニフォームや道具をつめたバッグを抱え、それぞれの活動場所へ向かう。

「瑞希ー、購買行くよ」

「はーい」

佳苗が名前を呼ぶのに返事をし、瑞希は席から立ち上がった。

瑞希は弁当を持参しているが、購買部組の佳苗や恵につき合って教室を出る。パンやおにぎりを売っている購買部は別の校舎にあるので、二学年の教室がある本校舎の二階から一階へ移動する。外は相変わらずの雨で、午前中だというのにどんよりと薄暗かった。

「ここ数日ずっと雨続きだよね。アタマ痛いわー、もう」

偏頭痛のある恵が、こめかみを揉《も》むようにして唸る。

「どうせ遅くまでネットとかテレビとか見てるんじゃないの、恵は」

「見てるけど、この頭痛は絶対気候のせいだって。だから梅雨は嫌なのよ」

他愛ない雑談をかわしながら渡り廊下を歩いていると、向こうから一学年下の——上履きのラインの色でそうとわかる——女生徒たちとすれちがう。その集団と距離をおくようにして、あとからもうひとり別の女子が歩いてきた。

「……っ！」

何気なくそちらを目にした瑞希は、仰天して立ちすくんだ。そこに、のっぺらぼうがいたのだ。

首から下は白いシャツとリボン、プリーツスカート、紺のソックスに、青いラインの入った上履きをはいている。だが、顔の部分には何もなかった。目も鼻も口も顔の凹凸も。ただののっぺりとした仮面のような肌色の肉に長い髪が生えている。下級生の集団とすれちがったあとでは、その異様さが際立っていた。非現実的すぎて、ホラーを通り越していっそコメディ映像でも観ているかのようだ。

人間、あまりに驚くと悲鳴も出なくなる。さすがに肝をつぶしてその場に立ち尽くした瑞希を、横を歩いていた恵がのぞきこんだ。

「どうしたの、瑞希？」

「け、恵ちゃん——」

瑞希が答えようとしたまさにその瞬間、

「あ、おはようございます、先輩！」

聞き覚えのある声が名前を呼ぶ。恐る恐るそちらに目をやった瑞希に手をふったのは、一瞬前までのっぺらぼうだった卯月江梨子だった。

「――センセ！」

その日、大書院で店番をしていた多聞は、店に駆けこんできた瑞希にぎょっとなった。

「ど、どうしたんだい、瑞希ちゃんっ？」

瑞希は制服姿で、帰宅せずに直接ここへ来たのだろうということがうかがえた。大書院のある寺町《てらまち》商店街はアーケード屋根に覆われているので、雨が降っていようが濡《ぬ》れはしない。その袖口《そでぐち》とスカートの裾が湿っていることから、よほど急いだのだろうとわかった。

まさか学校から一直線に走ってきたわけではないだろうが、瑞希がこれほどとり乱しているのを見るのはずいぶんと久しぶりだ。

幼少時は怖いオバケの声を聞いた、と瑞希はたびたびこうして多聞に泣きついてくることがあった。ある時期を境にそれもなくなったが、油断しているとこの有様だ。

「センセ、えりちゃんがのっぺらぼうになった！」

「は？」

唐突な瑞希の叫びに目が点になる。店内にたまたまいた観光客がなんだ、とこちらを見ているのを気にしながら、多聞はとにかく瑞希をなだめ、原因を聞きだそうと尽力した。

「落ち着いて、瑞希ちゃん。誰がなんだって……」

「間違えた、のっぺらぼうがえりちゃんなの。……あれ、それも違う？　とにかく、うちにはえりちゃんがのっぺらぼうに見えるの！」

要領を得ないというよりは支離滅裂だ。客がそそくさと店を出て行くのを横目で確認し、多聞はああ、と天井を仰いだ。やはり厄介なことになった。

「えりちゃんって卯月さんのことだね。卯月さんが瑞希ちゃんの目にはのっぺらぼうに見えるということ？」

瑞希はうんうんと何度もうなずいた。

「センセ、えりちゃんどうなったの？　もしかして、また彩さんのときみたいに……」

「待って待って、決めつけるのは早いよ。卯月さんが瑞希ちゃん以外にものっぺらぼうに見えているということはある？」

「ううん、たぶんない。うち以外にも見えてたらもっと大騒ぎになるはずだもん」

そりゃそうか、と多聞はうなずいた。

「どういうこと？　もしかしてセンセ、原因を知ってるの？」

「いや、僕にもほとんどわかってない。ただ、卯月さんの絵か写真を衣笠くんに食べてもらえれば、何かわかるかもしれない」

「衣笠さんに？」

「――お呼びでっか？」

唐突に足元から聞こえた声に、多聞と瑞希はそろって仰天した。見ると、いつの間にか瑞希の足元に衣笠が立っている。

「衣笠さん!?　いつ来たの？」

「へえ、いま来たとこですわ」

驚いた声をあげる瑞希に、衣笠はふっくりと笑う。相変わらずの神出鬼没だな、と多聞は思った。こちらの会話をずっと聞いて、登場の好機《タイミング》でもはかっていたかのようだ。

「卯月江梨子嬢は、瑞希はんの後輩なんですやろ？」

「う、うん、そう。おんなじ手芸部」

「ほな、江梨子嬢の写真はお持ちでないでっか？　複数で写っててもええですけど」

「ううん、持ってない。えりちゃん写真ぎらいだし……、あっ！」

思い当たることがあったのか、瑞希は声をあげた。

「うちは持ってないけど、友達の恵ちゃんが持ってるかも。一年生が入部してきたとき、記念に、って写真撮ってたから。あのときはまだえりちゃんがそこまで写真ぎらいって知らなくて、恵ちゃんがごり押しして結局一枚だけ撮らせてもらってた」

「その画像を瑞希ちゃんの携帯に送ってもらうことはできる？」

店のパソコンを操作しながら多聞が訊く。瑞希の携帯に送られた画像をパソコンに転送し、それをプリントアウトすれば衣笠が「食べる」ことが可能になる。

多聞の提案に、瑞希はわかったとうなずいた。

「ちょっと待ってて！」

言いおいて、彼女は携帯を手に慌ただしく店の外へと出て行った。

『え、卯月ちゃんの写真？　あると思うけど、なんで？』

「ええと、その、あったらうちの携帯に送って欲しいんだ」

『卯月ちゃんの写メールを？』

うん、とうなずく。携帯電話の向こうで、そんなものどうするのかと恵は首をかしげているだろう。瑞希だって、突然後輩の写真を送ってくれと頼まれたら不審に思う。頭をフル回転させて言い訳を考えた。

「ええと、親戚《しんせき》のお兄さんがえりちゃんの絵を描くことになったって言ってたでしょ？

それで、写真で細かいところを確認したいなあって話してるの」

『ああ、そういえば』

数日前の話題を思い出したのか、恵が記憶をたどるかのようなぼんやりした声を出す。

瑞希はたたみかけるように言い足した。

「えりちゃん写真ぎらいだから頼みにくくて。恵ちゃんなら持ってるかなあ、って」

『持ってるけど……、それ、瑞希とお兄さんが個人的に見るだけだよね？』

いまだ怪訝《けげん》そうな声の響きにひやひやする。

「もちろん。転載も悪用もしないよ」

『うーん。瑞希はネットも滅多にやらないもんね。わかった。じゃ、卯月ちゃんの画像送るけど、くれぐれも転用しないでよ。画像印刷して誰かに売りつけたりとか……』

「しない、しない」

『よし。けど、もちろんタダとは言わないよね？』

「えーとじゃあ、梅園《うめぞの》のカキ氷か、文之助茶屋《ぶんのすけぢゃや》の蕨餅《わらびもち》か、梅香堂《ばいこうどう》のホットケーキか……」

『それ瑞希が食べたいものでしょ。そうじゃなくて、親戚のお兄さん、今度紹介して』

（さすが恵ちゃん、チャンスは見逃さないなあ）

瑞希は頭を抱えたが、背に腹はかえられなかった。

「う。わ、わかった」

『オッケー。じゃ、三分待ってて』

はずむような返答のあと、ぶつっと音を立てて通話は切れた。ツーツーと無機質な音をくり返す携帯電話の画面を眺め、瑞希はため息をつく。

——瑞希の携帯に画像添付メールが届いたのは、それからきっかり三分後のことだった。

瑞希の携帯に送られてきた画像データはすぐさま大書院のパソコンに転送され、紙に印刷された。

「古いプリンターだからあんまりうつりがきれいじゃないんだが」

ハイ、と多聞が手渡したそれを衣笠はしげしげと眺める。携帯の画像を引きのばしたため、多聞の言うとおり、かなり目が粗かった。

「いやいや、たしかにこの解像度でもべっぴんやちゅうんはようわかりますな」

「ね、お人形さんみたいでしょ」

衣笠の賛辞に、当人でもない瑞希が胸をはる。後輩のことを褒められてうれしいのだ。

「へへ、純和風美少女なんて何年ぶりのご馳走《ちそう》やろ。ほんならありがたく……」

まさに垂涎《すいぜん》といった表情で、衣笠は絵を口にくわえようとした。多聞と瑞希は固唾《かたず》をのみ、その様子をじっと見守る。

「なんやこう、食べるとこじぃっと見られると緊張しまんなあ」

「アホなこと言ってないで、さっさと食べてくれ」

「へえ」

衣笠は紙を二つ折りにし、ぱくりと口にくわえた。紙はもさもさと衣笠の口の中に吸いこまれていき、ついにはごくんと嚥下《えんか》される。ややあって、衣笠は顔をしかめた。

「……やっぱり。このお嬢はん、のっぺらぼうになりそうや」

「なりそう⁉」

衣笠の言葉に、多聞と瑞希は同時に目を丸くした。

「彩さんのときみたいに、えりちゃんもとり憑《つ》かれてるの？」

「うんにゃ、憑《つ》かれてるんとは少しちゃいます。正確に言うなら、このお嬢さんがのっぺらぼうになりたがったはる、と言うべきなんかもしれへん」

「なりたがっ……、うん？　いや、待ってくれ衣笠くん。そもそも〈のっぺらぼう〉ってのは、狐や狸のたぐいが人間を驚かせるために化けたものを言うんじゃないのかい」

「へえ。小泉八雲《こいずみやくも》の『怪談』に出てくる〈むじな〉なんかがそうでんな。よう似た妖怪《ようかい》に〈ぬっぺふほふ〉いうんもおりますけど、まあ名前なぞいまはなんでもよろしいわ。要するに、このお嬢はんが自分の顔がイヤでイヤであまりにイヤになってはって、いっそ『目も口も鼻もない、のっぺらぼうになりたい』と強う思ったはるのが原因なんですわ」

多聞は瑞希と顔を見合わせた。

「でも衣笠さん、もしえりちゃんが本気で『のっぺらぼうになりたい』と思ってたとしても、それで本当に顔がなくなったりする？」

「自分の顔が嫌いな人間が思いつめて〈のっぺらぼう〉になるんだったら、世の中はいまごろ大変なことになってるよ。整形手術どころの話じゃない」

「へえ、もちろんどす。……ただ、この年ごろの娘さんの思いこみっちゅーんは超強力ですねんで。顔がほんまになくならんかったとしても、認識させなくなることはあるかもしれへん」

認識、と呻《うめ》くような声でつぶやき、多聞は顎《あご》をなでた。

「僕らにはそう視えている？　顔のない面を上からかぶってるようなものなのかな」

「……えりちゃん、そんなに顔のこと言われるのイヤだったんだ」

消沈した声でぽつりとつぶやいたのは瑞希だった。

「うちは美人でうらやましいなあと思ってたけど、えりちゃん本人はそうじゃなかったんだ。ぜんぜん気づいてあげられなかった」

「『外面』とも言うからね。けど、瑞希ちゃんが嘘やおためごかしで言ってたわけじゃないことは、彼女もちゃんと知ってたと思うよ」

落ちこむ瑞希の頭を、大丈夫、となぐさめるように多聞はぽんとたたく。

「せっかく美しい容姿で生まれてきたのに、自分の顔がイヤになるっちゅーんはかなしいことでんな。ある意味ゼータクな悩みやとわては思いますけど」

「外見で悩むことが贅沢《ぜいたく》なの？」

衣笠の言葉にさすがにむっとなったのか、瑞希が問いかける。衣笠は瑞希に向き直り、「さて。こんな話があります、瑞希はん」と饒舌《じょうぜつ》に語りはじめた。

「むかーしむかし、貴族のおえらいさんが絵師に自分を描かせはった。そのおえらいさんは鼻に特徴があらはった。まあ、鷲鼻《わしばな》やったんか、だんご鼻やったんかは知らんけど、とにかくちょっと他人とは違《ちご》てた。で、その貴族を見た絵師はその鼻を『おもろい』と感じ、鼻をより特徴的に描いた。なんでかっちゅうたらその鼻が一番その人らしい個性があらわれてたからや。せやけど、完成した絵を見たおえらいさんは大激怒。絵師をクビにしてしもうた。なんででっしゃろ？」

「え？　えーっと……」

衣笠の問いに瑞希は困惑して口ごもった。横から答えたのは多聞だ。

「貴族は自分の鼻の形を気に入ってなかったんだね」

わが意を得たとばかりに、衣笠はにんまり笑う。

「へえ。絵師は鼻の形を個性的でおもろい、と思った。せやけど本人にとってはその鼻はこんぷれっくすの象徴やったんや。つまり、わてが言いたいのはえーっと……あれ？」

話しているうちに混乱してきたのか、衣笠が眉《まゆ》をよせる。多聞は助け舟を出した。

「つまり、美醜なんて主観的なものにしかすぎないってことだろう。本人がコンプレックスに感じるようなものは、他人にとっての『美』かもしれないっていう」

「そう、その通りどす」

「言いたいことはうちにもわかるよ、衣笠さん。けど、誰も姿かたちを選んで生まれてくるわけじゃないんだよ」

「もちろんそうどす。かわいいなりたいと悩むおなごなんぞ、それこそ何千年という昔から変わらずおったもんや。その気持ちを愚かやとはわても言わしまへん。──けども」

「けども？」

「おなごが『愛らしゅうなりたい』と思う気持ちがまず『かわいい』んや。そうなりたいと努力するんがいじましさや。外面の美なんぞ、内面の愛嬌《あいきょう》あってこそのものですやろ」

「ははあ、〈面喰い〉らしい考えだね」

「そういう妖怪やさかい。ま、どっちにしろ、このままにしておくんはまずいやろな」

じろりと見上げてくる衣笠に、多聞はうなずいた。瑞希もすがるような瞳《ひとみ》をむける。

「……そうだね。このままじゃ、引き受けた肖像画も描けなくなってしまうからね」

六、

──翌々日の日曜。ここ数日は小雨が続いていたが、幸いなことに、空は薄青の晴れ間がのぞいていた。

卯月邸の前に小型の乗用車が停まり、車から降りた瑞希がインターフォンを押す。玄関口に出てきた江梨子は目を丸くした。

「おはよう、えりちゃん！」

「……瑞希先輩！　と、安心院さんも？」

怪訝そうな顔になる。運転席の窓を開け、おはよう、と声をかけたのは多聞だった。

「今日は、気分を変えて外で描こうと思うんだけど、かまわないかな？」

「え？　ええ、はい。いいですけど……」

江梨子はとまどったように多聞と瑞希を交互に見る。ふたりが親戚関係にあるのは知っているが、なぜ瑞希までここにいるのかわからないのだろう。多聞はにこりと笑った。

「急に外で描くと言ったらご両親が心配するでしょう。まして僕とふたりきりだと余計にね。学校の先輩……女の子といっしょなら安心かなと思ったんだけど、どうだろう」

「あっ、はい。わかりました」

ようやく得心がいったように江梨子はうなずいた。江梨子の両親に打診してみると、意外なほどあっさりと承諾がおりた。以前から手芸部の先輩である瑞希の話を江梨子がしていたので、親も特に疑問には思わなかったようだ。

「はじめまして、二年の芳枝《よしえ》瑞希です。いつも江梨子ちゃんにはお世話になってます」

家に上がった瑞希が、直接笑顔で挨拶《あいさつ》したのも功を奏した。あっけらかんとして裏のない瑞希は、他人に警戒心を抱かせないふしぎな人徳がある。もちろん本人は計算でやっているわけではないのだが。

「夕方までには戻りますので」

と、多聞が頭を下げ、妖怪絵師とそのまたいとこ、そして江梨子を加えた三人は一路京都を北へ向かった。

運転席に多聞、後部座席に瑞希と江梨子を乗せた車は川端通《かわばたどおり》を北上する。

助手席に座った衣笠が――江梨子にはむろん視えていない――、彼女が車に乗りこんできたとき、瑞希に向けて合図を送ってきた。

衣笠が指さすバックミラーを見ると、瑞希の隣に座っている江梨子の顔は〈のっぺらぼう〉だった。理解したしるしに、瑞希は小さくうなずきを返す。多聞とも目が合い、その視線のやりとりで、彼にも同じように視えているのだとわかった。

「外へ出るのはいいんですけど、どこへ行くんですか？」

鏡を介さなければ江梨子の顔は正常に見える。不審ではなくふしぎそうな彼女の問いに、ミラー越しに多聞が答えた。

「下鴨《しもがも》神社がいいかなと思うんだけど。広いし静かだしね。どうかな？」

下鴨神社は京都を南北に流れる鴨川と高野《たかの》川が合流する逆三角地帯に位置しており、正式名を賀茂御祖《かもみおや》神社という。その歴史は古く、京に都——つまり平安京がつくられる前から存在していたといわれている。神社の南にある「糺《ただす》の森」ともども境内は史跡指定されており、祭神は賀茂建角身命《かもたけつぬみのみこと》とその娘の玉依姫命《たまよりひめのみこと》。通称「上賀茂《かみがも》神社」と呼ばれる賀茂別《かもわけ》雷《いかづち》神社とあわせ、「賀茂社《かもしゃ》」とも呼ばれる。

京都三大祭りのひとつである葵祭《あおいまつり》が行われるのもこの両社であり、どちらも世界文化遺産に登録されている。

「下鴨神社ですか」

「うん。うちは用事でしょっちゅう行くんだけど、えりちゃんは？」

「瑞希ちゃんは糺の森の古本市でもお手伝いしてくれるからね」

瑞希の言葉に多聞は穏やかに笑う。

「わたしも下鴨神社には行ったことがあります。親戚《しんせき》が結婚式を挙げたので……といってもすごく小さかったからあんまり覚えてないんですけど」

「神前式だね」

とうなずく多聞に、「いいなあ」と瞳を輝かせたのは瑞希である。

「瑞希先輩は白無垢《しろむく》派ですか？」

「うーん、どうかな。もちろんウェディングドレス着てチャペルで結婚式も憧《あこが》れだけど、白無垢もいいよね。というか『結婚式』だったら、どっちでもステキだと思う」

「おや。瑞希ちゃんにも人並みに結婚願望があるんだね」

「えー、何それひどい。ふつうにあるよ、そんなの」

頬をふくらませる瑞希に、江梨子はくすくすと笑う。

「そういえば先輩、手芸部に入ったのって花嫁修業だって言ってませんでした？」

「え、あ、えりちゃんっ」

「そうなのかい？」

「もおお、うちのことはいいの。えりちゃんはどう？　ドレス派、それとも白無垢派？」

江梨子は首をかたむけ、わずかに考えるようなそぶりを見せた。

「親は白無垢にしろって言いそうですけど。でもいまはあまり、結婚のことは考えたくないですね」

その返答が思いのほか重く響いたので、瑞希はバックミラーの中の多聞と、ひそかに目線をかわしあった。

神社敷地の南駐車場に車を停め、瑞希たちは下鴨神社の境内に入った。

敷地内に入ると北へ向かってまっすぐにのびる砂利の表参道と、右手に糺の森がひろがっている。

糺の森は鎮守の森だ。クスノキやケヤキ、ムクノキといった落葉樹が中心の原生林で、十メートルを超す樹木が立ち並んでいるにも拘《かか》わらず、日中は鬱蒼《うっそう》と暗いイメージはない。日光がさしこむほの明るさがあり、その脇の表参道はちょっとした散策にも向いている。

瀬見《せみ》の小川《おがわ》にかかる紅葉橋という小さな橋を渡ると、祭事の際は馬場として使われるひらけた場所に出る。両側を木立に囲まれた馬場は見通しがよく、この道を北に向かえば表参道と合流する。馬場の西側には「河合神社《かわいじんじゃ》」という鴨長明《かものちょうめい》ゆかりの摂社もあった。

鎌倉時代に随筆『方丈記』を記した鴨長明は、下鴨社正禰宜《ねぎ》惣官の次男として生まれ、河合神社の敷地には彼が晩年住居とした方丈（庵《あん》）が復元され、展示されているのだ。

「こっちにも神社があるんですね」

「うん。女性に人気のあるお社だよ。行ってみる？」

河合神社に奉られているのは神武《じんむ》天皇の母である玉依姫命だ。安産や縁結びに加え、美しさに関する願望をかなえるご利益があるとされ、女性の参拝客があとを絶たない。

ここには他の神社と少し違う、変わった趣向の絵馬があった。

「わ、面白い。これ、女のひとの顔になってる」

門をくぐって左手にある授受所には、「鏡絵馬」と呼ばれる、文字通り丸い柄鏡の形をした絵馬が並べられている。表面《おもてめん》はほほ笑む女性の顔、裏面は赤く塗られ、下鴨神社の神紋であるフタバアオイが描かれたものだ。

「この女性の顔を自分の顔に見立ててお化粧してあげるんだって」

「へえ……そういうことなんですね」

「奥にその絵馬が奉じられてるよ」

多聞が示した社殿の壁面には、無数の鏡絵馬が奉納されている。頬紅を淡く塗られたもの、くちびるを真っ赤なルージュで彩られたもの、髪や睫毛《まつげ》を増量したものなど、さまざまな化粧を施された女性の顔が並んでいるさまは、なかなかに壮観だ。

「これだけあると、おなごの美への執念を感じますなぁ……」

衣笠でさえ「顔の描かれた絵馬」に喜ぶより先に、慄《おのの》いてつぶやいたほどである。

「わあ、これ、お化粧すごく上手！」

「でもちょっと濃すぎませんか？　描いた人は目に自信がないのかな」

「右にあるのは美人さんだね」

「あ、これかわいい」

絵馬を眺め、弾んだ声で盛りあがる瑞希と江梨子のうしろから、多聞がひょいと長身をのぞかせた。

「ふたりもやってみたら？」

「え、でも……」

「お化粧道具なんて持ってきてませんし」

顔を見合わせる瑞希と江梨子に、多聞は鏡絵馬を二枚差し出して言う。

「道具は貸してもらえるよ。せっかくだから描いておいで」

「いいの？　ありがと、センセ！」

「あ、ありがとうございます……」

礼とともに絵馬を受けとった瑞希と江梨子は再び顔を見合わせ、どこか照れたようにはにかんだ。

「じゃ、行こっか、えりちゃん」

「はい」

鏡絵馬を描くための「御化粧室」にこもり、ああだこうだと相談しているふたりを、多聞は「高校生でも女の子だよなあ」とよくわからない感慨を抱きつつ外から見守っていた。

その袖口《そでぐち》をちょんちょんと引っぱるものがある。──衣笠だ。

「多聞はん、多聞はん」

「なんだい、衣笠くん」

呼びかけにも目線を変えず、小声でこたえる。ほかの観光客もいるここでは、多聞はぶつぶつと独り言をつぶやく不審者になりかねない。たすき掛けにしたカバンから文庫本をとりだし、本を読んで待つふりをしながら口元を隠した。

「ここへは江梨子はんを助けるために来たんとちゃいますの？　のんびり観光しててええんでっか？」

「いいもなにも、今日は観光に来たんだよ」

「はへっ？」

「……僕はね、衣笠くん。ひとがひとを救うなんてことは出来ないと思ってるんだ」

衣笠は目を大きく開いて多聞を見上げた。

「ひとは、勝手に救われるんだよ。恋人でも友達でもいい、家族でもいい、神仏でもキリストでも、占いやおまもりに救われることだってあるかもしれない。でもそれは『手助け』してもらってるだけで、みんな最後は自分で自分を救うんだ。逆にいえば、自分にしか自分を救えないんだよ」

「多聞はんの言わはんのはわかります。せやけど、少なくとも瑞希はんはお友達を助けたいと思て、行動してはるんとちゃいますの？」

「そりゃもちろんそうさ。だからこうしてつれてきたんじゃないか」

とたんに衣笠は剣呑《けんのん》な目つきになった。

「もしかして多聞はん、瑞希はんが子どもや思て侮ったはるんでっか？　瑞希はんがお友達を助けたい言うんはたんなるエゴで、できもしないワガママを聞いてやるふりをするために、わざわざここまでつれ出してきたと？」

「僕もそこまでお人よしじゃないよ。子どものわがままくらい聞いてやれるおとなになりたい、とはつねづね思ってるけど」

「多聞はん……」

本のページに視線を落としたまま、多聞は淡々とつづける。

「衣笠くん、僕から言わせてもらえば、ああいう損得勘定でも、営利目的でもないおせっかいな子はね、居てくれるだけでいい存在なんだよ。神さまと同じでね」

「のろけですのん？」

「まじめに聞きなよ。できるかできないかじゃなく、同情だ、エゴだと非難されるのを嫌がって他者から逃げる人間よりは、ずっと筋が通ってると僕は思う。実際、世の中にはふれられることすらわずらわしい、関わられることが苦痛だという人間もいるよ。だけどね、どうしたって『存在』するかぎり、死ぬまでひとりの他者とも関わらずに生き続けるのは不可能なんだよ」

幸か不幸か、と多聞はつけくわえる。

「たとえばひきこもりで暮らしてる人間だって、ものを食べるだろう。米や野菜、肉や魚。あるいは着ている服や、日常的に使う電気やガス。それをつくったり管理したりしてるのは、自分ではない別の誰かだ。あるいはもし、完全な自給自足で暮らしていたとしても、生まれてきた以上は必ず親が存在する。木の股《また》から発生したんでもないかぎりね」

「道理でんな。親であっても他人は他人や」

「おせっかいだ、大きな世話だと思うのは受けとる側の問題だから、それは仕方がない。関わろうとしたほうは、ことによっては非難もあびる」

　多聞はぱたりと音を立てて本を閉じた。

「だけど、どんつきまで突きつめてしまえば、人間のやることにエゴでない行いなどなくなってしまうよ。だからエゴや偽善をふりかざして見て見ぬふりをする人間は、たんなる臆病者《おくびよう》だと僕は思ってる。――僕自身もふくめてね」

　自嘲《じちよう》気味につけ加えられた言葉に、衣笠はふっくりと笑った。

「だから、多聞はんは瑞希はんに頭が上がらんのでんな」

　そうだよ、と多聞は苦笑した。「よくわかってるじゃないか」


「きゃー、失敗。眉毛《まゆげ》が右だけ太くなっちゃった」

「あ、本当だ」

　クレヨンを手にした瑞希の絵馬をのぞきこみ、江梨子が小さく笑う。

「まぶたも二重にしたいけど、これ以上やったら絶対また失敗しそう」

「瑞希先輩はきっちりお化粧したい派ですか？」

「う—ん。本当は顔に何か塗るのは苦手なんだけど、うちは容姿に自信がないし……。おとなになったらお化粧うまくなりたいなあ、とは思うよ」

「先輩は自然なのがいちばん似合うタイプのひとだと思うんですけど」

「そう？　じゃあ薄化粧かぁ。うち、絵心もないもんね」

言いながら瑞希は江梨子の手元を見る。江梨子の鏡絵馬は右の頬がうっすらピンクの色えんぴつで塗られているだけで、ほとんど手を加えられた形跡がない。

「えりちゃんもあんまりお化粧したくない派？」

江梨子の瞳《ひとみ》が揺らいだ。

「……わたし、なんだか急にわからなくなっちゃって」

「もしかして、きれいになりたくない？」

瑞希の問いに、江梨子の輪郭が水にひたしたようにぶれる。ガラス戸に映った江梨子の顔が〈のっぺらぼう〉になったのに気づき、瑞希は自分の手をぎゅっと握りしめた。

「いえ、そうじゃなくて……」

言葉をきり、江梨子は手にした色えんぴつを机においた。

「きれいになりたいかなりたくないかと聞かれたら、それはきれいになりたいんですが」

でも、と江梨子はつづけた。手元においた絵馬の顔をじっと見つめる。つぶらな目をした女性の顔が、文字通り鏡のように江梨子を見返している。ほのかな笑みを浮かべながら。

「わたし……どう、なりたいんでしょう」

それは瑞希に答えられる問いではなかった。質問というより自問に近いことを、きっと江梨子自身もわかっているにちがいない。

だが、言葉を受けとめた証拠に瑞希は「そうだねえ」と言葉を継いだ。

「どうなりたいかっていうより、うちにはえりちゃんが変わりたいか変わりたくないかで迷ってるみたいに聞こえるよ」

「変わりたいか、変わりたくないか……？」

うん、と瑞希はうなずいた。

「どうなりたいかわからないのに、無理して変わらなくてもいいんじゃないかな。いまのままのえりちゃんでも、うちは好きだよ」

江梨子は口をつぐみ、困惑したように視線をさまよわせた。

「ねえ、えりちゃん、失敗した眉毛、消しゴムでごしごししたら消えるかな？」

「あ、ダメですよ。クレヨンだからひどくなっちゃいます。なにも消さなくても……」

「このままでもいい？」

「だいじょうぶですよ。左の眉毛にもう少しだけ手を加えればバランスよくなります」

「不細工じゃないかなぁ」

「平気ですってば。どうやったって、もともとの顔は消えないんですから――」

言いかけた江梨子は、はっとしたように口をつぐむ。瑞希はからっとした笑顔になった。

「だよね！　よし、じゃあこれで完成。裏に名前とお願いを書いて……えりちゃんは？」

「わたしは……」

江梨子はふたたび自分の鏡絵馬を見下ろした。右だけ頰を塗られた顔。

「かたっぽだけなのはさみしくない？　せめて左も塗ってあげて」

「あっ。そ、そうですね」

ピンクの色えんぴつを手にし、江梨子は薄い斜線で頰をほんのり赤くした。

「うん、かわいいかわいい」

手放しで瑞希は誉める。江梨子はとまどったように鏡絵馬と向きあっていたが、笑う表情に釣られたように、ほんの少しだけくちびるをほころばせた。

描き終えた絵馬を奉納し終え、瑞希は自分の絵馬を多聞に示した。

「ほらほらセンセ、これがうちの描いたやつ。かわいくできてる？」

「かわいいというか、ずいぶん雄々しくなったような……」

「えぇー」

多聞に完成品を見せびらかす瑞希の横で、江梨子はじっと本殿の正面に配された神鏡に視線を注いでいる。そんな江梨子の顔を衣笠が下から見上げたが、何も言わなかった。

「ああそうだ、忘れるところだった。これも渡しておくよ」

多聞が本来絵馬といっしょに授受される米としおりを瑞希と江梨子に手渡した。赤いしおりに記された歌をよみ、瑞希は首をかしげる。

「これ、どういう意味？」

朝ごとにむかふ鏡のくもりなく
あらまほしきは心なりけり

「明治皇后の歌なんですね。毎朝見る鏡がきれいだと、こころもきれいである、みたいな意味でしょうか？」

「解釈としては、こころは自分のなかにある鏡だから、くもっていると物事を正しく理解できない。だからいつも澄んだ状態であるよう心がけなさい、ってことじゃないかな」

「こころの鏡がくもらないようにつねに磨きましょうってこと？」

そうだね、と多聞はうなずく。

「内面を磨けば、誰でもおのずときれいになれる、という意味にもとれるね」

「逆に言えば、内面がゆがんでいればそのゆがみが外にもあらわれるってことでんな」

瑞希の足元で、したり顔でつぶやくのは衣笠だ。その声が聞こえないはずの江梨子だけが、歌を見つめてぽつりとつぶやいた。

「こころの鏡……」

七、

河合神社を出て、再び馬場を北へ向かう。祭事の際には観光客もふくめた大勢のひとでにぎわう馬場も、平時はひっそりとおだやかで、瑞希は気持ちが和《な》ぐのを感じた。

「おちつきますね、ここ」

江梨子の感想に、隣を歩く瑞希はでしょ、と笑う。

木陰が多いのに加え、東側を細い小川が流れているため、むしむしと湿気の強い日でも涼を感じることができる。よく耳をすましてみると、カラスをはじめとする鳥の鳴き声や、風にざわめく梢《こずえ》の音が聞こえてくる。雨が続いていたせいか、むき出しの地面はしっとりと湿っており、ときおりぬかるんだ土とおおきな水たまりに足をとられそうになる。

瑞希と江梨子は談笑しながら並んで歩き、そのうしろをのんびりと保護者役である多聞と衣笠がついてくる。彼らとじゅうぶん距離があいているのを確認し、瑞希は内緒話をするように江梨子に耳打ちした。

「実はね、えりちゃん。えりちゃんを外につれて行こうってセンセ……多聞おにいさんにお願いしたの、うちなんだ」

「瑞希先輩が？」

うん、と瑞希はうなずいた。

「えりちゃん、平日は学校で、土曜はお稽古《けいこ》でしょ？　そのうえ日曜に絵を描いてもらうんだったら一日もおやすみないじゃない。しんどくないかなあと思って」

虚をつかれたように、江梨子は目を丸くした。

「ごめんね。うちの勝手な思いこみだったら」

いいえ、と江梨子は首をふった。

「……最近ちょっとしんどいなあ、と思ってたところでした」

先輩である瑞希に対しての気遣いかもしれないが、それでも江梨子は素直に認める。認めることで少しは気が楽になればいいんだけど、と瑞希は思った。

手水舎《ちょうず》で手と口を清めてから、赤い鳥居の下をくぐる。途中えんむすびの神である神皇産霊神《かむむすびのかみ》の祀《まつ》られた相生社や、恋みくじのおかれた社務所に瑞希たちは（女の子らしく）興味を示したが、そこそこにしてまずは本殿に向かった。

初詣《はつもうで》や、五月上旬に行われる流鏑馬《やぶさめ》などの神事の際にはたくさんの参拝客であふれかえる敷地はかなり広く、舞殿《まいどの》や神服殿《しんぷくでん》をはじめとする殿舎や、特別公開の時期にしか入れない大炊殿《おおいどの》などが点在している。参拝客が訪れることのできる範囲での最北に、七つの名をもつ大国主命《おおくにぬしのみこと》と、その名ごとにわかれた干支の社——言社《ことしゃ》があり、西に賀茂建角身命、東に玉依姫命が祀られた本殿があった。

親からもらったおこづかいを賽銭《さいせん》箱にいれ、瑞希は幣殿《へいでん》前で真摯《しんし》に手を合わせた。瑞希の隣に江梨子が並び、目を閉じて合掌する。彼女が神さまに対して何を訴えているかはわからない。だが瑞希が願うのは、かわいい後輩がこれ以上、身の丈をこえた懊悩《おうのう》に苦しまずにすむことだけだった。

「それじゃ、そろそろここへ来た当初の目的を果たそうか」

本殿への参拝をすませた瑞希と江梨子に多聞がそう言うと、ふたりは一瞬なんのことかわからない、というふうにきょとんとした。

下鴨神社の敷地には、河合神社をはじめとして、いくつもの摂社・末社がある。本殿の東にはみたらし池と呼ばれる池があり、池の上に祭神の瀬織津姫命《せおりつひめのみこと》を祀る井上社《いのうえ》（みたらし社）の本殿が建っている。池からつづく川は「みたらし川」と呼ばれ、「輪橋」と「もうけ橋」と呼ばれる小さな橋と細殿の下をくぐって南へと流れる。

みたらしは「御手洗」とも書き、諸説あるものの、和菓子の「みたらし団子」の語源となったという謂《いわ》れがある。団子の丸い形はみたらし池の水泡を模したもの、だそうだ。

足つけ神事（土用の丑《うし》の日）や矢取り神事（立秋の前日）など、年間通じてさまざまな神事が行われるみたらし池は、池の両側が階段になっている。暑い夏日にはしばしば参拝客が石段に腰を下ろし、ひんやりと冷たい水に足を浸しているところを目にする。

「さて、ここからは僕の仕事だ」

多聞はスケッチブックをとり出し、瑞希と江梨子に階段に座るよう指示した。

「僕は向かい側で描いてるから、ふたりはここで適当におしゃべりしててくれるかな」

もともと外で絵を描く、という理由で下鴨神社へやってきたことを思い出し、江梨子はあっさりと承諾した。

「あ、はい。わかりました」

「センセ、うちも描いてくれる？」

目を輝かせる瑞希に、多聞は苦笑する。

「瑞希ちゃんはまた今度」

「えー、残念」

やんわり流すと頬をふくらませたが、ここまでやって来た目的は瑞希も理解しているので、たんなるポーズだ。

多聞は心づけを井上社の賽銭箱に入れ、社殿の前で手を合わせた。帆布カバンから野外スケッチ用の水入れを出し、御神水を汲《く》む。多聞がなにをしようとしているのか気づいた衣笠が、ははあ、と手を打った。

「祓戸大神《はらいどおおかみ》の一柱《ひとり》、瀬織津姫さんはお祓いのエキスパートやもんな」

「川は穢《けが》れを清めるから、ご助力いただけるかと思って。時期がもう少しあとなら『夏越《なごし》の大祓《おおはらえ》』を待つという手もあったんだけどね」

うんうん、と衣笠はうなずいた。

「人間のおかした罪や禍事、穢れを引き受けて、海まで運んでいってくれるのが瀬織津姫さんや。海には海で、そこにはまた別の『速開都姫《はやあきつひめ》』いう神さんが待っとる。速開都姫さんが飲みこんだ穢れを、今度は『気吹戸主《いぶきどぬし》』いう神さんが黄泉《よみ》に送り、そこでまた『速佐須姫《はやさすらひめ》』さんが受けとってさすらう。さすらううちに、いつの間にか災いや穢れは失われる、と。よくできた漂白のベルトコンベアーでんな」

「祝詞《のりと》だね。というか、『漂白のベルトコンベアー』ってなんだよ」

石段の西側に座って話しこんでいる瑞希と江梨子の真向かいに、多聞も腰を下ろす。用意するのはいつも使っている筆と、家を出る前に蛸薬師に頼んで出してもらった特殊な墨、携帯用の小型パレット。スケッチブックのあいだには、薄手の紙が数枚挟まれている。

墨を御神水で薄め、その薄墨に筆をひたす。数秒間じっと江梨子を見つめ、脳の中にその姿を焼きつける。あとは一度も対象を視界にいれることなく、無心のまま一気に全身を描きあげた。まるで一筆書きのような荒々しさだが、頭身や体の線、髪のつややや目立った服のしわなどは、正確にしるされている。

だがしかし、顔の部分だけが何も描かれることなくのっぺりとしたままだった。

「さて、衣笠くん」

筆を止め、多聞はかたわらに立つ衣笠に声をかけた。

「へえへえ。いよいよわての出番でんな？」

「ああ。きみにしか頼めない重要なお願いだからね」

多聞の返答に満足したのだろう、衣笠はにんまりと笑った。

「待ちくたびれましたで、多聞はん。猫の手ぇならぬ妖怪《ようかい》の手ぇでっけど、よござんす、――わてでお手伝いできることでしたら、なんなりと」

苔《こけ》むした石の床が透けて見えるほど、みたらし川の水深は浅い。梅雨のさなかとは思えないような青空と白雲が水面《みなも》に映り、そこに瑞希と江梨子の姿もぼんやりと滲《にじ》んでいた。像は鏡というほどにはくっきりと反射していないので、江梨子の顔が〈のっぺらぼう〉なのか瑞希には判じられなかった。

「えりちゃんはエプロンの次に何縫うか決めた？」

「次は鍋《なべ》つかみでも作ろうかなあと思ってるんですけど……」

「鍋つかみかあ。実用的だし、それもいいね」

階段にならんで座る瑞希と江梨子は、他愛ないおしゃべりに興じていた。学校のこと、家のこと、部活動のこと。ごく当たり前の日常の話。

「……瑞希先輩」

ふいに落ちた声のトーンに、瑞希は江梨子をふり向いた。「ん？」

「ありがとうございます。いつもわたしの話を聞いてくれて」

「どうしたの、急に」

驚く瑞希に、江梨子は珍しく照れたように視線を逸《そ》らした。その動作で、瑞希はあらためて気づく。江梨子はいつも、きちんと人の目を見て話す子だ。

「ずっとお礼を言いたかったんです。先輩はわたしの話をちゃんと聞いてくれるから」

「そんなの、」

当たり前のことだよと言いかけて、瑞希は黙りこんだ。

江梨子は誰にも話せなかった。だからこそ〈のっぺらぼう〉だったのだ。従順に口をつぐみ、他人の言葉に耳を傾けず、自分の顔も見ないですむ、のっぺらぼう。

「久しぶりに外へ出て遊べて、ちょっと気分が楽になりました。わたし、ずっと息でも止めてたみたい。がまんしてたんだって自分でわからなかった」

うん、と瑞希は相槌《あいづち》を打った。のっぺらぼうでは呼吸もままならないに違いない。

「えりちゃんは、がんばり屋さんだもんね」

「そんなんじゃないです。ただ、言えなかっただけ。がまんするのが『いい子』だって
――『かわいい子』なんだって思ってただけです」

江梨子は口を閉ざし、立てた膝《ひざ》のうえに顔を伏せた。

「あのね、えりちゃん。衣笠さんが言ってたんだけど」

江梨子は顔を上げた。「……衣笠さんって誰ですか」

「あ、うちの友達。その衣笠さんの受け売りなんだけど、『かわいくなりたい』って思う気持ちがまず『かわいい』んだって」

江梨子が怪訝《けげん》そうな表情になる。うまく伝わらなかったらしい。

「ええと、さっき河合神社でたくさんの絵馬を見たよね。薄化粧なのも濃いのもあったけど、これだけたくさんのひとが、『かわいくなりたい』って願いをこめてるんだなあって。そしたら本当にみんなかわいいなあって思えてきたんだ」

「…………」

「誰のためでも、自分のためでも、『かわいくなりたい』って気持ちは『いまの自分より

ステキな自分になりたい』って気持ちでしょ。それは自分を否定するのとは少し違う」

「たとえば、女優の誰々さんになりたいって願い事も？」

「うん。それは『誰々さんみたいにかわいくなりたい』って意味だから。自分からマイナスするんじゃなくて、プラスする気持ち」

なるほど、と江梨子はうなずいた。

「そういう気持ちが『かわいい』ってこと。外見《そとみ》を美しくするための、なりたいって思いが内面でしょ。だから、えりちゃんのいい子でいたいって気持ちも同じだと思う」

「…………」

「うち、いつも言ってるよ。えりちゃんかわいい、って。あ、これはイヤミと違うよ」

「知ってます。瑞希先輩、厭《いや》み言えるようなひとじゃないですもん」

それはたぶん裏表がないという意味なのだろう。たしかに瑞希は他人の顔色を伺ったりするのは苦手だ。

「さっき、どうなりたいかって話してましたよね」

江梨子がまっすぐにこちらを見た。真剣な表情だった。

「わたし、できるなら瑞希先輩みたいになりたいです。素直にものが言えて、いつも自然体でいられるひとに」

言ってから照れたのだろう、江梨子は恥ずかしそうにはにかむと、ごまかすようにふたたび顔を伏せてしまった。らしくない幼い行為だが、だからこそ掛け値なしの本音だと思わせた。瑞希もつられてへらりと笑う。

「うちは、たんになんにも考えてないだけだよ」

「……自然体でいるって、たぶんそういうことだと思いますよ」

「そうかなあ？　うちは、聞くことしかできないから……」

江梨子が顔を隠したままなので、瑞希は視線を正面に向けた。対岸では、衣笠と多聞がなにやらひそひそと言葉をかわしあっている。

（センセ、衣笠さんと何を話してるんだろ）

息抜きをさせるために江梨子を外へつれ出してほしい、という瑞希のお願いに、多聞が衣笠まで同行させたときから、きっと何か目的があるのだろうとは思っていた。

「先輩は、安心院先生のことが本当にお好きなんですね」

「ぅへあっ!?」

いつのまにかこちらに注目していた江梨子に、瑞希は階段から腰を浮かせた。多聞と衣笠のやりとりが気になって熱心に盗み見ていたのを、江梨子が勘違いしたものらしい。江梨子には衣笠の姿が見えないのだから、誤解するのもむりはなかった。

「え、いやあの、違くて、いや気になるのは気になるけどそうじゃなくて」

弁解すれば弁解するほど深みにはまる泥沼だ。さきほどまでのおとなしさはどこへやら、もはや瑞希に対して遠慮のなくなった江梨子はにこにこ――いや、にやにやとした笑みで瑞希を見つめる。

「いつからですか？」

「い、いつから？」

「きっかけは？　どういうところが好きなんですか？」

「ど、どうって」

猫にマタタビならぬ、女子高生に恋愛話《こいばな》。もはや先輩も後輩もない。江梨子の怒涛《どとう》の攻勢に、瑞希ははやくも白旗をあげたい気分だった。

「や、おにいさんのことは好きだけど、それは尊敬というか……」

「尊敬しつつ、好きなんですね。ハイ、それで？」

「うう……、その、感謝してるんだよ。うち、子どものころにいろいろあって、味方がひとりもいないって思ってた時期があったから」

味方がいないといっても、もちろんいじめられていたとか、親に虐待されていたとかそういう話ではない。ただ、ずっと瑞希にしか聴こえない声があって、それを理解するものが誰もいなかっただけだ。

両親は瑞希の訴えを頭ごなしに否定したりはしなかった。だがそれは子どもらしい空想まがいのつくり話であると思っていて、心《しん》から信じていたわけではなかった。幼心にも敏感にそうと気づき、瑞希もだんだん親にオバケの話をすることはなくなった。

恐怖と孤独を抱えたまますごし、瑞希が自身にさえ疑いを抱きはじめたころ、ようやく出会ったのだ。――多聞に。

自分以外に、はじめて理解を示してくれた人物に。

『そうか、瑞希ちゃんも聴こえる人なんだね。僕とおんなじだ』

おなじだ、だから大丈夫だと、はじめて会ったそのひとは言ってくれた。知っていて、受けとめてくれた。幼い瑞希の恐怖も、理解されないさびしさもまるごといっしょに。

「ええと、でも、おにいさんだけは味方してくれて、ひとりじゃないってわかって、だから、いまのうちがあるのはおにいさんのおかげというか……」

（ああ、何を言ってるんだろう）

しどろもどろで言い訳のような何かを必死になって重ねていると、江梨子はことんと首をかしげた。

「……あれ？　でも、じゃあそれって『恋』じゃないんじゃないですか？」

「――――」

不意のことで、瑞希はのどをつまらせる。言葉をさがしていると、次の瞬間、ぶわっと山からの風が吹き荒れ、瑞希や江梨子の髪を乱した。

「きゃあ！」

うわっ、という慌てた声が対岸でもあがり、瑞希がそちらを見ると、多聞の手元から紙が数枚吹き飛ばされ、大きく宙を舞ったところだった。

「ああ、しまった！」

焦った様子に瑞希と江梨子も慌てて立ち上がる。風にあおられた紙の一枚が、輪橋の手前で川に落ちるのが見えた。

「拾いにいってくるから、瑞希ちゃんたちはここのを頼む！」

叫びながら、多聞が階段を駆け上がり、砂利道を細殿のほうへ走って行く。なぜか手にタオルと筆を持っていたが、よほど焦っているのかそれにも気づかない。

「わかりました！」

返事をした江梨子が、みたらし社の社殿に吹き飛ばされた紙を追った。江梨子が賽銭《さいせん》箱の上に落ちた紙を拾っているあいだに、瑞希は対岸へ飛ばされた紙を集めようと走る。

あたふたした瑞希の様子に気づき、近くにいた着物の男が石段に飛ばされた紙を一枚拾い、瑞希に差し出した。

「どうぞ、落ちましたよ」

「あ、ありがとうございます」

慌てて礼を言うと、男はどういたしまして、と頭を下げて去った。

何も描かれていない白紙を手にし、瑞希はふと気づく。——衣笠が、いない。

顔を上げ、多聞が走り去った細殿のさらに向こうを、目を細めて見やったのだった。

八、

みたらし池から湧き出た水は、南に下《くだ》るにつれ何度も名前を変える。下鴨神社の境内を流れているあいだは「みたらし川」、続いて「奈良の小川」、表参道と並行するように流れるあいだは「瀬見の小川」という。

途中で「奈良の小川」と名を変えるのは、奈良殿神地《ならどののかみのにわ》と呼ばれる森の祭場を通るためだ。神地は整備された道が設けられており、散歩にも向いているが、遊歩道以外——密集した木立の森は一般人立ち入り禁止である。当然のことながら川に入ることはできない。

多聞は小川を遠目に見ながら奈良殿神地の遊歩道をひた走った。観光シーズンであってもひと気のない遊歩道は東から南にかけてゆるやかな曲線を描き、手水舎《ちょうず》の裏手を大きく迂回《うかい》して表参道と合流する。

手水舎の近くには小川におりるための石段が設けられている。全力疾走でそこまで先回りした多聞が、周囲に人がいないか気を配っているときだった。

「多聞はん！」

呼びかけにふり向くと、川の上流から衣笠がのんびりとした足どりで姿を現した。衣笠は右手で紙を水面に浸しながら、川の中をぱしゃぱしゃと歩いてくる。多聞に向けてふった左手には、もう一枚、丸められた別の紙が握られていた。そちらは風にあおられたように見せかけた白紙である。

風もまた、偶然を装っていづなに頼み、起こしてもらったものだった。すべて多聞が仕組んだことだったのだ。

「ありがとう。すまなかったね、水に入らせて」

「いやいや、かましまへん。わてにしかできひんことやさかい」

「問題なかったかい？」

「へえ。柵《さく》に通せんぼされましたけど、まあなんとか川にお願いして通らしてもろたわ」

ふっくりと謎めいた笑みを浮かべて衣笠が答える。あえて問い質《ただ》さず、多聞は毛筆を手に石段を下りた。

「悪いけど、もう少しそのままでいてくれ」

多聞は石段にしゃがみこみ、真っ白な筆の先を川の水にひたした。毛筆の先端が水をふくんだのを確認し、衣笠が流されないよう押さえている紙の裏に、さらさらと文字を記す。

澄、守、畢、という三文字の漢字だ。

「墨は澄《スミ》、紙は守《カミ》、筆は畢《ヒツ》」

文言を唱え、紙を慎重に水の中から引き上げる。はたして、紙の表は真っ白だった。墨が滲んでいるわけでもなく、はじめからそこには何も描かれていなかったかのように。

多聞は衣笠と顔を見合わせ、はーっとおおきく安堵《あんど》の息を吐いた。

「書いて字のごとく『水に流した』っちゅーわけやな。瀬織津姫さんや下鴨の神さんがたのお力添えもあるやろけど」

「そうだね。だけど江梨子ちゃんの気持ちが動かなければ無理だったよ」

「瑞希はんでんな。彩はんのときもそうやったけど、あの聞き役ぶりは大したもんや」

川から上がってきた衣笠に、多聞は準備してきたタオルを手渡した。衣笠は濡《ぬ》れた手足をタオルで拭《ふ》き、水を吸った蓑《みの》をゆすって雫《しずく》をふり落とす。

「せやけど多聞はん、これで、江梨子はんの〈のっぺらぼう〉だけが祓《はら》えたことになるんでっか。全身流れてもうたけど」

「大丈夫だよ。そのために、念を入れて先に本人に形代をつくってもらったから」

「カタシロ？」

首をかしげ、衣笠はあっと声をあげた。

「鏡絵馬でっか！」

鏡絵馬は自分の顔に見立て、みずから化粧を施す。しかも裏には自分の名前も記すのだ。一種の依り代である。

「その通り。これで〈のっぺらぼう〉だけ祓えたはずだけど、彼女のこれから先のこころまでやね。僕らではどうすることもできないから」

水を吸ってくたくたになった紙を細く巻いて作務衣《さむえ》の懐にしまう。その場で立ち上がり、多聞はぐっと腰を伸ばした。

「わてらができるんは手助けだけ。江梨子はんを救うんは、江梨子はんだけでんな」

受け売りを口にする衣笠に、多聞は苦笑するしかない。

「そうだね。だけどその手助けがあるからこそ、人間は大勢のひとの中で生きていけるんだって僕は思ってるよ」

衣笠をつれた多聞が戻って来ると、センセー、と聞きなれた声が彼を呼んだ。

「拾えたー？」

多聞が残していった画材やカバンの荷物番をするように、瑞希と江梨子がその両側に腰を下ろしている。

「ごめんごめん。紙が下流のほうまで流されてしまって」

言い訳がましく謝りながら、多聞はわざと川に流した白紙を見せる。瑞希がちらりと衣笠に視線を送ったことに気づいたが、衣笠も知らぬふりだ。

「落ちた紙、拾っておきましたよ」

江梨子が差しだした紙を受けとり、多聞はにっこりと笑った。

「——ありがとう。それじゃあ、そろそろ帰ろうか」

「え、もう帰るんですか？」

「うん。気分を変えて外で描こうと思ったけど、迷惑かけちゃったしね。今日はこれでおひらき。せっかくだからみたらし団子でも食べて帰ろう」

「本当ですか⁉　やったあ！」

不服そうにしていた江梨子が団子と聞いて目を輝かせる。スイーツの威力は絶大だ。ようやく年頃の女の子らしい片鱗《へんりん》を見た気がして、多聞はおかしく思った。否、そんな顔を見せられるほど、胸襟をひらいてくれたということかもしれないが。

「瑞希ちゃんも食べるだろ？」

「あ、うん、もちろん」

話題をふると、瑞希ははっと我に返ったように慌て、急いでうなずいた。

「加茂みたらし茶屋さんのお団子だよね？」

「うん。下鴨に来たんだしね」

瑞希がようやく笑みを見せたのでほっとした。

戻って来たときから、なぜか瑞希が浮かない顔をしていることに、多聞は気づいていた。

瑞希はおそらく、多聞と衣笠が何をしたのかわかったのだろう。物憂げなのは、ひとりだけ蚊帳《かや》の外におかれたせいか。

「瑞希ちゃんはお店の場所知ってるよね。江梨子ちゃんと先に行っておいて。僕はちょっと、本殿と井上社にお参りしてから行くから」

「さっきお参りしたのに？」

「ああ。お礼をしないと」

多聞が答えると、瑞希はじっと多聞を見上げ、わかったとうなずいた。聡《さと》い瑞希のことだ、真意は伝わっただろう。江梨子をつれて歩き出す直前、多聞にだけ聞こえる声で、瑞希は小さくささやいた。

「うちのぶんも言っておいてね」

少女たちのあとを、ひょいひょいと軽妙な足どりでついていく衣笠を見送り、多聞はくちびるをほころばせ、ひとり踵《きびす》を返したのだった。


——帰りの車内で、瑞希は終始ご機嫌だった。

ミラーにうつる江梨子の顔はすっかり元通りになっていた。それに気づいた瞬間、瑞希がうれしそうに破顔した。疑っていたわけではなくとも、自分の目で確認して安心したのだろう。

瑞希がくちびるの動きだけで「ありがとう」と伝えてくるのに、多聞は小さくうなずきを返す。この一日でいままで以上に親睦《しんぼく》を深めたらしい瑞希と江梨子は、まるで本当の姉妹のように思えるほど、仲良く騒いでいた。

だから、だろうか。懸念が消え、ひたすら楽しそうにはしゃぐ瑞希の顔に、一抹の翳《かげ》りがあることに、多聞はずいぶんあとになるまで気づかなかった。

# 夏祭りの夜　三

「――おまえも、わたしの名前を問うてみるか？」

対峙《たいじ》した狐面の童子が訊《たず》ねる。

祭りの喧騒《けんそう》がずいぶん遠く、かすかに耳に聞こえる。ここは現実なのだとつねに意識していなければ、精神ごと持っていかれるかもしれなかった。強《こわ》ばった顔で、それでも多聞は首を横にふる。

「……いや、遠慮しとくよ」

狐狸《こり》の類《たぐい》は人間を誑《たぶら》かすもの、場合によってはこの問答さえ危険である。固辞した多聞に狐面の童子はそれは残念、とおどけて肩をすくめた。

「それで、その子の名前を知って、次はどうするつもりなんだ」

多聞からの詰問に、今度はさも心外だというように童子はため息をつく。

「別にどうもしやしないって。名前を訊《き》いた、それだけさ」

「それだけ？」

怪訝《けげん》に思い、多聞は童子を睨《にら》む。童子はすっと音もなく瑞希から離れ、宙をすべるようにして多聞に肉薄した。

「！」

「そうだよ、だって――」

白い着物を身にまとった童子が狐面を多聞の顔に近づける。鼻先十センチもない至近距離で、多聞はうろたえたように上体を引いた。

「もう用は済んだから」

「え……」

多聞は目を見開いた。童子は面の下で笑い、ふわりと宙に舞い上がる。逃げるつもりだと咄嗟《とっさ》に判断した。

「！　待って！」

無我夢中で腕を伸ばす。手が相手の尾の先をひと房つかみ――、つかんだと思えた瞬間、尾の毛がするりと抜け落ち、多聞の手に残った。まるでトカゲの尻尾《しっぽ》切りのように、ふさふさと滑らかな獣の尾はほんのひと房だけを多聞の手に残し、どうやっても届かない高さまで逃れていってしまう。

「――また会いに来るよ」

こちらをあざ笑うかのように童子は宙でくるりと身をひるがえし、夜闇に溶けるようにふっつりと姿を消した。多聞は呆然《ぼうぜん》と童子が消えたあたりを見上げ、真っ青な顔になると、倒れた瑞希のそばに駆け寄った。

「瑞希ちゃんっ！」

苦心して、地面にうつ伏せになっていた小さな体を抱き起こす。まさか命を奪われたのでは――、と多聞は血の気の引く思いで、仰向けにした胸元に耳をつけた。浴衣《ゆかた》越しにだが、かすかな鼓動が聞こえる。安堵のあまり、涙腺《るいせん》がゆるみそうになった。

（……生きてる）

一見したところ瑞希の体に異常はない。手も足も、顔も無事だ。

だが、あいつは「用は済んだ」と言ったのだ。多聞をからかい、怖がらせるためのホラだったのか。だがなぜか、嫌な動悸《どうき》がおさまらない。

「瑞希ちゃん、起きて」

左手で瑞希の体を抱え起こし、多聞は必死で呼びかけた。何度目かの呼びかけで、瑞希はようやく目を覚ました。ぱちぱちと目をまたたかせ、多聞を見上げる。

「……おにいちゃん……？」

怯《おび》えた様子はない。怖い思いをしたなら、この子はすぐに泣き出すはずだ。

「大丈夫かい？　どこか痛いところはない？」

瑞希は考えこむかのように眉《まゆ》をよせたが、すぐに首を横にふった。

「ううん。どこもいたくない」

「そうか。本当に、よかった」

どっと気力が抜け、多聞は重たい息を吐いた。瑞希を支え、その場に立たせてやる。浴衣についた土や泥をはらってやっていると、瑞希がふしぎそうな顔で訊ねてきた。

「おにいちゃん。そっちの手、なに持ってるの？」

「え？」

指摘され、驚いて自分の右手を見た。多聞の手には、いつの間にか一本の筆が握られていた。雪のように白い、獣の尾を連想させる毛筆。あのとき手に残ったのは、狐の尾のひと房だったはずなのに。

（――この筆、まさか）

妖怪《ようかい》の置き土産を呆然と見つめていると、瑞希がまた別の何かに気をとられたように視線を動かした。ホタルにも似た青白い光がふわりと宙を漂い、近くの古木の陰に消える。樹の根元に隠れるようにして、小さな木霊《こだま》がこちらを窺っているのがわかった。しばらく前から固唾《かたず》をのんで見守っていたようだ。

（ああ、よかった。無害なやつだ）

ほっとしたとき、瑞希が不意に立ち上がり、自分から木霊に近づいていった。木の根の前にしゃがみこみ、にっこりと笑って声をかける。

「こんばんは、オバケさん」

同じだった。

その親しげな挨拶《あいさつ》に、木霊のほうが驚いて姿を隠してしまったが、仰天したのは多聞も

「み、瑞希ちゃん、まさかそれが視えるの⁉」

「うん」

ふり向いた瑞希はあっさりとうなずいた。怯えるでもなく泣くのを我慢しているわけでもなく、ただ珍しいものをつかまえ損ねたというような、少しばかり残念そうな顔をしていた。オバケの声を聴くたびに、多聞に泣きついていたあの瑞希が、だ。

瑞希はどこも変わっていない。何もされていない、と多聞は思った。――だが、はたして本当にそうなのか？

「オバケのこと、もう怖くなくなったの？」

多聞の問いに瑞希は一瞬きょとんとし、首を縦にふってうなずいた。

「うん、へいき。もう、ぜんぜんこわくない」

祖父に聞いたことがある。神仏かあやかしか、それも運次第だが、たまに気まぐれに人間の眼前に現れ、好んでちょっかいをかけてくるものがいる。そういう輩《やから》は人間の基準でいう善でも悪でもなく、彼らの道理は人間とは別のところにある。何もされなければむしろ僥倖《ぎょうこう》、何かを得られれば驚異、何かを喪《うしな》うことがむしろ通例なのだと。

（勿怪のさいわい）

偶然なのかそうでないのか、多聞は「筆」を手に入れ、瑞希は「視える瞳《め》」を得た。それが幸福か不幸かはこの際置いておくとしても、それが本当になんの対価もなしに、ただ与えられただけのはずがない。そして何より、あの童子は去り際にこう言わなかったか。

また会いに来る、と。——つまり、その代償は。

（……この先の、未来？）

棒立ちになった多聞の袖《そで》を、不安げな顔で瑞希が引いた。

「おにいちゃん、どうしたの。どこかいたいの？　もう、おうちに帰る？」

多聞ははっとした。無心で無垢《むく》な、いとけない瞳。多聞を慕い、雛鳥《ひなどり》のごとく信頼をよせる少女に、どうしようもなく庇護《ひご》欲が掻《か》きたてられる。

（僕が、まもらなくちゃ）

多聞は手にした筆をにぎりしめる。そして身を屈めて瑞希と視線を合わせ、その黒い瞳に誓った。

「大丈夫だよ、瑞希ちゃん。このさきどんなに怖いオバケが来ても、僕が絶対にまもってあげるからね」

# 第四話　ひきよせる〈帯〉

## 一、

『ほんっま面倒かけた、多聞《たもん》！』

月曜の夕方、店番をしている多聞の携帯に南条《なんじょう》から連絡が入った。開口一番聞こえてきた謝罪の声に、多聞はまったくだ、と深く嘆息する。

『すまんかったなあ、オレが知り合いにうっかり口滑らしたせいで……』

「別におまえの口が軽いのは、いまにはじまったことじゃないけどな」

『そう言いなや。フッーはちまたで「妖怪絵師」だなんて呼ばれてるような人間に、愛娘の肖像画を依頼するとは思わへんやん！　先方さんから紹介してくれなんて頭下げられたときはオレもたまげたんやで』

それは多聞もまったく同感である。

『けどまあ、結果オーライってことで勘弁しいや。ええやんけ、今回はおまえもそんなに労力使わんかったんやろ』

「労力というか……、まあ未然にではないにしろ、大事になる前になんとかなったけど」

しぶしぶとはいえ、多聞が卯月江梨子《うづきえりこ》の肖像画をひき受けたことで、事態の早期発見につながったことはたしかである。江梨子が瑞希《みずき》の後輩である以上、最終的に多聞はこの件に関わることになったはずだ。

「ただ、別の意味では疲れたよ。子守とは言わないけど、年ごろの女の子に気を遣うのもけっこう大変なんだからな」

『女子高生ふたりも連れまわしといてホンマ贅沢《ぜいたく》な』

「……だから、そういう誤解を招く表現はやめろと言うのに」

『とにかく、オレの顔を立ててもろてほんま助かった。堪忍な』

携帯電話だかスマートフォンだかの向こうで、平身低頭の態《てい》で拝むポーズをとる南条の姿が脳裏に浮かぶ。多聞もついに根負けして「もういいよ」と言ってしまった。とたん、

『ところで多聞、ちょっといまから出て来られへんか？』

ガラリと声の調子を変え、南条は唐突に四条河原町《しじょうかわらまち》にあるビアレストランの名をあげた。

『詫《わ》びもかねて奢《おご》ったるし、夕飯つき合えや』

万年金欠が口ぐせの南条にしては殊勝なことだが、いかんせん唐突にすぎた。

「はあ、いまからか？　何言ってるんだ、僕はいま店番……」

言いながらも顔を上げて時計を確認する。針は午後六時五十五分をさしている。

『店は七時でしまいやろ。それからでええし来い。おまえに会わせたい人間がおんねん』

一気にたたみかけられ、ほなよろしく、とばかりに通話は切られた。多聞はツーッツーと愛想のない電子音を鳴らす携帯電話を親の仇《かたき》のごとくしばし睨み、深々とため息をつく。南条が強引なのはいつものことだ。だが、「会わせたい人間」というのが妙にひっかかる。またぞろ厄介事でも押しつけられなければいいが。

チェックしていた古書リストの冊子を閉じると、多聞は店じまいの仕度をはじめるため、やれやれとカウンターの椅子から立ち上がった。


ドイツの地名を冠した老舗《しにせ》のビアレストランは、四条河原町の交差点から一本西に入った細い通りにある。

レンガ塀を模した店内は、全体的に落ち着いたブラウン調でまとめられ、会社帰りのサラリーマンから家族連れまで、いつもほどよい賑《にぎ》わいを見せている。

奥に入っていくと、こちらに気づいた南条が「よう」とばかりに手をあげた。南条と向かい合わせにもうひとり、こちらに背を向ける形で座っている。

南条の仕草につられ、その人物がふり向いた。見覚えのある顔に多聞は驚く。

「……え、トラかい？」

「多聞先輩、お久しぶりです」

トラこと多聞の高校時代の後輩である寅吉拓光《とらよしたくみ》は白い歯を見せ、快活に笑った。

工事現場が似合いそうながっしりとした体格に、スポーツ刈りの頭。ラフなTシャツ一枚と着古したジーンズが、だらしないという印象を与える一歩手前でぎりぎり留まっている。年齢は多聞の二歳下なので二十三のはずだ。ちなみに、名が体をあらわしているというわけではないが、阪神《はんしん》タイガースの熱狂的なファンである。

寅吉は多聞や南条と同じ高校出身で、南条が属していた軽音部でドラムを担当していた。多聞の所属は美術部だったが、南条を介して何度か顔を合わせたことがある。

「久しぶり。変わりなさそうで何よりだ」

席に近づいてきたウェイターに生を、と注文し、多聞は南条の隣、寅吉の正面に腰を下ろした。寅吉はにっと笑う。

「全然変わってないでしょ。先輩もお元気そうで何よりです。南条先輩に聞きましたよ、いまは画家先生をやっておられるって」

「はは、『画家先生』なんて呼ばれるほどの身分じゃないけどね」

多聞は苦笑した。一歩まちがえれば京都人お得意の厭《いや》みになりかねないが、寅吉にそのつもりはない。率直な気持ちで言っているのがわかるのは人徳だろう。彼も瑞希と同じく腹芸ができない人種だ。

「そんな格好されてると貫禄《かんろく》ありますねえ」

「いや、楽なんだよ、この格好。貫禄とかそんなんじゃなく」

作務衣《さむえ》姿に感じ入った様子で寅吉が言い、多聞は照れた笑いを浮かべる。

「まあ食べてください、先輩も」

と熱々のソーセージの皿をすすめられ、多聞は割り箸《ばし》を手にとった。テーブルの上には蒸し野菜やサーモン、スペアリブなどボリュームのあるものが中心に並んでいる。南条もそうだが、寅吉もどちらかといえば呑《の》むより食うのが好きなタイプらしい。

「五、いや六年ぶりか？　とにかく久々に、先週こいつと京都駅でばったり会《お》うてな」

と、南条が行儀悪くも箸で寅吉を指した。

「久しぶりやし、今度どっかで飲もか、っつー話になったときにおまえの話題が出てな。どうせ暇してるんやし、ついでに呼んだろと思って」

「誰が暇だ」

「すんません。おれがせっかくだから多聞先輩にも会いたいです、って言ったんです」

半眼でつっこんだが、寅吉がとりなすように言ったので、多聞も強く出られなくなった。

熱々のソーセージを箸でつまんで口に運ぶ。じわりとしみる肉汁に、多聞の眉間《みけん》のしわもようやくほころんだ。

「学生のころから絵のうまい人だなあと思ってましたけど、まさかそれで生活してらっしゃるなんて。驚きました」

寅吉のような人種に謙遜《けんそん》は無意味だ。皮肉のないストレートな賛辞は面映《おもはゆ》いが、うれしくないといえばうそになる。

「まあ……最近はおかげさまでなんとかね。トラはいま何を？」

「おれですか。おれはいま、舞台役者やってます」

「──役者？」

意外な単語に目を丸くし、多聞は箸をとめた。隣で南条も驚いているところを見ると、初耳だったようだ。

「役者って、あの役者か？　英語でいうアクター」

「ほかにどの役者があるんですか、その役者ですよ。そんなに驚くことですか？」

勢いこんで訊《たず》ねる南条に、寅吉はなかば苦笑気味だ。

「いやだって、おまえ前に出るん苦手な人間やったやないか。『おれはみんなのうしろでドラム叩《たた》いてるくらいがちょうどいいですわ』って口癖やったのに」

ああ、そんなことも言ってたかなあ、と寅吉はばつが悪そうに笑った。

「大学のときに、高校のバンド経験を見込まれて音響係として演劇サークルの手伝いをすることになりまして。弱小サークルだったんでおれも端役でかり出されて、最初はしぶしぶ手伝ってたんですけど、気がついたら演劇のおもしろさにハマってしまって。それ以来ずっと足つっこんだままです」

「いまは社会人劇団にいるのか？」

多聞が訊《き》くと、寅吉はうなずいた。「はい、京都の」

大阪、あるいは東京にこそ遠く及ばないものの、地元京都に劇団は数多い。大学が多いこともあって学生演劇も盛んで、市下にある財団法人などでは演劇のワークショップも多数行われている。意外と京都は演劇の活動人口が多いのだ。

「無名の小劇団だし、おれも端役しかやらせてもらえませんが。……そうそう、これ」

ばばーんとみずから効果音を口にしながら、寅吉がカバンからとり出して見せたのは一枚のチラシだった。チラシ――というか、舞台の公演フライヤーだ。

「……劇団飛有人船《ひゆうじんせん》？」

「はい。『飛有人船』と書いて『ヒューマンシップ』と読みます。おれ、ここの所属で」

どこか誇らしげに劇団の名を口にする寅吉から、多聞はチラシを受けとった。横から南条ものぞきこんでくる。古い螺旋《らせん》階段にさまざまな格好をした役者たち――男が二人と女が三人、計五人――が腰かけた図の上に、『陽あたり荘のヒカゲな人間模様』というタイトルが打たれている。彼らの中に寅吉の姿はないが、出演者の欄に小さく「寅吉拓光」の名が記されていた。

「聞いたことのないタイトルやなあ」

演劇になど詳しくもなさそうな南条が言うと、寅吉は笑った。

「そりゃ、脚本《ホン》はうちの座付き作家が書いたもんですから」

どうやらシェイクスピアなどに代表される既存の脚本を使ったものではなく、劇団オリジナルの演目らしい。

「この公演にトラが出るんだね」

はい、とやや照れくさそうに寅吉はうなずいた。

「台詞《せりふ》も少ないチョイ役ですけど」

「たしかに、名前は載ってるけど顔は写ってへんな」

「言わないでくださいよ。いちおう気にしてるんですから」

茶々を入れる南条に、寅吉も笑いながら苦言を呈する。

「脇役のほうが気負わんでええやん。へたに主役や準主役なんてのをやらされたら、プレッシャーで大変やろ」

「脇役は露出が少ないぶん、役づくりのヒントもないし大変なんすよ。メインに呼吸を合わせなきゃいけないし。やりがいがあるといえばありますけど」

「うまい役者が脇を演《や》るほうが芝居は引き締まるって聞くけどな。腐らずがんばれよ。脇役たくさんやっといたら、ベテランになったとき困らんやろ」

南条なりの激励が伝わったのか、寅吉は力なく「そうですね」と笑った。

「なんにしてもすごいことだよ。人前に立って何かを表現するというのは」

「おまえかて絵描きやんけ、多聞」

「じかにお客さんの前で見せるパフォーマンスとはちがうからね、僕のは」

「そういうもんか？」

多聞はうなずいた。

「でも大変なんじゃないのか。役者で食べていこうと思ったら」

「もちろんです。というか、実際食べてはいけませんよ。おれもバイト掛け持ちしながら役者やってますし。っと、そうそう」

寅吉はからりと笑って、ごそごそとカバンのポケットから封筒をとり出した。

「そういうわけで、これを先輩方に」

「なんだ？」

差し出された封筒に、多聞と南条はきょとんとする。封筒を開けてみると、中に入っていたのは二枚の紙――公演のチケットだった。日時は来週の土日だ。

「えっ、くれるんか？」

「はい。と言いたいところですが、割引にしますし、買って頂けませんか」

これこの通り、と頭を下げられては多聞も南条も断りようがなかった。

「さすがトラ、ちゃっかりしてるわー」

「まあ、そう言わんでください」

財布をとり出す多聞と南条に、寅吉はすみません、と謝った。

「小劇団の一員としてはけっこう切実なんすよ。けど、おれらは絶対いいものをつくってるっていう自信があるから、ひとりでも多くの人間に見てもらいたいんです」

「ふうん。どんな劇団なんや、この飛有人船って」

「少人数ですが、本気でバカやれるようなやつばっかりです。食べていくのは難しいけど、演劇の面白さにとりつかれてるような感じですね。もちろん、いい役者もいますけど」

興奮気味にすすめてから身贔屓《みびいき》が照れくさくなったのか、寅吉はビールに口をつけた。

「いい役者、か。トラの言う『いい』ってどんな役者や、女か？」

下心丸出しで南条が身を乗り出すと、寅吉はちらりと手元のチラシに視線を落とした。

その目元が一瞬だけ細められたことに、多聞は気づいた。

「役者にもいろんなのがいますし、技術的なことを言えば上はキリないですけど……ひとつ言えるのは『見ればわかる』ってことですかね」

「どういう意味や？」

「……そのまんまの意味ですよ」

なぜか急に不機嫌になった様子で寅吉はこたえた。唐突にジョッキをつかみ、ぐいっとあおる。

「おふたりに、すげーベタなこと聞きますけど」

「う、うん？」

「おう」

「『天才』とか『才能』って、あると思いますか」

多聞は南条となんとなく視線を合わせた。

（なんかようわからんけど、まずいスイッチ押してもうたみたいやで）

（そうみたいだ）

と、腐れ縁という名の芸当、アイコンタクトのみで言葉をかわす。

「うーん、そうやなあ。オレは『天才』なんてのは、努力の足りない人間の都合のいい言い訳やと思ってるわ。あ、異論は認めるで」

寅吉はうなずき、先輩はどうですかと問うように多聞に視線を移した。

「……僕に関して言えば、その言葉自体あんまり好きじゃないな」

多聞は腕を組み、考え考え意見を口にした。

「世の中で成功している人々のなかにはもちろん、才能なんていう自分では確証が持てないようなあやふやなものを信じて励んでおられる方もいるだろう。だけど、自信がもてないまま模索を続けている人間もたくさんいるんじゃないかと思う」

「じゃあ逆に、才能なんてただの夢やまぼろしで、存在しないものだと思います？」

「ないと断言するのは難しいね。たとえば才能が幻想だったとしても、何百人、何千人にその幻想を抱かせられるなら本物たりえるんじゃないか。あくまで、僕の考えだけど」

小さく唸《うな》り、寅吉は押し黙った。ビールジョッキを傾け、どん、と卓上に置く。

「おれも最初は才能なんてない、と思ってたんです。努力次第でどうとでもなるって」

「その考えが変わったんか？」

南条の問いに、寅吉はかすかにうなずいた。

「変わらざるをえなくなってしまったって感じです。最近」

「えーと、月並みな言い方やけど、自分の役者としての才能に限界を感じた、とかか？」

歯軋《はぎし》りをするかのように、寅吉は口もとをゆがめる。肯定も否定もしない。だがその目線はテーブルに置いたままの公演チラシに注がれたままだ。もしかしたら、自分がそこに写っていないことに苛立《いらだ》ちを覚えているのだろうかと多聞は思った。

「……『人生は何もせず生きるには長すぎて、何かを探すには短すぎる』」

唐突に寅吉がつぶやいた。その目元はうっすらと赤くなっている。

「え、なんやて？」

「って台詞があるんですよ。今度の芝居に。おれの台詞じゃないんですけど」

「はあ」

会話に脈絡がない。ここまでくれば、さすがに多聞と南条にも寅吉が酔っていることがわかった。高校時代にいっしょに酒を飲んだことなどもちろんないので、彼がアルコールに弱いことを知らなかったのだ。

「酔ってるやろ、トラ」

「酔ってません」

指摘すると、案の定むすっとした赤ら顔で否定された。間違いなく酔っている。まさかビールジョッキ数杯でここまでになるとは意外だった。外見はどちらかというと酒に強そうに見えるからだ。

「たとえば、カミサマでもホトケサマでもなんでもいい、えらい人が現れて、『おまえにはこれこれの生き方がふさわしい。だからそのために生きなさい』と教えてくれたら、こんな迷わんですむのになあ」

しかも、どうやら酔うとくだを巻くタイプのようだ。多聞はこれ以上飲ませてはろくなことにならんと思い、さりげなく蒸し野菜の皿を寅吉のほうへ押した。寅吉は反射的に皿に箸《はし》を伸ばす。呆《あき》れたように笑うのは南条だ。

「ほな、もしそれで、『おまえには人間を百人殺す才能があるぞよ』とか言われたらどうするんや。人殺しになるんか？　極論やけど」

「うう……そら、そうですけど」

ぶちぶちと小声でつぶやきながら、寅吉は蒸し野菜のキャベツを口に運ぶ。多聞は手をあげてウェイターにお冷やを三つ注文した。

　そのとき、ブブブ、とどこからか鈍い振動音がした。はっと気づいた南条がすまん、と断りを入れ、慌ててポケットからスマートフォンをとり出す。

「しもたー、家からや。夕飯いらんて言うん忘れてたわ。ちょい失礼」

　あとは任せたというように多聞の肩を叩《たた》き、南条はそそくさと店の外へ出て行く。面倒事を押しつけられた気もしたが、さすがに穿《うが》ちすぎだと思いなおした。

　南条と入れちがいに運ばれて来た水のグラスをひとつ、寅吉に飲めと押しつける。相談事の聞き役なんてがらじゃないんだけどなあ、と内心嘆息しつつ、多聞は口火を切るきっかけを与えてやることにした。

「最近何かあったのか？」

「――この前、家業継げ、って親に言われたんです」

　ははあ、なんとなく話が見えてきたと多聞は思った。

「実家はたしか、着物の問屋さんだったたっけ」

　ええ、と寅吉はうなずく。

「神職や能の衣装を扱う小さい着物問屋ですけど。親父はいちおう社長。弟もいるけどまだ学生で、おれは長男。けど、おれはどうしても自分のやりたい道へ進みたかったんです。それをわがままと言われたらそうかもしれません。だから、おれにできるのは家業を継いだ自分よりも、やりたいことをやってる自分のほうがはるかに幸せだと胸をはって言えることだと思ってました。それがおれの筋の通しかただって」

「うん」

「言い訳ですけどね、最初はそれでよかったんです。芝居やるの楽しかったし。……けど、だんだん揺らいできたんです。さっきも言いましたけど、おれみたいな役者は食っていくなんて土台むりです。それに……」

寅吉は言葉を切った。視線が下へ落ちる。――劇団の公演チラシに。

「それに？」

「おれが役者やらなくても、別にいいかなって……」

聞きとりづらい、小さな声だった。意味をはかりかね、多聞は首をかしげる。

「どういう意味だ？」

「あ、いや。なんでもないです」

慌てたように手をふって、赤い顔をごまかすように水を飲む。

「……すみません先輩、久しぶりに会ったのになんかグチっぽくなってしまって」

水を飲んで頭が冷えたのか、寅吉は我に返ったように謝罪した。スモークサーモンの皿をすすめると、ひと切れ箸でつまむ。

「いや、いいよ。どうせ聞くだけしかできないし」

「充分ですよ。おれも、なかなかこういう話、他人にしにくくて」

「ただ、僕じゃ適切な助言も何もできないからね。同じ劇団のひとたちに相談事をしたりはするのか？」

寅吉は首をふった。

「仲間のほとんどは、みんなおれと似たような境遇ですから。もちろん、ちゃんと本業の仕事に就いて時間をつくって役者やってる人間もいますし、将来のことを見越してきちっと計画を立ててる人間もいますけど。それはそれで話しにくいというか」

「劇団のひと以外には？」

寅吉の表情が苦いものになる。

「ふつうに働いてる友人にはもっと言いにくいです。前に相談したことありますけど、言われましたもん。『おまえは好きなことをやっているから、そのぶん苦しんで当然だ』って。ふらふらバイトしてるんじゃなく正職についてまじめに働け、って。そんなこと言われたら弱音なんてよけい吐きづらいです」

「……そうか」

「けど、まるで『好きなことを仕事にするのが悪い』みたいなあの考え、おれは賛成できないです。友人にも、好きじゃないけど仕事だから仕方なくやってる、辞めないってやつたくさんいますよ。でもそれも『辞めない』って選択してんのは本人じゃないですか。おれが『食っていけなくても好きだから続けてる』のと同じように、そいつらも『楽しくなくても食っていくために続ける』って選択をしてるわけでしょう。選んだ時点でおれとそいつらの立場はいっしょじゃないですか」

んなもんお互いサマですよ、とさらに彼は続ける。半眼になっており、かなり酔いがまわっていることがわかる。

「おまえより大変なやつは世の中にたくさんいる、ってのもよく言われます。でもそれだって、当たり前じゃないですか。上も下も見たってきりがない。だからって、おれの抱えてるもんが大したことないなんて、本当に他人に言いきれるんですか？　おれにはおれの痛みしか感じられないのに？　そうやって『個々の痛み』をあやふやな平均値より下みたいに扱ってきたから、世の中がこんなに息苦しくなったんじゃないんですか！」

多聞は何も言わなかった。ややあって、寅吉はぽつりとつぶやく。

「……いや、違う。たぶん、『好きなことをやっている』から、苦しくなってもうしろめたくて相談できない、のがつらいのか……」

他人に聞かせるつもりでもない、完全な独り言だ。

「それがお前の選んだ生き方だろ、と言われる。だからきつくても、誰にも言えない」

吐き出せない――それが息苦しさの原因か。多聞は小さく息をついた。

「必ずしもそうではないけど、選択は同時に責任を伴うことが多いんだよ」

え、とちびちびとコップの水をなめていた寅吉が、ぼんやりとした表情で反応した。だいぶ眠そうだ。

「さっき、才能の話をしたけど」

「はあ」

多聞はじっと自分の右手を見つめた。

「もし仮に『才能』なんてものがあったとして、なんの犠牲も代償もなしに『ただ与えられる』だけなんて、そんな都合のいい話があるんだろうか」

ささやいた言葉は、耳に届いていても寅吉の意識にまでは届いていなかっただろう。

「すまんすまん。待たせたな」

片手を拝む形にして戻ってきた南条は、テーブルにつっぷしている寅吉を見てあちゃあ、と苦笑いを浮かべた。

「やっぱりつぶれてしもたんか」

「ああ。まったく、ビールで酔うなら先に言っておけばいいのに」

南条は先刻まで座っていた場所ではなく、多聞の向かい——寅吉の隣に腰を下ろした。

「言ってやんな、お悩みの様子やったやんか。話、聞いてやったんやろ。オレよりおまえのほうが話しやすいやろ思たのに」

「まあ、聞くだけはね。だけどなかなかあの子のようにはいかないな」

「あの子？」

曖昧《あいまい》な笑みを浮かべ、多聞はなんでもないと首をふる。

「いや、人の悩みを聞くって、やってみるとなかなか難しいなと思っただけだよ。トラもまだ何か溜《た》めこんでそうだったけど、途中で切り上げてしまったし」

手を伸ばし、卓上にあった公演チラシを手にとる。寅吉が始終これに視線を落としていたのが気になったのだ。カラーの紙面には、男女合わせて計五人の役者が並んでいる。

「才能だろうが努力だろうが、他人と比較しても自分が苦しくなるだけだと思うんだが」

「そらしゃあないわ。目には見えんもんやから、よけいに物差しが必要になるんやろ。基準がないからはかりようがないんやんけ」

「その物差しが自分製なら結局は同じことだよ。というか、『はかりようがない』ものを比べることが、そもそもナンセンスなんだから」

「それでもはかりたくなんのが人間やろ。『努力した』って言ってても、それが本当の努力なのか誰にもわからんやんか。本気でやったやつもおれば、口先だけのやつもおるやろうし」

「だから、そもそも努力の質や量を、ってのもおかしな言い方だが、他人と比較してどう判断するんだって話だよ。数値化できるものでもないのに」

「数値化な。仮にできるもんやったとして、それでどうする、とはたしかにオレも思うわ。比較して他人より高かったら満足なんか、自分のが偉いと思えるのか。努力すれば必ず報われるわけでもあらへん。努力して得られるんは、結局『努力した』っつー純然たる事実だけや。数値化できんもんやからこそ『結果』が必要になるんやろうに」

「努力がすべて、ってのもそれはそれでぞっとするけどね。というかこれ、そもそも水掛け論だと思うよ」

「不毛やな。酒の肴《さかな》にもならん」

ふたりして苦笑していると、むにゃむにゃと眠たげな目をこすりこすり、寅吉が目を覚ました。

「……なんすかぁ？」

南条はぽんと寅吉の肩を叩いた。

「ま、青春には不毛がつきものや。存分に悩むがいいぞ、後輩」

「はあ」

——結局、その日はそれでお開きとなった。

南条から再び連絡があったのは、水曜日の晩だった。多聞はそのときちょうど雑誌社からの依頼で、小さなイラストカットの仕事に着手しはじめたところだった。

「急用だって？　仕事か」

『せやねん』

携帯電話の通話口から聞こえてくる南条の声はあまりすまながっているふうではない。仕事上の急用が入り、寅吉の劇団の舞台公演を観にいけなくなったという話だった。

『トラにも申し訳ないってメールしといたわ。オレのチケット譲るし、瑞希ちゃん誘って行ってくれへんか？』

なんとなくだが、電話の向こう側で南条がにやにやと笑っているような気配がする。考えすぎかもしれないが。

「……なんでそこで瑞希ちゃんの名前が出てくる？」

『なんでも何も、せっかく金払うたのに、オレの分の席がもったいないやろが。どうせほかに誘うカノジョもおらへんくせに』

図星をさされてぐっとつまる。これでも学生時代に恋人のひとりやふたりはいたが、卒業と同時にふられてしまい、以来ずっと多聞はフリーの身の上である。

『若い女の子の客がおるほうがトラもテンション上がるやろ、っつーオレの親心や。ええから四の五の言わんと瑞希ちゃんつれて行ってき』

「瑞希ちゃんが芝居に興味があるかわからないぞ」

『かまわんから訊《き》くだけ訊けや。ま、おまえが誘うたら断らへんと思うけどな』

「……わかったよ、聞いてみる」

『頼んだで。ほな、明日《あした》仕事帰りに店よるわ。じゃあな』

しぶしぶうなずくと、一方的にまくしたてられ、通話が切れた。自分の黒い携帯を睨《にら》み、はあ、と重々しくため息をつくと、ぱたんと二つ折りにして閉じた。そのとき、隣の居間でお笑い番組を観ていた衣笠《きぬがさ》がふすまを開けてひょっと顔を出した。

「デートのお誘いでっか？」

まったく都合のいいことだけはよく聞いている耳だ。

「高校のときの後輩が今度舞台に立つんだ。友人と観に行くはずだったんだが、相手の都合がつかなくなってね。チケットがもったいないから瑞希ちゃんを誘えと言われた」

ほほう、と衣笠はにんまり笑う。

「デートのお誘いでんな」

「どうせ違うといってもきかないんだろう。まったく、衣笠くんも南条も、なんでそう僕と瑞希ちゃんをくっつけたがるんだか」

ひょひょひょ、と衣笠は肩を揺らして奇妙な笑い声をあげた。

「そら多聞はん、オモロイからやで」

「僕の反応が、だろう」

多聞はむっつりとした顔になる。

「相手はまだ高校生だよ？　そんなに補導されてほしいのか、まったく」

「そう、まだ高校生でんな。せやけど、じきにもう高校生やのうなりますわ。二年なんてあっという間やで、多聞はん」

「下世話だね」

じろりと睨むと、おお怖、というように衣笠が肩をすくめる。

「下世話やけども、イロコイ沙汰《ざた》が好きなんは人間だけやおまへんで。わてらあわいのもんも他人事《ひとごと》やないさかい。嫉妬《しっと》心から生じて蛇や化生に変わるんも珍しない。ひとさまに嫁ぐ妖怪《ようかい》もいれば、愛欲に溺《おぼ》れて神格を剝奪《はくだつ》される神さんなんかも、東洋西洋問わずぎょうさんいはるしな」

「恋愛はひとをくるわせる、って話かい？」

「くるうんは人間だけやない、いう話どす」

ふん、と多聞は鼻を鳴らした。

「そんで、話を戻しますけど、今度の休みに瑞希はん誘うて芝居に行かはるんでんな」

「別に戻さなくても……、あーうん、まあそうだよ」

「そらようござんした。多聞はんから誘わはるんやったら、瑞希はんもちょっとは元気にならはるやろ」

ふいにまじめな表情でそう言った衣笠に、多聞は驚いた。まじまじと衣笠を見る。

「衣笠くんにも瑞希ちゃんが元気がないように見えるのか」

「へえ」

と、あっさり衣笠はうなずいた。

「瑞希はんは明るうふるまったはりますけどな。うまいこと言われへんけど、どことなし様子が変やいうんは気づいてましたわ。無意識にため息つくんも増えたし」

たしかに、と多聞はうなずいた。どこがどうとは言えないが、瑞希がときおり物憂げな表情を見せることには気づいていた。また何か妖怪がらみで悩んでいるのかと思ったが、もしそうなら自分に相談してくるはずだ。

思春期の女の子には男にわからない悩みもいろいろとあるだろうし、あえて詮索《せんさく》することもあるまい、と多聞は黙っているが、いつも屈託ない瑞希が落ちこんでいると、兄貴分として心配になるのも事実だった。

「あんがい恋の悩みなんかもしれまへんで」

「そりゃまあ、瑞希ちゃんもそういう年頃なんだから、恋愛関係の悩みぐらい、ひとつふたつあってもおかしくないよ」

「ええんでっか、多聞はん。瑞希はんの兄貴的立場としては」

「良いも悪いもないだろう。兄貴分が妹の恋愛に口出しするなんて野暮もいいとこだ」

あっさりこたえると、衣笠は目に見えて消沈した表情になった。

「ほんま残念なおひとやわあ……素材はええもん持ったはんのに……」

「なんか言ったか？」

「この朴念仁が、っちゅー話です」

ふてくされた顔で罵倒《ばとう》されては、された側も立つ瀬がない。悪かったな、と思いつつも、多聞は広げていた画材を片づけようと立ち上がる。その背中に、

「多聞はんにとって、瑞希はんはなんなんでっしゃろ？」

わりとストレートな問いが飛んできた。多聞は一瞬返答に迷い、口をつぐむ。聞かなかったふりをしてもよかったが、多聞はこたえた。

「瑞希ちゃんは僕のおまもりみたいなものだよ」

衣笠が大げさに目をみはった。

「うわ、おんなじこと言うたはる」

「え、なんだって？」

「いや、なんもあらしまへん。せやけど、瑞希はんが多聞はんのおまもりなんでっか？逆ちゃいますのん」

多聞は首をふったが、言葉にしてはこたえなかった。衣笠もそれ以上つっこんでは訊いてこない。上がり框《がまち》に土足で踏みこんでくるような真似をしないところは、さすが百年生きているだけのことはある。

「前から思ってたけど、衣笠くんは南条——僕の友人と気が合いそうな予感がするよ」

「なんやわてもそんな気ィしますわ」

捨て台詞《ぜりふ》のごとく厭《いや》みを残したが、皮肉も完全にどこ吹く風だ。まさにのれんに腕押し、といった感触に多聞は深々とため息をついた。

二、

「あ、お疲れさま、センセ！」

七月上旬の土曜、多聞は新京極六角《しんきょうごくろっかく》にある広場で瑞希と合流した。わざわざ現地——三条御幸町《さんじょうごこうまち》の小劇場近くで待ち合わせにしたのは、ぎりぎりの時間になるまで多聞が店番をぬけられなかったからだ。

小さな階段状の広場には小さな噴水があり、夏の暑い時期にはちょっとした涼をとることができる。繁華街である新京極アーケードの中心にあるため、歩き疲れたカップルがひと休みするために座りこんでいたり、着物を着た男が新聞を広げて読んでいたり、修学旅行生たちが互いのおみやげを見せ合いっこしたりしてにぎわっていた。

「やあ、瑞希ちゃん。すまなかったね、急に誘って」

多聞が謝ると、瑞希は勢いよく首を横にふった。

「ううん、お誘いうれしかった。うち、お芝居って文化祭以外ではじめてだから」

めったにない多聞からの誘いだからか、シャツにジーンズという女っ気のない格好ではなく、貴重なスカート姿だった。靴はさすがにヒールというわけではなかったが、お気に入りのスニーカーではなく、ローファーの革靴だ。瑞希にしてはせいいっぱいおしゃれして来たことがうかがえる。

「今日はスカートなんだね」

指摘すると、瑞希はうろたえたように顔を赤くした。

「う、うん。せっかくセンセがデ……、じゃなくて、お芝居観にいくんだったらちゃんとした格好じゃないと、ってお母さんが」

なぜか慌てたような口ぶりだったが、多聞は特に気にも留めず、そう、とうなずいた。

「笑子《えみこ》おばさんは元気？」

「うん、元気。センセに誘われたって言ったら、なんかお母さんうきうきしてた」

「？　そうなの？」

よくわからないが、親に信用されているということは悪いことではないのだろう。こんなご時世、歳の離れた男の親戚《しんせき》など、親としては警戒してもおかしくないだろうに。

「スカート、やっぱり似合ってないかな？」

いやいや、とこたえようとしたとき、

「似合《にお》うてはりますえ、瑞希はん！」

突然割りこむように第三者の声がして、多聞はぎょっとした。足元に衣笠がいて、にやにやと笑っている。いつの間に現れたのか、相変わらずの神出鬼没だ。

「衣笠くん、どっから湧い……じゃなくて、なんでついて来たんだ」

「へっ？　だってデートとちゃいますねんやろ？　さすがに男女の逢引《あいびき》やったらわても割りこもうとは思わへんけど、多聞はんがデートやないって強情に言わはるから。ほんなら面白そうやしお邪魔……やない、ついてったろ思て」

そうかい、と多聞はうんざりした。たしかにデートではないし、多聞としては「親戚の子を外へつれ出す」ぐらいの感覚なのだが、なんとなく理不尽に思わないでもなかった。

だが否定した手前、ついてくるなとは言いづらい。

「ほらほら多聞はん、瑞希はんがせっかくおしゃれして来ゃはってんから、男としてなんかひと言ありますやろ」

「え？　ええああ、うん、ちゃんと女の子らしく見えるよ」

うながされて多聞が印象を述べると、衣笠は「エー」というしょっぱい顔になり、瑞希には「ひどい」と憤慨された。

「センセ、失礼！　うちがいつも女の子らしくないみたい。センセだって今日はふつうのひとの格好なのに」

瑞希の指摘に、多聞は多少ばつの悪い思いで自分の姿を見下ろした。たしかに今日の多聞はいつもの作務衣《さむえ》ではなく、ジーンズにシャツというラフな格好をしている。

「『ふつうの人』っていつもはどういう……まあいいけども」

思わずもごもご言葉を濁す。多聞もさすがに時と場合はわきまえているが、チケットを渡すために来店した南条に、作務衣だけはやめとけ、と口をすっぱくして言われたのだ。

「作務衣で観劇って、目立って恥ずかしい思いしたらどうすんねん。おまえやのうて、いっしょに行く瑞希ちゃんがや！」

――というわけだ。

「そら瑞希はんとのデー……ちゃう、お出かけやさかい、気合入れてはるんですわ。そこはフクザツな男心ですって。何も言わんと察するのがエエ女の条件でっせ」

「そうなの？」

「…………」

当事者を前にひそひそと言葉をかわす衣笠と瑞希に、多聞もついに反論をあきらめた。

「ついてくるのはいいけど、券は二枚だよ。衣笠くんはどこで鑑賞するつもりだ？」

「一個くらい空席ありますやろ。どうせわての姿はほかの人には見えへんのやさかい」

そういうわけにもいかないだろう、と多聞が渋面になると、瑞希がぽんと手を打った。

「じゃあ衣笠さんはうちの膝《ひざ》の上に座る？　そしたら席はひとりぶんになるし」

「えっ、ほんまでっか？」

喜色を満面に、衣笠が瑞希を見上げる。

「わてが瑞希はんのぴちぴちスベスベのお膝に！　ほんまに、ほんまにええんでんな？」

「スカートはいてるからスベスベかはわかんないけど、いいよ。衣笠さん重くないし」

「うひょひょ、おおきに瑞希はん！」

喜色どころか好色全開の衣笠に、多聞はついに折れた。

「わかった。衣笠くんは僕の膝の上な」

「多聞はぁぁん！　そんな殺生な！」

「殺生な、じゃない。それがいやなら劇場の前で待ってなさい」

「うー、仕方あらしまへんなあ。ほな、多聞はんの膝でがまんしたりますわ」

ぴきりとこめかみが引きつりそうになったが、多聞はこらえた。こういう手合いはむきになって対応をするから余計に冗長するのであって、はいはいと適当にあしらっていれば存外あっさり手を引くものだ。わかってはいるのだが、つい衣笠の煽《あお》りに乗ってしまう自分が情けなかった。

まだまだ修行が足りない。思わず嘆息する多聞を瑞希がどうかしたのかとのぞきこむ。

多聞は慌ててごまかすように腕時計の文字盤を見た。

「っと、アホな話をしてるうちに開場の時間すぎちゃったじゃないか。そろそろ行こう」

「うん！」

うれしそうにうなずく瑞希に、多聞の複雑な心情もほんの少しだけ軽くなる思いだった。

三条御幸町の角にある老舗《しにせ》の小劇場『アトラス』に入ったときには、すでに開場時間を過ぎていた。席は指定制ではなく全席自由制なので、舞台がよく見える前方から席が埋まっていっている。多聞たちは最後列に近い列の右端に座ることになった。

合間にちらほらと空席は見えるが、多聞たちのいる後方の列まで埋まっているのだから、そこそこの客入りといえるのではないだろうか。——とはいえ、多聞も舞台演劇に関してドがつく素人なので、正確なところはわからない。

「なんか、ドキドキするね」

きょろきょろと落ち着かない態《てい》で左右を見、瑞希は多聞の隣のパイプ椅子に腰を下ろした。ホール入り口で渡されたアンケート用紙を手に、好奇心をおさえきれない様子だ。

「わてもこんなん観るんはじめてやし、楽しみですわ」

同じくわくわくした風情の衣笠が、遠慮会釈もなくよっこいしょと多聞の膝の上に乗ってきた。子どもの体重程度は覚悟していたが、体積すら感じさせないほど軽かったのでむしろ驚いた。膝の上に妙な感触があるのは致し方ないが。

「……衣笠くん」

あたりを憚《はばか》る音量で名を呼ぶと、なんでっか、と不機嫌まる出しの声で返答がある。まだ瑞希の膝に座れなかったことを根に持っているらしい。

「座ってもええんでっしゃろ？」

「いいけど、せめて編笠《あみがさ》は脱いでくれ。見えないわけじゃないが、正直邪魔なんだ」

「おっと、これは失敬」

慌てて編笠を脱ぐ衣笠。頭のてっぺんに、まるで蚊取り線香のようにぐるっと巻いた髪があり、つむじがよく見える。なんだか微妙な気分である。

「多聞はん。わてにもそれ、見せておくれやす」

衣笠が言うそれ、とは、会場入り口で渡された、アンケートとチラシの入ったビニール袋だ。手渡すと、うきうきとチェックをしはじめる。人間の写真の入ったチラシを見かけるたびに物欲しそうな顔でふり向くので、「帰ってからにしてくれ」と多聞は嘆息した。

「いくらほかのお客さんに声が聞こえないといっても、観劇中は静かにしててくれよ」

「いややわ、多聞はん。赤子やないんやから。鑑賞マナーくらい心得ておりますよって」

本当かよ、と疑いつつもその言葉を信じるしかない。ほどなくして舞台開演の時間となった。

演劇を見るということ自体、多聞にとっては学生時代以来の話だ。なので芝居の良し悪しを語れといわれてもむりだが、劇団「飛有人船」の芝居は非常に面白かった。

筋書きは、一癖も二癖もある変人ばかりが住む下宿を舞台に事件が起こるドタバタ劇で、オムニバス形式の三部構成。脚本は平凡でありふれているが、役者の個性を最大限に引き出そうと苦心しているのはわかった。

舞台自体も凝ったつくりで、階段状に三つの丸い段差が設けられ、その段差を利用して場面転換が行われたり、あるいは役者が唐突に自分の内面を吐露する演出にも使われていた。暗転を減らし、観客の視線が極力舞台から離れないようにするための策なのだろう。

多聞の後輩である寅吉は、本人の言うとおり端役だった。「ひきこもりの浪人生」役で、まるで顔見せのように序盤でちらりと姿を見せたが、すぐに舞台からはけてしまった。だが台詞《せりふ》はあるようなことを言っていたので、まだ出番はあるのだろうと多聞は思った。

特に目立ったミスもトラブルもなく一幕、二幕と芝居は進行し、観客の反応もまずまずだった。コミカルなシーンでは自然と笑いが湧き、役者が怒濤《どとう》のような長台詞を一度も噛《か》まずに言い切ったあと、拍手が起きる場面もあった。

だが、あるとき——多聞は異変に気づいた。否、異常というべきか。

ある役者が舞台に立っていると、ちらちらと視界に妙なものが入るのだ。その役者は芝居のなかで「売れない女性シンガー」の役を演じていた。

年齢は二十代前半。幼さが容姿に残っていて、まだ学生のようだ。どちらかというと地味な顔立ちで、技巧に秀でているわけでもないが、妙に惹《ひ》かれるものがある。呼吸のとり方がうまい、とでも言うのだろうか。複数の役者が舞台に出ているシーンでも、台詞を口にするときは必ず目が吸いよせられた。

だが多聞はその女優の表情や動きより、足首に注視せざるをえなかった。ときおり、その女優の足に何かが巻きついているように見えるのだ。

（布……か？）

それは帯――あるいは蛇を連想させた。緑色をした布のようなものが、女性の足にからみつくようにしてうねっている。明らかに衣装ではないし、舞台上の演出にしてはあまりに奇抜なので、最初は見間違いかとも思ったのだ。しかし。

「センセ」

小声で呼ばれ、左腕をつかまれた。驚いて隣を見ると、瑞希が動揺した顔で多聞を見つめている。何かを訴えるような瞳《ひとみ》に、多聞も顔を強《こわ》ばらせてうなずいた。やはり。

「多聞はん」

膝の上に座る衣笠が肩越しにふり返り、鋭くささやきかけた。

「あれはわてらにしか視えてへんもんどす」

多聞は声のトーンを落とした。

「布か帯のような形状だけど、一反木綿《いったんもめん》の仲間とかかい？」

「いんや、あれは〈一反木綿〉とはちゃうと思いますわ。動きは蛇のようやし……〈機尋《はたひろ》〉ともちゃいまんな。どっちかっちゅーと〈蛇帯《じゃたい》〉に近いもんとちゃいますかな」

「蛇帯？」

　こくりと衣笠はうなずく。

「書いて字の如く、蛇の帯と書いて蛇帯ですわ。蛇は嫉妬《しっと》の象徴で、〈蛇帯〉は通常おなごの嫉妬心をあらわすものやねんけど……形が違う。あんなん、わても初めて見ました。もしかすると新しいもんかもしれまへんな」

「新しいもの？　新種ってことかい」

　衣笠はかすかにうなずいた。

「そら妖怪《ようかい》にも違うもんが出てきますわ。人間はんの性質かって、昔と比べて変わってきとるんやさかい。根っこにあるもんは同じでも、枝葉は変化する。視えてくるもんも、どんどん変わってきますわ。……わてかて、〈面喰《めんく》い〉ちゅう新しもんでっせ」

　そのとき、舞台のほうから激しい怒声が聞こえてきたので、多聞はつられて視線を戻した。

　シンガーの女優が下宿の住人たちと言い争いをしている場面だ。女優は文字通り捨て台詞を残し、舞台の中央から下手《しもて》へ、怒りを表現した激しい動きでずかずかと歩いていく。

「あっ！」

瑞希が息をのみ、ほかの観客たちからもああっという声があがる。ほとんどの客には役者が何もないところで足を躓《つまず》かせたように見えたはずだ。だが、彼女が前のめりに転倒しかけたのは、足どりを邪魔するような位置に帯が動いたせいだった。

幸い、女優はなんとか堪《こら》えた。ふらつきながらも転倒することなく、無事に下手へ移動する。会場中にどこかほっとした安堵《あんど》の空気が流れるなか、上手《かみて》では「女性シンガー」と言い争いをしていた「売れないファッションデザイナー」役の男性が、ゴシックロリータの魅力について懊悩《おうのう》あふれる長台詞をえんえんと喋《しゃべ》り、観客の笑いを誘っている。

「足を引っぱる、とは。ほんま文字通りでんな。存外大したことないやつかもしれへん」

呆《あき》れたように衣笠がつぶやく。

「だけど、段差のある舞台上じゃどんな大事故につながるかもわからないよ。足を引っ掛けられて転落するのも危険だ」

「せやけど、どうするんでっか。多聞はん、あの筆もなんも持って来てはらへんやろ」

衣笠のいうあの筆とは、「魂ごめの筆」のことだろう。

「あれが〈蛇帯〉の新種やったとしても、爬虫類《はちゅうるい》のヘビとは違いますしな。煙でいぶして追っ払うわけにもいかへんし」

「――蛇。ヘビ、か」

多聞はつぶやき、顎《あご》に手を当てて思考に沈んだ。

舞台上ではデザイナーがシンガーとの言い争いに負け、すごすごと舞台裏に引っこんでいくところだ。入れ違いに登場したのは、寅吉演じる「ひきこもりの浪人生」だった。

浪人生はシンガーが夢を語っているところにぼそぼそと現実的なツッコミをいれ、彼女のポジティブな思考に水を差すという役割らしい。

「『私には夢があるもの！』」

「『夢なんか、僕にはない』」

「『私は、私の歌でひとを幸せにする！』」

「『歌でひとが幸せになんて、なるわけないんだ』」

交互に演じながら、彼らが演出しているのは光と影、動と静、あるいはポジティブとネガティブだ。明るいライトの下でシンガーがオーバーアクションで台詞を叫べば、浪人生は暗い影の中で顔を伏せ、うずくまるようにして心情を吐露する。

多聞ははっと気がつき、目をみはった。

（増えてる）

いつの間にか、浪人生役――寅吉の体にも何かが巻きついていた。やはりひらひらとした布状のものだが、炎を思わせる赤い色をしている。しかも、女優の足に絡みついているものよりも幅があり、大きい。ちょうど人間の腕のような太さだ。

見た瞬間、背中がゾクリとした。色も形も違うが、おそらくどちらも蛇だ。緑と赤。性質のちがうふたつの蛇。

二匹に増えた蛇が相乗効果のように体積を膨らませると、役者ふたりもますますヒートアップした様子で台詞を戦わせる。

「『人間には、夢が必要なの！』」

「『いらない。そんなもの、必要ない』」

「『夢がなかったら、生きていけない！』」

「『夢なんてあったたって、苦しいだけだ』」

猛々《たけだけ》しくなっていく蛇と、言葉の激しさを増していく役者たち。強いスポットライトを浴びた女優の額には玉のような汗が浮き、だがその表情は台詞とは裏腹にゆがんでいる。対照的に、寅吉の顔はまるで墨で塗りつぶされたように黒さを増していた。

彼らの演技がそのような幻影を見せているのか、それとも――。

「――センセっ！」

名を呼ばれてはっと我に返った。驚いて隣を見ると、瑞希が青ざめた顔でこちらを見つめている。

「……瑞希ちゃん」

「多聞はん、しっかりしておくれやす。あれは、わてらにしか視えへんもんやて言うたやないでっか」

膝《ひざ》に座る衣笠が、珍しく気遣わしげに多聞を見上げている。多聞は眉間《みけん》にしわをよせ、額を押さえた。

「ごめん。いま一瞬、完全に呑《の》まれてた」

「そうでんな。あれは蛇やさかい、ひとを丸呑みにできるんですわ」

多聞は唸《うな》った。

「……衣笠くん、さっき渡したフライヤーの中に、アンケート用紙と裏の白い紙があっただろう。貸してくれ。あと、使って悪いが頼まれごとをしてくれないか」

「かまへんけど、なんか思いつかはったんでっか」

衣笠はチラシを渡し、多聞の膝の上からぴょんと飛びおりた。

「賭《か》けだけどやるだけやってみよう。――瑞希ちゃん、何か書くもの持ってない？」

緊迫した表情で舞台と多聞を交互に見守っていた瑞希は、多聞の問いにはっとした。

「えっと、書くもの？」

「筆……はさすがに持ってないだろうから、鉛筆はあるかい？」

「あ、さっきアンケートといっしょに渡してもらったのがあるよ」

瑞希は黒い鉛筆を多聞に寄こした。礼を言って鉛筆を受けとり、多聞は二枚の紙の裏に素早く絵を描くと、衣笠にその紙を押しつけた。

「衣笠くん、ためしにこれを持って舞台に上がってくれ」

紙の裏に描かれた絵を見て、衣笠はにやりと笑った。

「なるほど。了解ですわ、多聞はん」

何事かを多聞に耳打ちされた衣笠が、紙を二枚両手に持ち、とてとてと前方の舞台のほうへ走って行く。その姿はほかの人間には見えないとわかっているが、瑞希ははらはらしながら様子を見守った。

舞台上では役者たちによる芝居が、いよいよ二幕の山場へ向かおうとしていた。

「『私はずっと、この夢とともに生きてきた』」

場面が変わり、女性シンガーのゆったりとしたモノローグがはじまる。浪人生はライトの当たらない暗がりで膝を抱えたままだ。瑞希の瞳にも、二匹の蛇のような何かが蠢《うごめ》いている様子がつぶさに視えていた。

シンガーは下手《しもて》から徐々に舞台中央へ向かう。その足元で、蛇が鎌首をもたげるように、半透明の緑の帯が動いた。

「『夢なんてあっても、結局は苦しいだけ？』」

瑞希は息をのみ、ぎゅっと両手を握りしめる。緑の帯が、ふたたび彼女の足首をからめとろうとして――

『だけど、本当にそう？』

その瞬間、なぜか帯がぴたりと動きを止めた。まるでその場に縫いとめられたかのような静止に、瑞希は驚く。そして気づいた。

舞台の上手《かみて》に、いつの間に上がったのか衣笠が仁王立ちしている。そして衣笠はその右手と左手に、二枚の紙を掲げ持っていた。ライトの反射で紙が白く光り、そこに何が描かれているのか、ふつうならわからなかっただろう。だが、瑞希の瞳には視えた。

ほかの観客には見えないそれは、化け蛙と大蛞蝓の絵だ。

紙の裏いっぱいに多聞の手による即興の絵が荒々しく力強い筆致で描かれ、衣笠はその紙を持ったまま、じりじりと舞台中央へ距離をつめていく。それに怯《ひる》んだかのように、蛇は膠着《こうちゃく》したまま動きを止めている。

瑞希の隣で、多聞が胸をなで下ろした様子でつぶやいた。

「よかった、効果あったみたいだ」

安堵の息とともに吐き出された言葉は、もちろん瑞希にしか聞こえない程度の声量だ。

瑞希もこっそりと多聞の耳元でささやいた。

「センセ、あれってカエルとナメクジの妖怪の絵？」

「そう。蛇と蛙と蛞蝓《なめくじ》で『三すくみ』になる。こじつけだけど、なんとかなったよ」

「ええと、それってじゃんけんのグーとチョキとパーみたいなものだっけ？」

多聞はうなずいた。

「三者が揃ってにらみ合ってるあいだは蛇も動けない。衣笠くんにはしばらくあそこで我慢してもらわないといけないんだけど」

ふたりでひそひそ言葉をかわしている間に、シンガーの女優は舞台中央で立ち止まった。蛇が動かなくなったことを確認すると、衣笠もそれ以上は近づかず、つかず離れずの位置から女優の演技を見守った。

女優は口をつぐみ、沈黙する。テンポよく進んでいたこの芝居のなかでは、いささか長すぎるかのように思える間だった。だが、その意図的な沈黙に、観客もいよいよ固唾《かたず》をのんで女優に注目せざるをえなくなる。瑞希もすぐに惹《ひ》きこまれて彼女の演技に見入った。

「『人生は何もせず生きるには長すぎて、何かを探すには短すぎる』」

そして、舞台中央に佇《たたず》んだ彼女は、よく通る声で観客席に向かって一息に言い放った。

「『夢は苦しみを与えることもあるけれど、でもそれだけじゃない。私は知ってる！　知ってたはずなんだ』」

スポットライトの照らすその下で、彼女はようやく苦しみをふりきる。

「『だって、歌をうたうとき、ほかの誰でもなく私が、この私が幸せなんだ！　――だから』」

顔を上げ、この場にいるすべての人間に堂々と宣言するかのように。

『歌はよろこび。もぅ拍手なんていらない。たとえ誰も幸福にできなくても、私の夢は、私を救う』」

決然とした彼女の顔に喜色が溢《あふ》れる。迷いを吹っきった、晴れ晴れとした笑み。膝を抱えていた浪人生も、彼女を照らす光に圧倒されたかのように舞台上から静かに退場する。

女優の足首に巻きついていた蛇は、いつのまにか消えうせていた。

三、

その後、公演は何事もなく第三幕まで進行し、観客の万雷の拍手の中、無事にカーテンコールを迎えた。役の仮面を脱いだ俳優たちはみな安堵と充実感に顔を輝かせ、観客に向かってお辞儀をする。

その中にはシンガー役の女優も、浪人生役の寅吉の姿もある。どちらも笑顔だ。もはや舞台上のどこにも蛇の影はなく、一度姿を消してからは、再度あらわれることはなかった。

劇団の役者たちにまじって衣笠までもが、茶目っ気たっぷりにおどけてお辞儀をして見せたので、多聞と瑞希はいっしょになって笑ってしまった。幕に気づき、衣笠は慌てて舞台から飛びおりると、紙を抱えてばたばたと戻ってくる。無事の終演だった。

「ああ、よかったぁ。おもしろかった」

小劇場から出るなり、興奮した瑞希が笑顔を見せた。その屈託ない様子に、多聞もようやく重い荷を肩から下ろしたような気持ちになる。

「一時はどうなることかと思ったけど、無事にすんでほっとしたよ」

「本当だね。センセも、衣笠さんもおつかれさま」

「どういたしまして」

「なんの、お役に立ててなによりどす」

と衣笠は満更でもない笑みを見せる。蛇が消えたあとも衣笠は客席に戻らず、しばらく舞台袖《そで》から状況を見守っていたのだ。人間に気づかれないからこそできる芸当である。

「蛇、消えちゃったけど、ちゃんと追っ払えたんだよね？」

「へえ。多聞はんの化け蛙と大蛞蝓がよっぽど真に迫って恐ろしかったんでっしゃろな」

とぼけた表情で衣笠がちらりと多聞を見上げる。

多聞のほうは、どうだろう、と内心では疑っていた。蛇が怯んだのは化け蛙と大蛞蝓のせいかもしれないが、消えたのは別の要因のような気がしていたのだ。

「あの蛇、どっから来たんだろうね」

「さあ、なにせ舞台には魔物が棲《す》むと言いますさかい。ふらふらっと誘われて出て来たんとちゃいますか」

「そうなの？」

「舞台っちゅう場も一種の『異界』やねんで、瑞希はん。『神が降りる』とか言うたりしますやろ。今回降りてきたんが神さまやのうて、たまたま蛇やっただけですわ」

ふうん、と瑞希はふしぎそうに首をかしげている。

多聞は会話には加わらず、無言で思案に暮れていた。もう大丈夫だという確証がないからか、どうにも落ち着かない。すると、瑞希がひょっこり下からのぞきこんできた。

「途中ははらはらしたけど、つれて来てくれてありがとね、センセ。本当に楽しかった」

こちらが浮かない顔をしていることに気づいたのだろう、熱心に礼を言う瑞希に、多聞も口元をほころばせる。相変わらずひとの感情の機微に敏感な子だ。こちらが誘った立場なのに、気を遣わせてしまうとは情けない。

「どういたしまして。お芝居気に入った？」

「うん、すごく楽しかった。センセは？」

「ああ、僕も楽しかったよ」

「ほんと？」

念を押す瑞希にうなずくと、ようやくうれしそうにほほ笑んだ。南条に乗せられた形なのが癪《しゃく》だが、誘ってよかったと改めて思う。

「デレデレでんな」

足元から衣笠の余計なひと言が聞こえてきたが、多聞は黙殺した。

「瑞希ちゃん、お腹すいてない？　夕飯にはまだ早いけど、何か食べて帰るかい？」

「えっ、いいの？」

「いいよ。食べたいものはある？」

「もちろん多聞はんの奢《おご》りやんな。わては？　わては？」

目を輝かせる瑞希の隣で衣笠までもが便乗する。多聞はため息をついた。

「衣笠くんは人間の食べものは口にできないだろう。チラシ食べてていいから」

「ちぇー、多聞はんのイケズ」

「イケズじゃない」

昼二時から約二時間の公演だったので、三人は近場にある『イノダコーヒ』に入ることにした。少し遅いおやつ兼、夕食前の軽い一服である。

瑞希は紅茶とアップルパイのセット、多聞はホットコーヒーとハンバーグサンドを注文した。衣笠は物欲しげな目で運ばれて来た品を眺めていたが、多聞が公演チラシの束を渡すと、うれしそうにもしゃもしゃと頰張りはじめた。

「センセの後輩さんって、『ひきこもりの浪人生』の役だよね」

「そうだよ」

全三幕を通して見ると、台詞《せりふ》も出番もわずかしかなかった。ただ場面が場面だったたからか、少なくとも瑞希には強い印象を残したようだ。

よかったなトラ、と多聞は複雑な思いで喜んだ。

ただ、あの場面で蛇が視えない他の観客には、どれほどの印象を与えただろうか。おそらく、あまり記憶に残らないのではないかと思う。

「でも、うちはやっぱり、あの女の人がいちばんよかったなあ。主役の大家さん役じゃなくて、売れないシンガー役の」

ああ、と多聞はすぐにうなずいた。蛇のことを抜きにしても、あの一幕は印象深かった。いい女優だったと多聞も思う。

「『私の夢は、私を救う』って台詞のところ。うち、あのシーン好きですって感想書いたよ」

瑞希が言ったのは、観客に対し、劇団側が用意しているアンケート用紙のことだ。

せっかく知り合いの出演している舞台に足を運んだのだから、それぐらいは書いて帰るべきだろうと、多聞も自分の感想をきちんと記してきた。裏に多聞の描いた化け蛙が残ってしまったが、サインの代わりだとやけくそでそのままにしておいた。

アンケートは客の反応を知るために役者も目を通すと寅吉が言っていたので（中には見ない役者もいるそうだが）、運がよければ寅吉本人にも多聞の感想が伝わるだろう。

「わても間近で見てましたけど、迫真の演技やと思いましたわ。魂こもっとるって」

と、口をはさんだのは衣笠だ。

「美人の女優さんはほかにもいはったけど、ふしぎやな、わてもあの女優さんがいちばん輝いて見えましたわ」

衣笠までもが絶賛の勢いだ。ひとつの山場ではあったが、派手な演出もない短い一場面だった。それでも印象に残ったのは、役者自身が持つ魅力のためだろう。

「——そうか。『見ればわかる』ってそういう意味か」

寅吉の言葉を思い出し、多聞はぽんと膝《ひざ》を打った。南条と三人で飲んでいたとき、いい役者はどんな役者かと聞かれた寅吉が答えたのだ。見ればわかる、と。

「？　なに、センセ」

「いや、ごめん。ちょっと思い出してただけ」

怪訝《けげん》な顔になる瑞希に、多聞はなんでもないよと手をふって答えた。

「そういえばあの女優さん、なんて名前だろうね」

「あっ、衣笠さん！　フライヤーもう全部食べちゃった？　見せて」

「さすがにまだですわ。ほら、これでっしゃろ」

衣笠から渡されたチラシを確認してみると、役者の名前は竜田《たつた》花奈《かな》というらしかった。名前の掲載順からして劇団の看板女優ではないようだったが、チラシにはきっちり役者本人の姿が写っていた。寅吉とは違って。

「メインキャストだけど、主役ではなかったね。まだ若いからかな」

「竜田さんかあ。うち、ファンになっちゃった。ここのお芝居、また観てみたいな」

「そうだね。トラ……僕の後輩にも伝えておくよ」

きっと喜ぶだろうと思いながら、多聞はうなずいた。まさかその竜田花奈と直接かかわりを持つことになろうとは、このとき多聞もまだ想像すらしていなかった。

## 四、

翌週の土曜、店じまいの準備をしている多聞のもとに寅吉から連絡が入った。三人で飲みに行った際に、連絡先を交換していたのだ。

「おお、トラか。おつかれさん。この前の公演よかっ……え、いまから？」

携帯電話から顔をあげて時計を確認する。七時をわずかに過ぎた時刻だ。

「店は片づけてるところだからあと少しで出られるけど……、なんだい、あらたまって」

『頼んます、先輩。どうしても話したいことがあって。「ひょっとこ」って喫茶店、ご存じですよね？』

「知ってるよ、近所だし。七時半くらいならたぶん行けるかな」

『わかりました！　待ってますんで』

一気にたたみかけられ、ではよろしくとばかりに通話は切られた。やけに必死な、というより切羽つまった様子だった。怪訝に思いながら多聞は通話ボタンを切る。

寅吉の指定した喫茶店は、四条寺町交差点近くにある「ひょっとこ珈琲《コーヒー》」という店のことだ。お客さんがひょっと来られるように、という願いをこめてつけたというその店のマスターとは、多聞も以前から顔なじみである。

（さて、鬼が出るか蛇が出るか、かな）

多聞はやれやれと息を吐き、シャッターを下ろすために店の外へ出た。


ひょっとこ珈琲は地下にある小さな喫茶店だ。

京都らしく狭い間口の階段を降りると、赤を基調としたノスタルジックな店がある。珈琲の香ばしい匂いと煙草の匂いがたちこめ、喫茶店というよりは穴蔵感のある落ち着いたバーという雰囲気だ。席の数は多くないし、今風の広々としたカフェではないが、いつもほどよい客入りがある。

何十年もの昔からここに在ったような貫禄《かんろく》があるが、開業は意外に最近で、もとは「百《ひゃく》万遍《まんべん》さんの手作り市」の出店《でみせ》からはじまった。多聞が名前を知ったのも出店からだ。

入り口の扉を開けて入ると、マスターがいらっしゃい、と気さくに声をかけてきた。軽く頭を下げて挨拶《あいさつ》すると、入ってすぐの四人掛けの席で気づいた寅吉が「ここです」と言いながら手を上げた。寅吉と向かい合わせに人間がひとり、こちらに背を向けるかたちで座っている。

寅吉の挨拶に、背を向けていた人物がふり向いた。見知った——否、正確にいうなら顔だけは一方的に知っている人物に多聞は驚く。

「おつかれさまです、先輩。わざわざご足労願ってすみません」

「いや。今日はどうしたんだ？」

カウンターにいつものブレンドを注文し、多聞は寅吉の隣に腰かける。寅吉の正面、つまりななめの対面座席に座っていたのは、竜田花奈だった。

「はじめまして、寅吉と同じ劇団員の竜田花奈です。先日の公演、観に来て下さってありがとうございました」

声は細いが、役者らしくはきはきと明瞭《めいりょう》な喋《しゃべ》り方だった。舞台上で観たときよりはずっと小柄に見える。多聞も折り目正しく頭をさげた。

「はじめまして、安心院《あじみ》です」

コーヒーが運ばれてくるのを待つあいだ、お互いに簡単な自己紹介を済ませる。

「カナはおれの後輩なんです。ふたり合わせて劇団の竜虎《りゅうこ》コンビって呼ばれてて」

「ああ、竜田と寅吉で竜虎か」

竜と虎というよりは、体格差からしてどう見てもウサギとクマだ。

「竜田さんは舞台で拝見したときよりもずいぶんお若く見えますね。女性に失礼ですが、歳はおいくつですか」

「二十二です。一年浪人したので、いま大学の三回生」

多聞の三つ下である。だが学生と聞いただけで反射的に「若いなあ」と思ってしまうあたり、瑞希いわく「おっさんくさい」の片鱗《へんりん》があらわれているのかもしれない。

「ご出身は京都ですか」

「いいえ、九州です。大学から京都に」

大学町という側面もあって、京都は日本全国各地から学生が集まる。「大学から京都に出てきた」云々《うんぬん》は、地元人もよく耳にするフレーズだ。

「ところで、僕が今日呼び出された理由はなにかな？」

多聞が水を向けると、寅吉と花奈は示し合わせたようにうなずいた。花奈が持っていたトートバッグをごそごそと探り、中から透明のファイルを取り出す。

「……これ」

言葉と同時に差し出されたのはなんの変哲もないA4用紙、――だがそこには化け蛙の鉛筆画がでかでかと、荒々しい筆致で描かれている。

「先輩の絵、ですよね？」

多聞の顔が引きつる。ばれる覚悟で残したものの、いざ本当に指摘されると恥ずかしさに顔面を覆いたくなった。

「うん、まあ……たしかに描いたのは僕だ。もしかしてアンケートの裏は白紙でないと出しちゃだめだったかな？　もしそうなら落書きしたことは謝るけど」

おっかなびっくり認めると、寅吉はまさかと笑った。

「いえいえ、ちがいますって。たぶん多聞先輩が描いたんだろうなっておれにはわかったんですけど、表に名前が書かれてなかったんで、念のため確認しようと思って」

ああ、と多聞は拍子抜けした。怒られるのかと思った。

「先輩けっこう照れ屋だから、感想書いたはいいけど、照れくさくなって名前の代わりに絵でおれに伝えようとしたのかなって」

「いや、別にそういうわけじゃないんだけど……」

（それが、なぜこんなおどろおどろしい蛙の絵なんだ、というツッコミはないのか）

と、内心で多聞のほうが逆に問い質《ただ》したくなる。寅吉の思い違いもいいところだが、否定するとさらに話がややこしくなるので、多聞は口をつぐんだ。

「実はうちの座長がこの絵を見てすごく気に入ったみたいで。次の劇団の公演フライヤーを安心院さんにお願いできないかな、ってことになったんです」

にこにこした顔で、竜田花奈が横から言葉をはさんだ。思わぬ話に多聞は面食らう。

「今度うちの劇団で怪談か妖怪《ようかい》ものをやりたいなあって相談してて。時期的には夏も終わってる秋になってしまうんですが。だよね？」

「おう」

　同意を求める花奈に、寅吉がうなずく。

「で、この絵描いたの、たぶんおれの先輩の有名な絵描きさんですって話したら、うちの座長が乗り気になっちゃって。せっかくだし描いてもらえないか、っていう話になったんです。あ、もちろん正式に依頼料は払います。うちは弱小劇団なんで、そんな大金ってわけにはいかないですけど」

　すまなそうに言う寅吉に、もし南条がいればちゃっかりしてんなあ、とつっこんだことだろう。多聞は笑った。

「ほかならぬトラの頼みだからかまわないけど、僕でいいのかな。別に有名でもなんでもないけど」

「まーたまたぁ。先輩、ちまたでは『妖怪絵師』なんて呼ばれてるんでしょう。南条先輩から聞きましたよ」

　あの野郎また余計なことを、と多聞は内心で舌を打つ。

「単にそういう内容の仕事が多いだけだよ。別にそんな大層なものじゃないって」

「謙遜《けんそん》しなくてもいいじゃないですか。で、どうでしょう？　ご実家のお店のこともあるでしょうし、引き受けてもらえますか」

多聞は思案した。いま受けているカット描きの仕事はちょうど一区切りがつくところだし、卯月江梨子の肖像画の締め切りにはまだだいぶある。チラシの一枚二枚ぐらいはどうにかなりそうだった。

「いいよ。僕でよければ」

二つ返事で了承すると、寅吉と花奈は顔を見合わせ、安堵《あんど》したようにうなずきあった。

「よかった。恩に着ます、先輩」

「ありがとうございます」

そろって頭を下げる寅吉と花奈に、多聞はいやいやと首をふった。

「じゃあ今度、打ち合わせも兼ねてうちの座長にも会ってください。せっかくなんで舞台稽古《げいこ》でも見て頂ければ」

「そうだね。細かい打ち合わせなんかもしないと」

花奈がスケジュール帳を開いて確認し、互いに都合のいい日程を決める。だいたい話がまとまったころ、寅吉が腕時計を見下ろして「おわっ」と唐突に焦った声をあげた。

「もうこんな時間か。すんません、おれはこれで失礼します。今日、夜からのバイト入れてるんで」

片手で拝む仕草をして、千円札をテーブルの上に置き、寅吉は慌てて立ち上がる。出口側に座っていた多聞は腰を浮かせ、寅吉に道を譲った。

「大変だな。気をつけて」

「ありがとうございます。カナはまた自主練の日にな」

「うん。おつかれ、トラ」

てっきりいっしょに帰るものと思っていた花奈が寅吉に向けて手をふったので、多聞は内心驚いた。

「失礼します！」

ばたばたと店を出て行く寅吉を見送る。竜田花奈とふたりきりになったとたん、沈黙が落ちた。カウンター席ではマスターと常連客のやりとりが盛りあがっており、会話のないほうがかえって奇妙に思えた。

「「あの……」」

まさに異口同音。ふたり同時に言葉を発してしまい、さらに気まずくなった。慌ててどうぞどうぞ、とお互いに譲り合う。

衣笠がいれば「まるでお見合いでんな」と呆《あき》れたことだろう。沈黙に耐えられずに話題をふろうとしただけなので、譲られた多聞も困ってしまった。

「ええと……、自主練ということは、竜田さんはトラとふたりで練習を？」

「はい。劇団の中じゃわたしとトラがいちばん若手なので、自主的にやってるんです。お互いに欠点を指摘し合ったりとか」

それは研究熱心なことだ。

「竜田さんはまだ学生でしたね。何かバイトをしてらっしゃるんですか？」

「あ、いえ。恥ずかしい話ですけど親からの仕送りでなんとか。ただ将来は学校の先生になるつもりなので、教職の課程をとってます」

「学校の先生？」

「はい。演劇部の顧問をしながら掛け持ちで役者をやっていけたらと思って。そういう人は結構いらっしゃって、学校教師だけで構成された劇団なんかもあったりしたんですよ」

へえ、と多聞は感心しつつ相槌《あいづち》を打った。

「やっぱり『教える側』にまわらないと、役者としてだけでは生活できないので」

「教える側？」

「はい、ワークショップやレッスンで演技指導したりとか。もちろんわたしはまだ人に教えられる域には立てていませんが、もし学校の先生になれなくても、役者を続けるならそのあたりも視野に入れておかないといけないので」

「いろいろ考えておられるんですね」

若いのに大したものだというニュアンスを交えて多聞がいうと、花奈はそんなことはないです、と首をふった。

「まだ若輩者で、展望ばっかりです。だけどそういう夢や目標がないと、まっすぐ前を向くのもしんどいので」

多聞は目を細めた。芝居をしているときの彼女の姿を思い出したのだ。

寅吉のように彼女にも不安や焦燥はあるのだろうが、それでも真正面から立ち向かおうとする姿勢には好感が持てた。気力を失えば、先日の寅吉のように下を向いてしまう。

舞台に立つ彼女に惹《ひ》きつけられたのも、この決意が彼女の台詞《せりふ》を裏打ちしていたのかもしれない。

「あの、安心院さんにひとつ、客観的なご意見を伺いたいんですが、かまいませんか」

「客観的な意見？」

「実は今日この場に同席させていただいたのも、わたしがトラにお願いしたからなんです。質問したいことがあるって」

「僕にですか。なんでしょう」

「トラのことなんです。舞台感想でトラについて詳しく書いておられたのが安心院さんだけだったので」

ああ、とようやく腑《ふ》に落ちた。多聞が書き残してきたアンケートのことだ。

やはりほかの観客に寅吉の印象は薄かったのだろう。多聞ももし寅吉とはなんの関わりもなく来た客だったら、彼に対する感想はあまり書かなかったにちがいない。もちろん役者が悪いわけではないが。

「ふつうは演者が客を呼び出して直接感想を聞くだなんてありえないことです。感想は観てくれた人それぞれのもので、提供する側にどうこうする権利はありません。けど、トラがアンケートを読んで『先輩が見てくれた』ってすごく嬉《うれ》しそうにしてたからつい……」

本人が喜んでいたなら書いた甲斐《かい》があったが、多聞としては複雑な心境だ。

「安心院さん。率直に訊《き》きますが、トラはどうでしたか?」

「どうって……、それは役者としてどうか、という意味でしょうか」

花奈はうなずいた。多聞は返答に窮する。

「ええと、トラの演技を観たのもはじめてなので、僕ではどうにも評価できません。しかも演劇に関しては完全に素人ですし」

「かまいません。印象でもなんでもいいんです」

意外と押しが強い。自己の評価を知りたいならまだわかるが、他人のことについてこれほど必死になろうとは。のらりくらりと言い逃れても、決して彼女はひかないだろうという予感がした。

多聞はコーヒーでのどを潤わせてから、では、と口を開いた。

「えーと、素人が口幅ったいことを言いますが、トラは主役で輝けるような感じは受けませんでした。見た目どおり、縁の下の力持ちといったような脇で光るタイプに思えます。体つきは立派ですし、声も大きいですから、目立たないということはないんじゃないかな。

贔屓目《ひいきめ》かもしれませんが」

「悪い役者ではない、と？」

「良いとか悪いとかは僕が判断することではないですよ。僕自身が絵描きなんていう安定した生業《なりわい》でないからこそ言いますが、役者も役者でいることに資格や誰かの認可が必要なものではないでしょう。本人がやりたいと思うかどうか、それだけが重要なのでは？」

花奈は顔色をくもらせた。

「そうですね。わたしもそう思ってます。でも……」

「もしかして、トラが辞めたいようなことを言いましたか」

多聞の指摘に、花奈は驚いたように顔を上げた。

「ご存じだったんですか？」

「いいえ。ただ、本人からいろいろと悩んでいるようなことは聞いてました」

「そうですか……」

肩を落として消沈する花奈に、多聞も困ってしまう。

「あの、こう言ってはなんですが、本人が本当に辞めたいと願っているなら、周囲がどうこう口を出せることではないと思いますよ。良い役者か悪い役者かという話じゃなく、本人に続ける意志が――」

「いいえ！　あるはずです。あるはず……なんです」

花奈は激しく首をふった。が、強く否定したはずの声が急激にしぼむ。

「だって、練習のときもあんなに、ひと一倍真剣に役にのめりこんで……台詞がひとつやふたつでも、決して手を抜いたりいいかげんにやったりしないんです。もし電信柱の役をやれと命じられたら、トラは一時間でも二時間でも舞台にじっと立ったままでいます。そんなひとが、役者が嫌になるわけないんです」

決めつけもいいところだったが、寅吉の一本気な性質を知っている多聞も、あえて否定はしなかった。そもそも嫌いなことをわざわざ進んでやるような人間ではないのだ。

「僕も実際に本人の口から『辞めたい』という旨を聞いたわけではないですから、ニュアンスまではわかりませんが」

「『役者、辞めようかな』ってあっけらかんと言われました」

「あっけらかんってのがまたわかりにくいな。実際にトラが……脱退？　退団？　ええと、辞表を書いたとかではないんですよね？」

花奈は首をふった。

「ちがいます。ただ……不安で」

花奈はうつむいた。どうにも歯切れが悪い。多聞は身を乗り出した。

「もしかして、竜田さん自身がトラから何か言われましたか」

ややためらったように花奈はくちびるを嚙《か》むと、意を決して顔をあげた。

「カナが役者を続けてくれるなら、おれは役者でなくてもいいな、と」

多聞は眉根《まゆね》にしわをよせた。どういう意味合いで言ったのか、判断が非常に困るところだ。たんなる褒め言葉にも聞こえるし、深読みすれば嫉妬《しっと》まじりの皮肉であるようにも思える。多聞としては、彼が決して悪感情で口にしたのではないと思いたかった。

「言い方がまずかった気はしますが、僕には竜田さんを褒めたように聞こえますよ。彼は腹芸が得意な男ではないですから」

「はい……」

「ただ、言われたほうが微妙な気持ちになるのはわかります。もし本当にトラが辞めたいんだとしても、竜田さんがいるから、みたいに聞こえなくもない。辞めるなら、それは誰のせいでもなく本人の意志であるはずですし」

「…………」

「竜田さんは役者としてのトラが好きなんですね？」

はい、と花奈はいささかの躊躇《ちゅうちょ》もなくうなずいた。

「わたしが劇団に入ったきっかけが、トラだったんです」

「ああ、そうだったんですか」

「もともと役者には興味があったんです。高校のときも演劇部でした。でも、人見知りが激しいのと人前に立つ度胸がなくて、ずっと裏方をやってました。大学のときに学生演劇を通じて知り合ったトラに、『カナも表に出てみろ』ってどんと背中を押されて……」

「トラに背中を叩《たた》かれたら痛いでしょうね」

多聞の冗談まじりの茶々に、花奈はくすりと笑った。

「トラは声も身体も大きいし、存在も目立つし、わたしにとっては目標でした。舞台の上でも、ずっと見守ってくれてたんです」

「ええ」

寅吉は彼女が落ちこんでいれば惜しみなく励まし、腕を引いて立ち上がらせたのだろう。文字通り、支えとして。

「舞台俳優なんて決して楽な道じゃないとわたし自身もいやというほど知ってます。これはわたしのわがままだって。トラの悩みなんて本当はなんにもわかってないって」

話しているうちに興奮してきたのか、彼女の体がぐっと強《こわ》ばった。赤い陽炎《かげろう》のような何かが、ゆらりと立ち上がったように見え、多聞は目を瞠《みは》った。——赤い、蛇。

「身内びいきかもしれない、たんに依存してるだけかもしれない、見捨てられたくない。——それでも、わたしはトラに役者を続けて欲しい。この先もずっといっしょに舞台に立ちたいんです」

一気に喋《しゃべ》って花奈は肩を落とした。その手が小刻みに震えている。それと同じくして、赤い異様なものも消えてしまった。

（……これは、だいぶ重症だな）

多聞はため息をつきたい気分だった。彼女が恐れているのは、前にある目標であり、かつ背後で支えてくれた存在を同時に失うことだ。

何かを志す人間が強く望んでいても、どうにもならない事情や理由であきらめねばならないことは、この世にいくらでもある。たとえば身体の故障であったり、生活上の問題であったり、あるいは外的要因として親兄弟に左右される場合もあるだろう。

多聞は「才能」という言葉が好きではないが、それでも本人がその道をいくことに限界を感じて、みずから身を引くということは珍しくない。好きだ、続けたい、という情熱が何よりの原動力になるとしても、情熱だけではだめなのだ。だがそんなことは、おそらく花奈にもわかっているはずだ。

「ご、ごめんなさい。わたし、何を言ってるんだろう……」

頬を赤くして、花奈は両手で顔を覆った。照れたというより、急に我に返って羞恥《しゅうち》でそうしたという感じだった。

「すいません……こんなこと、安心院さんに相談することではないのに。本人にも劇団仲間にも話せなくて」

かえってなんの関わりもない赤の他人になら打ち明けられるというのは、往々にしてあることだ。ましてや告白めいたものを本人に伝えるのは余計に難しい。

「トラのことでしたら、僕にもまったく関係がないわけでもないですから」

そういえば寅吉も同じようなことを言ってたなあ、と多聞は苦笑した。話せない、話しにくいと。——だから、息苦しいのだと。

「吐き出して少しでも楽になるなら、それに越したことはないと思います。溜《た》めこむと、別の形で出ることもありますからね」

「はい、……ごめんなさい」

こういう役目は得意じゃないんだけどなあ、と多聞は困った。とはいえ、視てしまった以上、知らぬふりをするのも後味が悪い。

「竜田さんはトラに直接そのことを伝える気はないんですか？」

水を向けると、彼女はぎくりとしたように表情を強ばらせ、首を小さく横にふった。

「言えません。こんなひとりよがりで身勝手なこと」

「そうですか？」

「そりゃ、……言えたらいいですけど……でもやっぱり」

「トラの反応が怖い？」

花奈はこくこくとうなずいた。ふーむ、と多聞は額を手の甲でおさえる。

「竜田さん、ひとつお願いがあるんですが」

「は、はい。なんでしょう」

「今度、トラとの自主練を見学させて頂いてもかまいませんか。舞台稽古《げいこ》を見せてもらえるような機会、なかなかないもので」

「え、ええ。わたしはかまいませんけど……」

怪訝《けげん》そうな表情で花奈は承諾した。多聞はにこりと笑う。

「では、後日お邪魔しますのでお願いします。トラには僕から伝えておきますから」

五、

寅吉と連絡をとったあと、多聞は彼らの練習を見学させてもらうことになった。

おもに寅吉がアルバイトの予定を組んでいない月曜夕方に、市内にいくつかある青少年に貸し出し可能なレッスン室を花奈と連名で借り、そこで体操や柔軟、発声練習、通し稽古などを行っているらしい。

「こういう施設を市や区が貸し出ししてるんだね。知らなかったよ」

受付でレッスン室の鍵《かぎ》を受けとる。借りられる時間はだいたい一時間から二時間だ。

「ええ。知り合いのバンドマンも防音仕様になってる部屋を借りたりしてますよ。自治体で借りたほうが安くつくからって。ここもそいつに教えてもらいました」

そうか、と多聞は納得してうなずいた。

「竜田さんはいつも何時ぐらいに？」

「今日は大学のはずだからもう少しあとで来ると思います」

こたえながら寅吉は預かった部屋のキーをレッスン室の鍵穴に差しこんだ。半分ほど回したところで首をかしげる。

「あれ？　開いてる。前の使用者が閉め忘れてたのかな」

言いながらドアを開けた。中はがらんとしたフローリングの部屋だ。

扉を入ってすぐの右側には備えつけ棚とシンク。一面には大きな窓が並んでおり、電気がついていなくても外の光がさしこみ、充分明るい。窓の反対側の壁には大きなホワイトボードと折りたたみ式の長机、椅子を重ねた山が寄せてあり、場合によっては会議室としても利用できるのだろう。

「あ、窓もひとつ開いたままになってる。虫が入るってのに」

寅吉は開いた窓にすぐに気づき、閉めようと窓辺に近寄った。仕方ないな、とつぶやきながらも思いなおしたらしく、その隣の窓も開けた。さあっと夕方の涼しい風が部屋に吹きこみ、心地がいい。

「練習って柔軟とか体操のほかに何をやるんだい？」

「公演の直前はお互いの出る場面をそのまま通しでやったりしますね。台詞《せりふ》の読みあわせとか。そうでないときはパントマイムをやったり」

多聞の質問に答えながら、寅吉は背負ってきた小ぶりのリュックサックからラジカセやタオル、水の入ったペットボトルや着替えのジャージなどをとり出した。外を気にすることなく(ちなみにここは三階だ)持ってきたジャージに手早く着替えると、床に座りこんで準備運動をはじめる。屈伸や開脚など、とにかく筋肉をほぐすための柔軟が中心だ。

「先輩もやってみます?」

作務衣《さむえ》姿の自分を見下ろし、多聞は苦笑した。「この格好でか?」

「作務衣でもできますよ」

「いや、僕は見学でいいよ。トラはそのまま続けてて」

多聞は椅子や長机を重ねて寄せてある壁際から椅子を一脚運んでくると、窓際に置き、腰を下ろした。カバンから愛用のスケッチブックと携帯用の水入れなどをとり出し、

「描かせてもらってもかまわないかな? 人体の参考にしたいから」

と訊《たず》ねた。訊ねながらも準備の手は止めない。

「いいっすよ。でも、おれなんか描いても、あんまり楽しくないと思うんすけど」

「そんなことはないよ。トラは体格も立派だし」

まじめな表情でそう言うと、寅吉は納得したようにうなずいた。

「先輩ってやっぱり、絵描きなんですねえ」

よくわからない感心をしながら、寅吉は腹筋や背筋をして体をほぐす。

「どうせならカナを描くほうがいいと思いますよ。あいつの体、ナマコみたいにすんげー柔らかいし。屈伸しても床に余裕で手がつきますもん」

「女性を描くのは緊張するんだよ。いつも人間でないものばっかり描いているから」

「ああ、『妖怪絵師《ようかいえし》』ですもんね」

と寅吉は笑う。

「カナのやつ、ずっと演劇部だったから十代の頃からちゃんと体はつくってきたみたいなんですよ。実際は裏方ばっかりで舞台に立ったことはなかったらしいけど」

それは多聞も本人の口から聞いている。

「あいつのがよっぽど『役者』ですよ。将来のことだって、なあなあでやってるおれより、ずっと真剣に考えてる。続けるための道筋を、もうすでにきっちりつくっていってる。カナはおれのことを頼れる先輩だと思ってくれてるけど。……この前の芝居だって」

寅吉の声のトーンが落ちたので、多聞はスケッチブックから顔を上げた。

「あいつと一緒のシーンでおれ、負けたなあってあらためて思いましたもん。勝ち負けってのも変ですけど」

「竜田さんの役が夢を語るところだね？　あの場面、トラもすごかったじゃないか」

「先輩がすごいと感じてくださったのなら、それはカナのおかげで、おれの力じゃないですよ。おれはあいつに引きずられたようなもんだし」

「そんなに自分を卑下することもないんじゃないか。相乗効果ということもあるだろう」

だといいんですけど、と寅吉は肩をすくめる。

「あの場面、正直おれはあいつについていくだけで精いっぱいでした。お客さんの反応とかアンケートとか見るかぎりでは『食われたな』って感じでしたしね」

「役者として嫉妬《しっと》することはある？」

「カナにですか？　ない、と言いたいところですが。……ありますよ、恥ずかしいけど」

体操の小休止にタオルで汗を拭《ふ》き、寅吉はため息をついた。

「あいつがあんなにまぶしいから、おれはたまに目がくらみます。この前までずっと後輩だから、おれがついいててやらなきゃって妹分みたいに思ってたのに、どんどんでっかく成長していくから。焦りますよ、ちょっと待ってくれって」

多聞はじっと寅吉の姿を見つめ、手元に描いた彼の全身像にすばやく描きくわえた。ヘビに似た帯のようなものが、寅吉の肩のあたりから腕のように生えているところを。

「ずっとうしろをついて来てたと思ってたのに、本当はそうじゃなくて、あいつはずっとおれの横をひとりで歩いてたんだなって。で、気がついたら追い越して前を歩いてました。この前の公演でもずっとそんな思いがしてて、舞台裏で嫉妬してましたよ。あいつが真ん中に立って台詞をしゃべるたびに。一公演ごとに、階段を三段飛ばしであがってくみたいにどんどんうまくなっていくんです。正直、ぞっとします」

そうか、と顎《あご》をなでた。足を引っぱりたいのではなかった。留めておきたかったのだ。

「よく『化ける』っていうでしょう。何かの分野でひとが飛躍的に成長したときって。カナがいままさにそんな感じなんですよ」

「化ける、か。たしかにね」

「おれ以外の劇団仲間だって気づいてますよ。一番の若手なのに、今回主役じゃないにしろ台詞も見せ場も多い役を与えられたのって、座長や看板の役者たちがカナの内《なか》でなんかが開花しつつあるって認めたからなんです」

「でもそれは、見守ってたトラのおかげという面もあるんじゃないか。竜田さんから聞いたよ、舞台に立ったきっかけがトラだったって。背中を押してもらったってね」

「きっかけはそうかもしれません。でもやっぱりきっかけはきっかけで、あとは本人の資質です。それに、もしおれが背中を押さなかったとしても、あいつはたぶん舞台に立ってましたよ。そういうやつです」

多聞はぺらりと薄い紙をめくり、また別の新しい紙をとり出した。

「──あいつは、天性の『華』だから」

「はな？」

訊《き》き返すと寅吉はうなずいた。人さし指で『華』と、画数の多い字を宙に綴《つづ》ってみせる。

「誰ひとりとして気づかれることなく埋もれていく才能なんてきっとごまんとあるでしょ

う。でも、一回でもその種が芽吹いてしまったら」

あるいは、ひとたび咲いてしまったら。

「華の存在は必ず広まります。誰かが埋もれさせまいとするから。あるいは土から掘り起こして、光のあたる場所へ引っぱっていくかもしれない」

「まさに、花だから？」

はい、と寅吉は硬い表情でうなずいた。

「でもそれが貴重なものならなおさら、やっかみや憎しみで踏み潰《つぶ》そうとする人間もいるかもしれない。あるいはひっこぬいて我が物にしたい人もね」

さらさらと筆を動かしながら多聞が言うと、寅吉は焦ったようにこちらをふり向いた。

「おれは違います！」

「うん。与えられてしまった人間が幸せかどうかは本人次第だし、本人にしかわからないことだと思うけど、だからこそ見守ってくれる存在ってのはありがたいものなんじゃないかな。花が育つには水や光が不可欠なのと同じでさ」

「………」

「舞台だって主役だけじゃ成立しないだろう。ひとり芝居をするにしたって、本当の一人でつくるものじゃない。音響や照明や、ホンを書くひとや、何より観客がいるからこそ成りたつものなんだから」

だが寅吉は自嘲《じちょう》めいた笑みを浮かべて首をふった。

「先輩。どんなにたくさんの共演者と同じ舞台に立ってても、役者はたったひとりなんですよ。たったひとりで舞台に立つんです。どんな役者も」

「…………」

「あくまでおれの持論ですけど、目標は自分の外にあったほうがいいし、理想は形のないもののほうがいい。——おれがいないほうが、たぶんカナは強くなれます」

「……そうか」

それが本心なのか。多聞はちらりと壁際に視線をやり、嘆息した。

「トラは本当にそれでいいの？」

「え？」

「トラは、竜田さんがひとりでも『強くなる』ために役者から身をひくってことかい？僕にはそんなふうに聞こえたけど」

「ちがっ……、違いますよ！」

焦燥に駆られたように、寅吉は激しく否定した。

「たしかにカナには嫉妬してます。カナがどんどん成長していって、焦って、そんで自分の限界に気づいて、落ちこんだり立ちなおったり、たしかにしました。けど、だからってカナのせいじゃない。それは断じて違う」

　ひと息に言いきって、寅吉は肩を落とした。言葉を発しながら自分で自分を宥《なだ》めようとしているふうに見えた。

「……カナはおれのおかげって言うかもしれないけど、おれだってカナがいたからがんばれた。ずっと支えてやりたかったし、あいつに慕い続けてもらえるよう、いい役者になろうと努力した。おれがあきらめないでいられたのは、カナのおかげです」

　カタッと部屋の隅で小さな物音がした。だが寅吉は興奮しており、それにも気づかない。

「だから、さんざん言い訳しておいてなんですけど、これからのことはおれの問題です」

　そうか、と多聞はうなずいた。

「役者は好きですよ。楽しいですよ。でもそれで一生やっていけるわけじゃない。一生続けられるほど、おれが強くなかった。覚悟も準備も全然足りなかった、っていまになって気づいた。それだけです」

「未練はない？」

「ありません。むしろあの公演で、おれ、吹っきれたんです」

「――わかった」

　筆洗に筆を立て、スケッチブックを閉じて、多聞はパイプ椅子から腰を上げた。

「先輩？」

　多聞はつかつかと壁際に近よると、移動式のホワイトボードをずらし、よせられた椅子の山と机をいくつかガタガタと移動させた。最後に椅子に貼られていた紙をべりっとはがしたが、寅吉には多聞が何をしたのかよくわからなかったはずだ。

「……だ、そうだよ。竜田さん」

移動させた椅子の向こうから、小柄な人物が姿を現す。ばつが悪そうな表情をしているが、その目元は赤く潤んでいる。寅吉と多聞の話をずっと聞いていたのは明らかだった。

「は、え？　カ、カナ⁉」

仰天した様子で寅吉が目をむいた。

「まさか、ずっとそこに⁉　いったいいつから？　でも、どうやって……」

寅吉は完全に混乱した態《てい》できょろきょろと部屋を見回した。たしかに壁際にはボードや長机や椅子がよせられ、一種のバリケードのようにはなっているが、人間がひとり隠れるには窮屈だし、何よりホワイトボードや机の下から足が見えなければおかしい。

冷静であれば妙だと寅吉も気づいたかもしれないが、狼狽《ろうばい》しきった彼は顔を赤くし、怒りにまかせて多聞に嚙《か》みついた。

「おれをはめたんですか！　卑怯《ひきょう》ですよ先輩！」

「下世話な真似をしたことは謝る。だけどこれがいちばんてっとり早いと思ったんだよ」

すまん、と頭を下げられ、寅吉も強くは出られなくなったのだろう。うろたえているうちに花奈につめよられ、ますます逃げ場を失った。

多聞はさりげなくふたりから離れ、座っていた椅子に再び腰かける。

「トラ」

「な、なんだ？」

「わたしの気持ち、勝手だけど、正直に言ってもいい？」

真剣な表情で見上げる花奈に、寅吉も腹を括《くく》らざるを得なかったのだろう。強《こわ》ばった表情のまま、うなずいた。

「わたしは、トラはわたしの手をずっと引っぱっていってくれると思ってた。ずっといっしょに舞台をやっていけるって」

「そのつもりだった。けどもう、おれが引っぱれんの、カナの手じゃなくて足だと思う」

縋《すが》るような花奈に寅吉は苦渋に満ちた顔で、それでもはっきりと意思を告げる。花奈はそんなことない、と激しく首を横にふった。

「本当にもう、役者をやめるの？」

「……ああ」

「わたしがいやだって言っても？」

寅吉はうなずいた。きっぱりと。花奈はくしゃりと顔をゆがめる。母親に手をふり払われた幼子のようだった。

「役者が嫌になったんじゃない。芝居も好きだ。だけど、続けるのがつらくなってきた。

このままだと、いつかは演劇そのものがきらいになってしまうかもしれない。それだけは絶対に避けたいんだ。それを『逃げ』だって言われたら甘んじて受けとめる」

「…………」

「この不景気に、ありがたいけど実家からは家業継げって言われてる。いままで嫌がってた経営の勉強も一からはじめないといけない。けど、少なくとも目標に近いもんはある」

花奈はうつむいて、ぽろぽろと涙をこぼしはじめた。拭《ぬぐ》う気力もないほどに、うちひしがれているように見える。自分には寅吉を引き止められないと、その決意をひるがえすだけの力はないと思い知らされたのだろう。

「おれがいなくてもカナは大丈夫だと思う。けど、カナはおれがいないと不安なんだな？」

無言でうなずき、花奈はぐすっと洟《はな》をすすりあげた。

「時間はもうちょいあるし、それまでに、変な言い方だけどカナも腹括ってくれ」

花奈は驚いたように寅吉を見上げた。「……時間？」

「あのな、カナ。たしかに役者はやめるけど、いますぐじゃない。少なくとも、先輩に次の舞台チラシもお願いしたし」

「え？」

花奈は寅吉と、離れたところから見守る多聞を交互に見た。多聞はうなずいてみせる。

「おれ繋《つな》がりで依頼したのに、おれがいなかったら筋が通らないだろ。だから次の舞台には出る。出られないかもしれないけど、出してもらうように座長には交渉する。だから、いますぐいなくなるわけじゃない」

「先って、どのくらい先？」

「たぶん半年か、一年以内」

半年、と呻《うめ》く花奈の顔に、再び絶望がさした。

「カナはずっと役者やりたいんだろ？　そのための目標も道筋も、ちゃんとあるもんな」

「うん」

「だから、おれがいてもいなくてもカナの意志は変わらないよ」

「…………」

沈黙する花奈に、寅吉は気まずげにがしがしと後頭部を掻《か》き、ぺこんと頭をさげた。

「ごめん。おれもいまから自分勝手なことを言う。男らしくないけど、勘弁してくれ」

「うん。なに？」

「カナがもし、ずっと役者を続けてくれたら、カナが演劇の世界にいるかぎり、おれもいつでも戻っていける気がする」

寅吉の言葉に、花奈は目をまたたかせた。

「たとえば退職したあととかにな。シニアで演劇活動やってるひとも、大勢いるだろ。市のワークショップに参加してる人を見ても、みんな若手なんかよりずっと元気だ。だからおれも、歳がいくつだろうが本気で役者に戻りたくなったら、そうする」

「……戻ってくるの？」

「卑怯だけど、断言はできない。けど、気持ちはある。だからカナは役者でいて。できるかぎり、カナがもう嫌で嫌で苦しくなるまで、役者続けて。おれがいなくても」

「………」

「そのかわり、おれはカナが立つ舞台は必ず観に行く。いつかもし、カナが海外に出たとしても一番のファンでいて、ずっと応援するって約束する。ごめんな、女々しくて」

ううん、と花奈は首をふると、ぐいっと目元をぬぐった。

「わかった。わたし、トラがいなくてもがんばる。ひとりでも、続けられるかぎり、続けていく」

「……ありがとな。カナ」

寅吉はぐりぐりと花奈の頭を乱暴に撫《な》でると、頭を下げた。

「──一件落着でんな」

かたわらから、ふいに衣笠の声がした。

パイプ椅子に腰かけ、スケッチブックを画板代わりに、筆を走らせていた多聞は驚かなかった。さらさらと筆を動かし、最後の一筆を描ききる。

「意外でんな。ほどいてしまわはるんかと思たのに」

「二体もいるんだし、面倒だからいっそのこと結んでしまえと思ってね」

小声でしれっと答えると、多聞は携帯用の筆洗に筆をひたし、描きあがった絵を衣笠にどうぞと手渡した。

それを受けとった衣笠は難しい顔になり、描かれたふたりと笑い合う現実の寅吉と花奈とを見比べた。絵の中に並ぶふたりの人物は一本の帯のようなもので結ばれていた。まるで運命の赤い糸か、命綱のように。

「こうなることを見越してはったんでっか」

「いいや。どうなるかわからなかったから、最悪筆を使う覚悟はしてたよ」

正直に白状すると、衣笠はうなずき、絵をぱくりとくわえた。そのままもさもさと紙を咀嚼《そしやく》する。

「どうかな、衣笠くん」

「……どうもこうも。できたてホヤホヤの甘酸っぱーい味しかしまへんわ。うまいけど、なんや腹の立つ」

ぺっぺっとばかりに衣笠はつばを吐くまねをする。多聞はそれはよかった、と笑った。

お互いの気持ちを確認しあった寅吉と花奈は、今後どうして行くかをふたりで真剣に話し合っているようだ。せっかくうまくいったのに水を差すこともなし、と多聞は声をかけずに待つことにした。

「結局は『しのぶれど色にいでにけりわが恋は』ってことやったんかいな。たしかに赤やら緑やら、色には出とったけど。蛇帯みたいな嫉妬《しっと》の具現やと思たのに」

「嫉妬ではあったし、執着でもあったんじゃないかな」

ふしぎがる衣笠に、多聞は考えた末の推論を口にした。

「嫉妬も執着も行き過ぎると毒だけど、それ自体はお互いを想うものだからね。簡単にはほどけないし、ほどいていいとも思えない」

「多聞はんは、自分は妖怪《ようかい》退治屋や陰陽師《おんみょうじ》やないってずっと言うてはるもんな」

多聞はうなずいた。

「そもそも妖怪イコール退治、ってのがおかしくないか。たとえば〈座敷わらし〉なんて有名な妖怪だけど、あれは退治しろなんて話にはならないし、むしろありがたがられてるじゃないか。手を出さなくていいなら、人間はなるべく関わるべきじゃないんだよ」

「まあ、放っといてもなんともなかったかもしれまへんけど」

衣笠は腕を組み、寅吉と花奈に生ぬるい視線をやる。

「今回は僕たちがたまたま視てしまったけどね。本来、目に見えるものじゃないんだし」

「公演中は中身もわからんかったんやから、仕方ないんとちゃいまっか。危なかったんはたしかやし。……あ、そういや、椅子に貼ってはったあの紙、なんでしたん？」

「ああ、これ？」

多聞はふところからふたつに折った紙をとり出した。裏に花奈が隠れていた椅子の山に多聞が貼っていたものだ。一見すると白紙だが、よくよく見ると何かが描かれた痕跡《こんせき》があり、紙がよれている。

「水でっか」

と衣笠は指摘した。描かれていたのは水で一筆に描かれた鬼だった。以前、鳥居《とりい》彩《あや》にとり憑いていた鬼にも似ているが、少し違う。

「文に水の筆で描いた〈鬼〉。不見《フミ》、見ず《ミズ》、不出《フデ》、隠似《オニ》。四重のまじないでんな」

「要はトラの意識さえあの場所から離れてればよかったから」

あらかじめ窓をひとつだけ開けておいたのも、寅吉の気を逸《そ》らすためだ。

衣笠に説明しながら、多聞は使っていた絵具を片づけはじめた。手早く筆を洗い、筆洗の水をシンクに流す。その水音で、寅吉たちもようやくこちらの存在を思い出したらしい。

「多聞先輩！」

ふたりの話し合いは無事にまとまったらしく、多聞に向けてぺこりと同時に頭をさげた。

衣笠が呆《あき》れたように肩をすくめ、苦笑した。

「あんなわかりやすうお互いが大事なんやったら、いっそのことぷらいべーとでもいっしょにならはったら早いんちゃいますの。そしたら蛇ももう出てこうへんやろうし」

「放っておいてもなるようになるよ。でもそれは、僕が介入する領分じゃないからね」

と小声で多聞は答える。

「人の恋路を邪魔するやつはなんとかに蹴《け》られる、ってやつでんな。なんとかって虎でしたっけ？」

とぼけた表情の衣笠に、多聞は笑った。「――そうかもね」

六、

その後日。

学校帰り、多聞宅に遊びに来た瑞希に、衣笠はことの顚末《てんまつ》をこっそり話して聞かせた。たまたま多聞が不在だったこともあるが、瑞希は瑞希で解決したとは思っていないと衣笠に打ち明けたからだった。

「じゃあ結局、あれって蛇じゃなかったんだね」

「へえ。似てたけど、わての知っとる〈蛇帯〉ちゅう妖怪とは違うもんでしたわ」

「ふーん、そっか」

瑞希は手に持ったうちわをぱたぱたと扇いだ。網戸を閉め、窓を大きく開けているのだが、それでもむしむしとこもるような暑さだ。

円卓に置かれた冷たい麦茶のグラスが汗をかき、かすかな風にあおられてちりん、と風鈴が涼しげな音色をたてる。うだるような暑気にあてられたか、家守たちもずいぶんと静かだ。

日々少しずつ、京都の本格的な夏に向けて近づいていく感じがする。

「でも、悪いものじゃなくてよかったね」

瑞希の指摘に衣笠はどうでっしゃろ、と首をかしげた。

「それ自体を良いか悪いか判断するんは難しおすな。ただ、腫《は》れ物やできものが身体の外に出たほうがええんとおんなじ理屈かもしれへん。症状には出んで、こころにだけゆがみが生じるほうが、ずうっと恐ろしですさかい」

「目に見えないより、見えるほうがいいってこと？」

衣笠はうなずいた。

「見えんかったら対処もできまへんやろ。しかも今回は二体や。結局は、お互いに別々の帯で綱引きしてるようなもんやったし」

「綱引きかあ。〈引きよせ帯《たい》〉とか〈近づき帯《たい》〉とか、そういうのだったのかもね」

あはは、と冗談まじりに瑞希は笑ったが、衣笠は顔をぎちりと強《こわ》ばらせた。

「……瑞希はん」

「あ、ごめん。いまの親父ギャグだった」

慌てて謝るが、衣笠は険しい表情で瑞希を見つめ返すばかりだ。

「ご、ごめんってば。そんな怖い顔しないで、衣笠さん」

「いや。そうやないねん、瑞希はん」

瑞希はなにが？　と首をかしげる。衣笠は考え深げに顎《あご》に手を当て、瑞希にきちんと正座するよう言い渡した。

「ここにお座りやす」

「？　はい」

瑞希は素直に背筋を伸ばして座りなおす。衣笠は珍しく、真剣な顔だった。

「ええか、瑞希はん。気ぃつけはらなあかんで」

「え、なにを？」

「モノに名を与えるいう行為は、はじめはカミの役目やった。ところが時代が下り、その役割がだんだん人間さんに移行した。名をつけるんは本来易しい、あるいは安しい仕事やないんでっせ。それは『存在』を与えるゆうことに等しいさかい」

「う、うん」

「それがどんな大層なことかわからんのやったら、自分の体の一部を切り出して分身をつくる、あるいは自分の魂を分けるようなもんやと思わはったほうがええ。名を与えた時点で、瑞希はんと相手のあいだには『因果』が生じてまうさかい」

瑞希は青ざめた顔でごくんとつばを飲みこんだ。

「瑞希はんや多聞はんはふつうの人には見えへんもんが『視える』からなおさらや。わてが言うんもおかしいけど、視えるひとがおるさかい、わてらも認知されて存在が広まるんどす。観客がおって、はじめて舞台が成立するのとおなじように」

神妙な顔で、瑞希はうなずいた。

「じゃあ、もしかしてうちが衣笠さんの名前をつけたのも、本当はダメだったの？」

「いや、あれはわてがそうお願いしたことや。瑞希はんの好きなように呼んでくれはったらって、わてから言いましたやろ」

「うん」

「せやし、あれは例外や。わては『衣笠さん』やのうて『田中《たなか》さん』でも『鈴木《すずき》さん』でも『ぽんぽこぴーのぽんぽこなーの長久命《ちょうきゅうめい》の長助《ちょうすけ》』でもほんまはなんでもよかった」

「最後の呪文なに？」

「じゅげむでんがな。まあ、そんな冗談はよろしいわ。わては別に瑞希はんを脅かしたいんとちゃいますねんで」

「うん。わかってる」

瑞希がうなずくと、衣笠はようやくふくふくしい顔になった。

「わての立場から言うたら気づいてもらえるんはうれしいし、気づいて欲しい。けど、せやからいうてホイホイ近づいてこられたら、ほんまは瑞希はんのためにはならんねん。わてらは妖怪で、瑞希はんは人間やさかい」

「…………」

「多聞はんもそう思ってはるんやろう。せやから、わてが瑞希はんを迂闊《うかつ》にこっちに引きよせたら怒らはる。あわいの側に、これ以上近づけなさんなって」

「……センセは」

瑞希はふいに口をつぐんだ。

「でも、センセが気にしてるのは、たぶんちょっと違うことだよ」

ずいぶんと重い声になった。うつむく瑞希を、衣笠が驚いたように見上げてくる。

「どういう意味でっか？　まさか多聞はんが、瑞希はんやのうて、わが身かわいさにそうしたはるんやとでも……」

ううん、と瑞希は首をふった。わが身かわいさとは、また違う。

「もしうちに何かあったら、センセはきっとそれも自分のせいにしてしまうから」

## 夏祭りの夜　四

「……あなた、だれ？」

瑞希の問いかけに、相手のふたつの瞳《ひとみ》が猫のようにきらりと光った。

枝に腰かけた子どもが目を細めているのがわかる。枝葉の陰に隠れ、顔が見えないにも拘《かか》わらずだ。

「だめだよ。ひとに名前を聞くときは、まず自分から名乗らなくちゃ」

嗜《たしな》めるような物言いに、あ、と瑞希は思った。そうだった。初めて出会った人には挨拶《あいさつ》をして、それから自己紹介だ。

こんばんは、と瑞希は相手に声をかけ、律儀に頭を下げた。

「はい、こんばんは」

相手がくすくすとおかしそうに笑う。そのとき、梢《こずえ》が風に揺れ、ざわりと大きな音を立てる。瑞希はびくりと身をすくませた。

（まさか、オバケ？）

誰かに見られている気がして、瑞希はきょろきょろと落ち着きなく周囲を見渡した。だがもちろん、まわりには何もいない。目の前に、枝に腰かけた子どもがいるだけだ。

突如挙動不審になった瑞希をどう思ったのか、彼はふうん、と興味深げにつぶやいた。

「聴こえるのに、視えないんだね」

面白がっているふうな口調に瑞希の意識が引き戻される。ふたたび枝上の子どもを仰ぐと、相手はなんでもないよと首をふった。

「それで、おまえの名前は？」

「み、みずき。よしえみずき」

「なるほど。『見《み》ず生《き》』、名の縛りか。だから素養はあるのに視えないんだ」

合点がいった様子で相手はつぶやくが、瑞希は何を言われているのかわからなかった。

首をかしげていると、子どもはふいに頭上の枝からひらりと地面に飛び降りた。

身長の三倍近くもある高さから飛び降りたにも拘わらず、音も立てない。身のこなしさえ猫のようだ。驚いて目を瞬かせていると、子どもがすぐ目の前に立った。

間近で見ると背丈は自分と変わらない。雪のように白い着物と黒い帯のコントラストが目を惹《ひ》く。瑞希は着物には詳しくないが、なぜか直感で「むかしの服だ」と思った。

顔はやはり狐面に覆われていて見えない。夜だというのに、白い狐の面だけがやけに冴《さ》え冴《ざ》えと浮いて見え、オバケでないのだとしても不気味だった。瑞希のこころにわずかに湧いた恐怖を鋭敏に感じとったのか、子どもは首をことりとかたむける。

「だいじょうぶ。いまは何もしないから」

「いま？」

おうむ返しの問いかけに子どもはうなずいた。

「残念ながら、わたしは青臭い童子《こども》には興味がないんだ。おまえは幾つだい？」

「ええと……、六、七つ」

瑞希は指折り数えてみた。ついこのあいだ、瑞希は誕生日を迎えたばかりだ。

「七つか。たとえば十年後……そうだな、十七になったときなら話は別だけど。そのころに迎えに来るのもいいかな」

「むかえに来る？　どこかへ行くの？」

「うん。花のように美しく、音楽のように楽しいところだよ。どうだい？」

瑞希は興味を引かれた。訊《たず》ねたのがおとななら瑞希も警戒しただろう。だが、見知らぬ相手とはいえ、自分と同じ年頃の子どもである。わずかな逡巡《しゅんじゅん》ののち、瑞希は顔を上げた。

「おにいちゃんがいっしょでもいい？」

予想外の提案に、相手は少し面食らったようだった。

「兄？　おまえには兄者がいるの？」

「ううん、本当のおにいちゃんじゃないの。でも、いろんなことをおしえてくれるよ」

瑞希は「おにいちゃん」のことを話して聞かせた。瑞希が他人には聞こえないオバケの声が聞こえることと、彼も同じであること。「オバケ」のことを身内以外の人間に話したのははじめてだったが、瑞希の意識にはのぼらなかった。

「へえ。兄というよりは師匠みたいなものかな」

「……シショウ？　それって『せんせい』のこと？」

相手はうなずいた。

「現代《いま》は『先生』と呼ぶほうが自然なのかな。おまえに道を示してくれる人のことだよ」

そうか、と腑《ふ》に落ちた。おにいちゃんは瑞希の先生なのか。瑞希が「おにいちゃん」と呼ぶたび、多聞が照れくさそうな顔をするので、本当はそう言ってはいけないのだろうと薄々感じていた。だが、ほかにどう呼べばいいのか考えつかなかったのだ。

「ふうん。ということは素養のある人間がもうひとりいるんだね。どうせならそいつもいっしょにつれて行くって手もあるか……」

狐面の子どもはどこかわくわくした様子でそうつぶやいたが、瑞希は聞いていなかった。話題にしたために、急に多聞とはぐれたことを思い出したのだ。

（おにいちゃん、うちのことさがしてるかなあ）

心細さが急激にこみ上げ、小さな胸をぎゅっと締めつけた。瑞希は思わずきびすを返し、子どもの前から立ち去ろうとした。

「……うち、おにいちゃんのところに行かなきゃ」

駆け出そうとした瑞希の手を、子どもがつかんだ。

「待って、ミズキ」

その瞬間、まるで金縛りにあったように手足が硬直した。急に体重が増したように、全身が重くなる。

「先に言っておくよ。十年後、わたしはまたおまえの前に現れる。迎えにね」

十年後。その単語だけが、なぜか光を帯びたように瑞希の脳裏でちらついた。

「約束のしるしに贈りものをあげる。おまえがもう、見えないオバケの声を怖がらずにすむように」

声が聞こえる。だがだんだんと遠のいていく。まぶたが重い。

「だからそれまで、そのままでいて。ちいさなミズキ」

いまは、ゆっくりおやすみ。

その言葉を最後に、瑞希の意識は途切れ、闇の中に落ちた。

気を失う寸前脳裏に浮かんだのは、瑞希がこの世でもっとも信頼する少年の顔だった。

# 第五話 〈狐〉踊る祇園祭《ぎおんまつり》

一、

京都の夏の風物詩といえば、京都三大祭りのひとつにして日本三大祭りのひとつにも数えられる、八坂《やさか》神社の祭祀《さいし》である祇園祭がまず挙げられるだろう。

夏が近づくにつれ、市内はどこもかしこも目に見えて浮き足立ってくる。四条《しじょう》繁華街や京都駅など、人の往来が多いところでは、コンコンチキチでおなじみのお囃子《はやし》がバックグラウンドミュージックとしてあちこちで流れはじめ、地元のニュースや新聞でも盛んに祇園祭の三文字を目にするようになる。

とりわけ七月なかばからはじまる、通称「宵々々山《よいよいよいやま》」「宵々山《よいよいやま》」「宵山《よいやま》」の三日間はメインストリートに夜店が立ち並び、八坂神社では献茶祭や日和神楽《ひよりかぐら》が奉納されたりと、祭りのハイライトと呼ぶにふさわしい派手な行事が目白押しになる。日本各地から観光客も訪れ、大層な賑《にぎ》わいを見せる。日本人が「祇園祭」と聞いて一番にイメージするのもこの三日間だろう。（※平成二十六年七月より前祭・後祭制となった）

が、本来祇園祭とは七月一日から末日までのまるひと月をかけて行う祭りであり、ほぼ毎日どこかしらで神事が行われている。めまいがするような盆地特有の蒸し暑さも手伝って、都全体がまるで熱に浮かされたように、どこかしらふわふわと落ち着きがない。まさに「お祭り騒ぎ」を体現したような趣だ。

七夕もすぎた平日の午後、学校から帰宅した瑞希《みずき》は、大変なざわめきに満ちた四条寺町《てらまち》商店街を通り、大書院《だいしょいん》に顔を出した。すでに寺町のアーケードは天井に祇園祭仕様の提灯《ちょうちん》が飾られ、いやがうえにもお祭り気分を盛りあげている。

「こんにちはー」

「やあ、いらっしゃい」

挨拶に、カウンターの奥に座った多聞《たもん》が気さくに返事をした。祇園祭が近いこともあって、店内には海外観光客の姿が多い。

「お帰りやす、瑞希はん」

ほかの客には見えないのをいいことに、カウンターに腰かけ、浮世絵のカタログをいまにもよだれを垂らしそうな熱心さで眺めていた衣笠《きぬがさ》も顔を上げる。

東海道五十三次などの有名どころの版画のレプリカのみならず、美人図や歌舞伎役者の版画までもが数多く飾られた店内は、衣笠にはまさに馳走の山だろう。

「衣笠さん、お店で見るの珍しいね。今日はお手伝い？」

「へえ。ここにおると退屈しませんよって」

顔を近づけてこそっとささやくと、衣笠はにっこり笑ってうなずいた。

「浮世絵の版画がたくさんあるから？　だめだよ、おいしそうでも売りものなんだから」

「いやいや、いくらわてでも、店のもんを無断で食べたりしまへんて。わてが退屈せんのは、店に来るお客はんや店の外を歩いてるひとらを見るんが、ですわ」

ぱたぱたと両手をふり、衣笠は必死に否定する。透明なガラス壁の店内からは、たしかに商店街を行きかう人々の姿が見える。

「若もんが多いでっけど、時間帯によっても違いますし、観光客も多いですさかい。華やかな浴衣姿のお嬢はんとか集団で歩いてはると、なかなかに眼福でっせ、へっへっへ」

「もー、衣笠さんてば、ほんとにお仕事してるの？」

やりとりを聞いて苦笑したのか、多聞も客の耳を憚《はばか》るように小声で答えた。

「少なくとも邪魔はしてないよ。ときどき万引き犯がいないか見張ってくれてるし」

「そうなんだ。衣笠さん、ちゃんと役に立ってるんだね」

「せやでせやで。もっと誉めておくれやす、瑞希はん」

催促する衣笠に、瑞希はえらいえらいと笠の上から頭をなでてやった。

「外は暑かったかい？」

「うん、すっごく。気温もだけど、むしむししてサウナみたい」

店内は弱冷房がかかっていてひんやりと涼しい。じっとしているだけでも大量の汗が噴き出してくる屋外に比べれば、まさに天国と地獄だ。

「この時期は仕方ないね。日が暮れたら少しはましになるんだけど」

まさに祇園祭のころ、京都の酷暑は一度ピークを迎えるのだ。

「センセは今年も祇園祭行かないの？」

「お祭り自体は嫌いじゃないけど、あのひとの多さにはねえ……」

まさに閉口といった表情で多聞は首をふる。さすがに三大祭りの名は伊達《だて》ではなく、この時期の混雑といったら並ではない。紅葉シーズンの秋、桜シーズンの春に続く観光客の多さで、期間中は学校や仕事以外では出歩きたくないとこぼす地元民は少なくない。ただでさえ道路の幅がせまいというのに、交通は規制され、祭りの中心地はどこも人間でごった返す。それも一日や二日の話ではないのだ。

「あ、そういえばもうちょっとで瑞希ちゃんの誕生日だね。十六日の宵山」

多聞の指摘に、衣笠が「ほう」と声をもらした。

「そうなんでっか。高校二年ちゅうことは、花のせぶんちーんでんな」

「うんそう、十七歳。センセ、覚えててくれたんだ」

「そりゃ覚えてるよ。去年は誕生日のお祝いに絵を描いてくれってせがまれたし」

あ、と声をもらし、瑞希は顔を赤らめる。結局その願いは叶《かな》えてもらえなかったが、かわりに親に買ってもらった携帯電話でいっしょに写真を撮らせてもらったのだ。

「何か欲しいものはある？」

水を向けられ、瑞希はしどろもどろになりながらも願いを口にした。

「じゃあ、……センセが嫌だったらあきらめるけど、祇園祭いっしょに行かない？」

多聞が乗り気ではないのは承知の上で勇気をふりしぼる。衣笠が「おっ」と言いたげに目をみはったが、さすがに茶化すようなことはしなかった。

「え？　瑞希ちゃん、お友達と行くんじゃないの？」

「うん、友達と約束してる。けど、えーと、その……うちの友達ふたりもセンセに会ってみたい、って言ってて」

「瑞希ちゃんの友達が僕に？　なんで？」

面食らった彼はしごく当然の問いを口にした。

衣笠はこらあかん、とでも言いたげに首をふる。気のきかんお人やなあ、とその顔に書いてある。瑞希も困ってしまった。

「えっと、前にえりちゃんとセンセの話をしてるときに友達もそれ聞いてて。センセがプロの絵描きさんって知って会ってみたい、って。その、いろいろ興味があるみたいで」

うそは言っていないのだが、瑞希は多聞と目を合わせられなかった。視線をそらしたまま、しどろもどろに理由を重ねる。江梨子《えりこ》の画像とひきかえに恵の提示した条件が「多聞を紹介する」だったので、瑞希もなんとかして多聞をつれ出さねばならなかった。

案の定、多聞は難しい表情になった。

「また女子高生か……しかも今度は三人も」

『また』とはなんでっか多聞はん！　なんちゅう贅沢《ぜいたく》な——ちがった、よりどりみどり……でもない、若い娘さんを三人まとめてエスコートするぐらい、男ならどーんとひき受けんでどないするんでっか！　このムッツリ女子高生キラーが！　キィイ羨《うらや》ましい！」

どさくさにまぎれて意味不明なことを叫ぶ衣笠に、多聞は絶対零度のまなざしを向けた。

「……いいからちょっと黙っててくれないか、衣笠くん」

「お、落ち着いておくれやす、多聞はん。珍しく目がマジでんな」

真顔ですごまれ、衣笠はどうどうと多聞をなだめる。

「けど、誕生日のお祝いなのに、祇園祭へいっしょに行くなんてことでいいのかい？　屋台で奢《おご》るより、美味《おい》しいケーキが食べたいとか、何かもっと別の——」

「あ、いっしょにお祭りに行ってってそういう意味じゃないよ！　センセに奢ってもらおうとかそういう魂胆じゃなくて、ただ来て欲しいだけでっ……」

多聞の言葉をさえぎり、慌てて瑞希は叫ぶ。そこまで業突張りだと勘違いされては困る。

「いや、僕も財布のことを心配してるわけじゃないんだけど」

甲斐性《かいしょう》なしだと思われたくないのか、多聞も苦笑いである。

「本当にそんなことでいいの？」

うんうん、と瑞希はうなずいた。

「でも、高校生からしたら僕なんておじさんだろ？　いっしょにいて楽しいものかな」

「楽しいよ。というか、そういうこと言うのがおじさんなんだよって、前に言ったのに」

「そうだったね」

ははははと笑って多聞はうなずいた。

「わかった、いいよ。じゃあ誕生日のお祝いに姫のお供をいたしましょう。夜に女子高生だけなのは危ないしね。宵山当日かい？　それとも前日の宵々山？」

「ほんとに？　やったあ、じゃあ明日《あした》、友達とも相談してくるね！」

飛びあがって喜ぶ瑞希に、多聞は口もとをほころばせた。はじめていっしょに行ける祇園祭に、瑞希はただ歓喜するばかりだった。

二、

祇園祭は「山鉾巡行《やまほこじゅんこう》」が行われる十七日を基点とし、前日が「宵山」、さらにその前日が「宵々山」、三日前は「宵々々山」と呼ばれる。瑞希が恵たちと相談した結果、お祭りをまわるのは十六日の宵山ということになった。瑞希の誕生日当日である。

待ち合わせ場所は例によって寺町アーケード大書院前だ。時刻は学校が終わったあとの夕方六時。最初に姿を現したのは、もちろん瑞希だった。

「セーンセっ」

店にひょっこり顔を出した浴衣姿の瑞希に、多聞は目を細め、やあ、と挨拶《あいさつ》した。

「十七歳の誕生日おめでとう、瑞希ちゃん」

「お祝いありがとう、センセ。ね、これどうかな？」

その場でくるりと一周してみせる。涼しげな薄水色の生地に染め抜かれたアサガオの鮮やかな柄は、瑞希本来の雰囲気を損なうことなく文字通り華を添えている。身内の贔屓目《ひいきめ》抜きにしても、よく似合っていた。

「ええと、今日はずいぶん……その、おとなっぽい格好だね」

以前は褒めたつもりが怒らせてしまったので、多聞は慎重に言葉を選ぶ。瑞希はぱっと表情を明るくした。

「本当？　ほんとにそう見える？」

「見える見える」

「へへ、よかった。その言葉が何よりのプレゼントだよ」

今度はいたく瑞希のお気に召したらしい。おとなっぽいと評されて喜ぶのは子どもの証明なのだが、とにかく姫がご機嫌なことに越したことはない。

ただ、誕生日の贈り物が褒め言葉だけ、というのも安すぎる気はするので、あとで屋台で何か買ってやろうと密《ひそ》かに決める。

「浴衣だったら作務衣《さむえ》のセンセといっしょに歩いても変に思われないもんね。恵ちゃんのすすめ通り浴衣にしてみてよかった」

「うん？　それはふつうの服だと作務衣姿の僕が浮くから、という気遣いなのかな」

その言われ方はさすがに少しへこむなあ、と思っていると、瑞希は慌てて首をふった。

「違うよ、センセ。どうせならお似あ……じゃなくて、自然に見えるほうがいいな、と思っただけ。お祭りの夜なんだから、雰囲気も楽しんだほうがいいでしょ？」

「まあ、それはそうだ」

多聞は深く同意する。瑞希がふいに何かに気づいたようにあたりを見回した。いつもならどこかしらから入るツッコミがなかったことを怪訝《けげん》に思ったのだろう。

「……あれ、そういえば衣笠さんは？」

「今日は店には来てないよ。そういえば、僕も今朝から一度も見てないな」

多聞としてはもちろん衣笠を働き手として雇った覚えはないので、いないからといって腹が立つこともない。店に来るのも気まぐれなら、来ないのも気まぐれだろう。

「宵山はいわゆるハレの日だからね。案外、八坂さんに石見《いわみ》神楽《かぐら》でも観に行ってるのかも知れないよ」

ハレの日に活発化するのは、何も人間ばかりではない。むしろ町の喧騒《けんそう》につられたり、さまざまな人種や年齢層が入り乱れ、混沌《こんとん》とした群集そのものに引きよせられるのか、ひとでないものがしれっとまぎれこんでいたりする。

そもそも、こんにち祇園祭と呼ばれる祭事のはじまりは御霊会《ごりょうえ》だ。御霊とは怨《うら》みを持って死んだ人間の霊のことで、当時の人々は都に発生した災厄や疫病は御霊の仕業であると考えた。その御魂を鎮めるため行われるようになったのが、「祇園御霊会」なのである。

現在「八坂神社」という名で知られる社《やしろ》は明治元年の神仏分離によって定められた呼称であり、もとは「祇園社」という名称だった。初期の御霊会は朝廷によって実施されたが、時代が下るにつれ祭りは町衆《まちしゅう》のものとなり、贅《ぜい》と趣向のかぎりを尽くした山鉾《やまぼこ》を各町内でつくったことは、南北朝時代の記録にも残っている。

そして、その山鉾が四条河原町《しじょうかわらまち》から河原町御池《かわらまちおいけ》を経てぐるりと町を一周する——祇園祭最大のハイライトとされる、「山鉾巡行」がなんのために行われたかというと、そのものずばり「都大路《みやこおおじ》をお祓《はら》いするため」なのだ。

見栄えの派手さからか、現在ではすっかりこちらがメインイベントのようだが、本来は陰暦六月七日に御神霊を乗せた神輿《みこし》が祇園社を出発し、四条通を練りながら御旅所《おたびしょ》へと迎えられる「神幸祭《しんこうさい》」、十四日にふたたび神輿が御旅所から出発し、社殿に御神体を還《かえ》す「還幸祭《かんこうさい》」が肝なのであり、神輿に先立って市中をお祓いする役目を担っていたのが山鉾なのである。

そのため山鉾巡行後は多少洛内《らくない》の空気も落ちつくのだが、それまではどこにどんな「善くない輩《やから》」がひそんでいるかもわからない。念のため、多聞は釘《くぎ》を刺しておくことにした。

「どこを回るにしろ、調子にのって帰りが遅くならないようにね。明日も学校だろう？」

うん、と素直に応じる瑞希に、多聞はなおもたたみ掛けた。

「それから、道中はじゅうぶん水分もとって、熱中症には気をつけること」

「はあい。……ってなんかセンセ、引率の先生みたい」

くどくどと言いつける多聞に、瑞希は苦笑した。ここにもし衣笠がいれば、彼も「おかんみたいやな」と容赦なくつっこんだに違いない。口うるさいのは自分でも承知しているが、危機に瀕《ひん》してからでは遅いのだ。

「何かあったらご両親に申し訳がたたないからね。年頃の娘さんを預かる身として」

「心配しなくても、センセに責任とれなんて言わないよ。うちの親も、うちも」

「そういうわけには――」

いかないよと答えかけ、多聞は口をつぐんだ。瑞希がふっとさみしそうに笑ったからだ。

「センセはいっつも、うちのことは手のかかる子どもみたいに言うよね」

いつもの彼女らしからぬ、どこか拗《す》ねたような口調に多聞はとまどった。多聞はんは過保護でんな、という衣笠の呆《あき》れた声がどこからともなく聞こえてきそうだ。

子ども扱いされて拗ねるのも子どもだけだ。多聞は反論しようとしたが、何をどう言うべきなのか、言葉が見つからなかった。

「──こんにちはぁ！」

そこへ、店の戸口から若い少女ふたりの声が重なって聞こえた。天の助け、と多聞は胸を撫《な》で下ろした。

「あ。恵《けい》ちゃん、佳苗ちゃん」

顔を輝かせた瑞希に、浴衣姿の少女たちがにこにこ顔で手をふる。多聞が軽く目礼すると、少女たちも慌ててお辞儀を返した。

「紹介するね、センセ。うちの高校の友達の金子恵《かねこめぐみ》ちゃんと未木谷《みきたに》佳苗ちゃん」

「はじめまして、安心院《あじみ》です。瑞希ちゃんがいつもお世話になっています」

警戒心を抱かれないよう、なるべくにこやかに多聞は名乗る。この年頃の女の子に一度敵意をもたれるとあとあとまで厄介なので、自然と腰が低くなる。

「いえ、こちらこそ。瑞希の友達の金子です。みんなケイって呼びます。はじめまして」

「み、未木谷佳苗です。今日はお世話になります」

いかにも闊達《かったつ》な、短い茶髪の少女がはきはきと名乗り、長い髪を高く結いあげた少女が緊張した面持ちでそれぞれに挨拶した。ちなみにケイと名乗った少女が紺地に白の菊模様、佳苗と名乗ったほうが薄紅地に小花を散らした浴衣を着ている。ふたりともファッション誌のモデルのようにわざと着崩したりはせず、きっちりと古風に着こなしていた。おそらく親御さんが着つけたものだろう。

「ねえちょっと、瑞希ってば、親戚《しんせき》さん全然おじさんじゃないんだけど!?」

「ええ？　言ったよ、今年で二十五だって」

「えー、もっと頑固で老けた感じのひとを想像してたのに」

恵が瑞希の袖《そで》を引っぱり、ぼそぼそと耳打ちしている。丸聞こえだったが、多聞はしらぬふりをしておいた。

「瑞希、その浴衣かわいいね。新しく買った？」

「うん。佳苗ちゃんのは？」

「わたしは去年のやつ」

「あたしなんかおねえのおさがりだよ」

三人揃うなり、さっそく女の子同士で盛り上がっている。やはりどう考えても自分はお邪魔という気がするが、彼女たちだけで夜歩きさせるのもそれはそれで心配だ。お目付け役兼引率係でいいか、と自分を納得させ、多聞は瑞希たちをうながした。

「そろそろ日も傾いてきた頃だから行きましょうか。あまり遅くなるとご家族も心配するだろうし」

多聞の言葉に彼女たちはそろって「はあい」と素直にうなずいた。

祇園祭で最大の見世物といえば、七月十日から十四日にかけて組み立てが行われる、重要有形民俗文化財の山鉾である。

東西は東洞院《ひがしとうのいん》から油小路《あぶらこうじ》にかけて、南北は松原《まつばら》から姉小路《あねこうじ》まで、だいたい四条烏丸《からすま》周辺に三十基を超す山鉾が配置される。山鉾ごとに独自の由来があり、それぞれに施された美術装飾だけでも一見の価値がある。

コンコンチキチ、という独特のお囃子《はやし》の音色がどこからともなく聞こえてくる中、大書院を出た多聞たち一行は寺町通を南下し、まず四条通に出た。四条通には祇園祭を代表する長刀鉾《なぎなたぼこ》や菊水鉾《きくすいぼこ》、月鉾《つきほこ》などの大型の鉾が立ち並ぶ。そのため、人通りの多い十八時以降は交通規制が敷かれ、歩行者天国化する。歩道ばかりか車道いっぱいに観光客が行き交い、これだけの人間がいったいどこから湧いてくるのかと思うほど、大変な人だかりだ。

子ども連れの親子や浴衣姿の若い男女、早くも缶ビールを手にした会社帰りのサラリーマンなど、往来はざわざわとした喧騒に溢《あふ》れ、どこもかしこもむっとした人いきれでめまいがしそうだ。これが醍醐味《だいごみ》とはいえ、内心辟易《へきえき》しながらも多聞は訊《たず》ねた。

「どこから行くんだい？」

「やっぱり長刀は外せないかな。お母さんに粽《ちまき》買ってきてって言われてるし」

「うちのお父さんは毎年菊水の粽買うよ。鉾にはのぼらないけど」

答えたのは恵と瑞希だ。祇園祭の宵々山から、各山鉾町ではお守りや粽が授受される。それぞれ御利益が異なるのだが、長刀は厄病除け、菊水は商売繁盛と不老長寿の粽だ。粽に拝観券がついてくるため、鉾に上がって見学したい場合も粽を購入する必要がある。

「じゃあとりあえずまっすぐ行って……」

「あ、待って、まずは保昌山《ほうしょうやま》に行きたいです」

恵が答えかけ、それを遮るように声をあげたのは佳苗だった。

「保昌山？　ってなんで？」

「知らないの、恵。保昌山って恋愛成就のお守りが手に入るところなんだよ」

「ええ、ほんと⁉」

数ある祇園祭の山鉾のなかでも、特に恋愛がらみの故事があって有名なのが「保昌山」だ。当然というべきか女性には大人気である。

「そうなの？　知ってる、センセ？」

こっそりと耳打ちしてきた瑞希に、多聞はうなずいた。

「和泉式部《いずみしきぶ》と彼女を愛する丹後守《たんごのかみ》平井《ひらい》保昌《やすまさ》由来の山だよ」

保昌山は明治維新のころまでは「花盗人山《はなぬすびとやま》」と呼ばれていた。意中の相手である和泉式部に「紫宸殿《ししんでん》の紅梅を手折って来てほしい」というお願いをされた丹後守平井保昌は、御所の兵士に発見され、矢を放たれながらも梅を持ち帰り、めでたく和泉式部と結ばれた、という故事によるものだ。

保昌山の御神体である人形は紅梅を手にした平井保昌がモデルであり、頭は明応《めいおう》九年、胴は寛政《かんせい》頃の作で、人形自体もなかなかの見物である。が、やはり人気の高さは恋愛成就の絵馬やお守りを扱っているところにあるだろう。

「蘆刈山《あしかりやま》は夫婦和合だし、綾傘鉾《あやがさぼこ》にも恋のお守りはあるらしいけど、やっぱり一番有名なのは保昌山だろうね。毎年早々になくなると聞くし」

「センセ、詳しいね。もしかして行ったことあるの？」

鋭いツッコミだが、多聞は笑ってごまかした。実は昔、交際していた彼女につき合わされていっしょに保昌山を訪れたことがあるのだが——まあ、結果は言わずもがなだ。

「佳苗、あんた好きなひとなんていたっけ？」

「ううん。いないから縁を結んで下さいってお願いするんじゃないの」

なるほど、と恵。「あたしも保昌山がいいなぁ」

「じゃあ保昌山にしよう。センセ、それでいい？」

「いいよ。僕は特に目的もないし」

第一目的が定まったので、多聞たち一行は歩行者天国の四条通を横切って仏光寺通《ぶっこうじどおり》まで南下した。この時期はどんな細い裏道でも平時よりは往来が多いのだが——選択を間違えると夜店が出ていたりして身動きがとれなくなることもある——、四条通の混雑を進むよりはましだろう、と全員の意見が一致した。

案の定、仏光寺通も人の行き来は多かったが、歩くのに困難なほどではなかった。保昌山のある東洞院を目指し、仏光寺を一路西へ向かう。

途中、屋台ものを手にした大学生らしき一団に、扇子を腰に差した着物の男、姦《かしま》しい笑い声をあげている若い女性たちのグループ、泣き出した子どもを叱りつけている親子づれとすれ違う。子どもの泣き声に気取られたように、瑞希がはっとうしろを振り向いた。

「瑞希ちゃん、どうかし――」

「……いったぁ！　ちょっとストップ！」

唐突に、前を歩いていた恵が急に悲鳴のような声をあげ、道のわきにしゃがみこんだ。

「どうしたの、恵？」

「いたた、足の指が……」

うずくまる恵の隣に佳苗も屈《かが》みこむ。

「指？　靴ずれっていうか、下駄ずれができたんじゃない？」

背後からのぞきこむと、たしかに足の親指と人差し指のあいだが擦れて赤くなっていた。

「おねえに借りた下駄履いてきたせいかなあ……慣れてないし」

「鼻緒を調節しましょうか。少しはましになるかもしれない」

「あ、すみません。ありがとうございます」

多聞の提案に、全員で通行の邪魔にならないよう、道の片側による。けんけんの要領で片足をあげた恵は、佳苗の肩を借りて立つと、下駄を多聞に手渡した。

ゆるめすぎるとかえって足を痛めるので注意が必要だが、渡された下駄をひっくり返し、多聞はぎゅうぎゅうに締められた鼻緒を少しだけ調節した。すげ直した下駄を手渡すと、恵は礼を言って受けとり、ほっとしたように表情を明るくする。

「あ、さっきよりだいぶ楽です」

「それはよかった」

だが、まだ擦れた指が痛いようで、恵は顔をしかめる。

「うう、絆創膏《ばんそうこう》持ってくればよかった。佳苗、持ってない？」

「ごめん。いつもはポーチに入れてるけど、今日はポーチごと忘れた」

「そっかあ。瑞希は？　……って、あれ？」

ふり向いた恵が呆《ほう》けた声をあげた。「瑞希がいない」

「え？」

そこにいるはずの人物が忽然と姿を消していた。気づいた多聞と佳苗も驚いて左右を見回す。名を呼びながら全員でしばしあちこち捜したが、瑞希の姿はどこにもなかった。

「おっかしいなあ。ひとりでどこに行ったんだろ、あの子」

恵が声をあげるほんの一瞬前まで、瑞希はたしかに多聞の隣にいた。それは間違いない。

だが恵に気をとられ、彼女の鼻緒を直してやっているあいだ、多聞は瑞希に注意を払っていなかった。ほんの一瞬、目を離した隙に。

以前にもあった、こんなことが。気づかずに繋《つな》いでいた手を離し、そして見失った。あの夏祭りの夜、十年前に。——十年前。

ふっと視線を感じ、多聞は顔を上げ、その瞬間蒼白《そうはく》になった。道の先に、狐の面をつけた白い人影がぽつんと佇《たたず》んでいたのだ。

(……あれは)

面で顔を隠しているが、視線はこちらを向いているという確信があった。多聞が呆然《ぼうぜん》と見返していると、狐面の人影はひらりと身をひるがえし、道の角を曲がって姿を消した。

「まさか、高校生にもなって知らない人についていったりはしないよねえ」

「いや、わかんないよ。あの子けっこうボケボケなところあるから」

恵と佳苗が顔をつき合わせて話しこんでいる。彼女らの目には、おそらく多聞の見たものは視えていなかっただろう。

「僕が瑞希ちゃんを捜してきます。おふたりは先に保昌山へ向かっていてください」

「え、でも……」

多聞が急いでそう提案すると、瑞希の友人たちは驚いてこちらを見た。いっしょに捜します、と言いだす隙を与えず、早口で続ける。

「空もだんだん暗くなるし、手分けして捜して、全員はぐれたらもっと面倒なことになりますからね。本当は女の子ふたりだけにするのも心配なんですが……」

「あ、あたしたちは大丈夫です！」

「ちゃんといっしょにいて、はぐれないようにします」

慌てたように言う恵と佳苗に、多聞はよかった、とにっこりと笑った。

「瑞希ちゃんを見つけたらすぐに連絡しますので。──それじゃ」

「あ、安心院さん、必ず連絡を下さいね！」

「瑞希をよろしくお願いします！」

すぐにきびすを返そうとした多聞の背中に、少女ふたりの声が重なって届く。多聞は肩越しにうなずいた。

せっかくの祭りの日に、文句ひとつ言うことなく頭を下げる瑞希の友人たちに、多聞もほっとした。瑞希にいい友達がいてよかった、と、こんな場合なのにうれしくなる。

──兄バカでんなあ、多聞はんは。

そんな呆《あき》れまじりの衣笠の声──当然気のせいだ──を耳に、多聞は先の人影を追って雑踏の中を走りはじめた。

三、

仏光寺通を曲がり、高倉通《たかくらどおり》を北上して綾小路通《あやのこうじどおり》へ。車一台が通れる幅しかない綾小路も人の往来は多かったが、多聞の視界のすみにはひらひらとした白いものが映っていた。それは決して追いつけないのに、視界から消えることもない。まるで逃げ水のようだ。

(誘われてる……のか?)

オニさんこちら、手の鳴るほうへ。そんな幻聴が聴こえてきそうな気がする。

(だから嫌なんだ、祭り《ハレ》の日は)

多聞はぎり、と奥歯を嚙《か》みしめた。繫いでいた手を、いつの間にか離してしまったあの夜を思い出すから。

祭りに向かう、あるいは帰路につく人々の合間をすり抜け、神明神社《しんめいじんじゃ》の前を通りすぎる。東洞院通を北上し、四条通に出た瞬間、多聞は妙な違和感を覚えた。たとえるなら、空気の壁にやんわりと押しもどされるような奇妙な感触。

(——?)

違和感の尾を引いたまま、多聞は一歩足を踏み出す。何かがずれた、と本能的に悟った。層、あるいは境界と呼ばれるようなものが。

多聞は慌てて立ち止まった。アスファルトの車道、四条通の両側に建ちならぶビル群、濃い藍色《あいいろ》に深まる空、そして目の前に聳《そび》え立つ巨大な長刀鉾。たったひとつ奇怪な点を挙げるとしたら、それは人間が誰ひとりとして存在していないことだ。

本来宵山のこの時間帯は四条通は歩行者天国化し、大勢の人々でごった返しているはずである。それがひとりの姿も見えないというのは、明らかに異様な状態だ。

「なんだ、これ……」

多聞は呆然とつぶやいた。人間の姿はないが、群集が発するざわめきだけは遠くかすかに聞こえてくる。厚い緞帳《どんちょう》に隔てられているかのように、すぐ近くにざわざわとした気配がある。だが見ることは叶《かな》わず、触れることもできない。

(現実世界じゃない)

ここが、いわゆる幽冥《かくりよ》という場所なのか。突然の異常事態に多聞が立ち尽くしていると、

――ほぅ　ほぅ　ほぅたる　来い。

聞き覚えのある歌が耳朶《じだ》を打った。

我に返った多聞は、慌ててその声の根源を探して首をめぐらせた。幸いにして、相手はすぐに見つかった。

鉾頭に長刀《なぎなた》をかざし、巡行では先頭を切って進む、通称「くじ取らず」の長刀鉾。全長──地上から長刀の切っ先まで──約二十五メートル、重量約十一トン、車輪の直径だけでも二メートルはあるという巨大な建造物だが、その車輪のひとつに腰かけた人影がある。

「五瓜《ごか》に唐花《からはな》」と「三《み》つ巴《どもえ》」の紋が入った無数の提灯《ちょうちん》のつらなり──駒形提灯の煌々《こうこう》とした飴色《あめいろ》の光に照らされ、その存在は多聞を待っていた。

「やあ」

と、彼《か》の者は多聞を見かけるなり、気さくに声をかけてきた。

脳裏に十年前の夜のことがよみがえる。多聞と瑞希に「置き土産」を与え、また来ると一方的に言い残し、姿を消した童子。死装束を思わせる白い着物に、顔を覆い隠す狐の面は以前遭遇したときのままだ。だが背丈は明らかに伸びており、姿かたちからして「童子」とは呼べなかった。体つきは細く、どちらかといえば華奢《きゃしゃ》だ。声も微妙に違っているような気がするが、記憶自体がすでに曖昧《あいまい》だった。

「十年ぶりだね。当時はひょろっとして頼りなげな小僧だったけど、少しは精悍《せいかん》さも増して、いい若造になったじゃないか」

「……それは、どうも」

完全に出鼻《でばな》を挫《くじ》かれ、多聞は顔をしかめた。褒め言葉でないことはわかっていたが、うまい返しも浮かばない。

「きみが瑞希ちゃんを攫《さら》ったのか」

疑問ではなく、断定だった。この奇妙な現象すべてが狐面の仕業であるという確証もなかったが、多聞自身も余裕を失くしていたのだ。

「あの子をどこへやった？」

「どこへって？」

「とぼけないでくれ。きみだろう、瑞希ちゃんを誘い出し、どこかへ隠したのは」

「心外だな。隠してなんかいないよ」

狐面は飄々《ひょうひょう》とした仕草で肩をすくめた。

「たんに、おまえの目に見えていないだけじゃないのかい」

なぜかその言葉に、多聞はぎくりとした。

「僕の目に見えてない……？」

「おまえは常人より多くのものが視えて、多くの声を聴く。だからかもしれないな、案外近しいものが見えておらず、肝心なものをとりこぼすのは」

かつての童子――いまはもう「童」とは呼べない――が、陽炎《かげろう》のようなゆらりとした物腰で立ち上がった。ほっそりとした白い手が、顔を覆っていた面を頭上へずらす。

化粧を施した狐面の下からあらわれたのは、よく見知った親しい者の顔だった。

「――瑞希……ちゃん」

驚愕《きょうがく》した多聞の口から、たったひとつの名がこぼれ落ちて消えた。

「今日で、この娘は十七になった」

と、みずからを指さし、〈狐〉は言った。

「あの夜から十年。現代ではまだ成人《おとな》と言えないかも知れないが、それでももはや、子どもとは呼べないだろう」

「…………」

多聞は顔を強《こわ》ばらせたまま、返事をしなかった。

「本当は十年前に攫っていってもよかったけど、少々幼すぎたからね。わたしは小うるさい童には興味がないんだ、むしろ円熟しているのが好みでね。十年経ったら迎えに行くと本人と約束していたのさ」

「約束だって？　一方的な押し売りの間違いじゃないのか。その子はきみの言葉の意味さえわかっていなかったはずだぞ」

「まあ、それは認めるよ。だから公平を期して十年待ってあげたんじゃないか」

何を勝手な、と多聞は〈狐〉を睨《にら》んだ。

「その子をどうするつもりだ」

「どうするって？　気に入ったからそばに置きたいと思っただけだよ」

狐は長刀鉾の車輪の上から飛び降りると、アスファルトの車道に身軽に着地した。

「彼女はもともと視える目は持っていなかった。十年後攫っていくことの代価にするために、目を与えたのか？」

「それもなかったとは言えないけどね」

ううん、と〈狐〉はわずかに首をひねった。

「本当のところ、視えるようにしたのはこの娘がかわいそうだったからさ。この先ずっと『見えないもの』に脅え続けるなんてさ」

余計なことを、とは必ずしも思えなかった。実際瑞希は視えるようになってから、「オバケ」を必要以上に恐れることはなくなったのだ。

「ミズキは鈍いように見えて聡《さと》い娘だよ。自分の名前は明かしたのに、信頼する兄とやらの名は決して口にしなかった。本能的にわたしが危険だとわかってたんだろう」

すうっと音もなく宙を滑り、〈狐〉は多聞に迫った。普段の瑞希からはありえない、どこか婀娜《あだ》っぽい仕草で首元に両腕をまわしてくる。

「！　何を――」

いつかのように至近距離まで顔を近づけられ、多聞はうろたえたように上体を引いた。

「ミズキを連れて行かれるのは困るのだろう。なら、おまえがわたしとともに来るか？」

「え？」

くちびるに浮かんだ艶然《えんぜん》たる笑みに、多聞は全身を硬直させた。

「ミズキの代わりになる覚悟はあるか。ミズキの代償として」

多聞は絶句する。麻痺《まひ》したかのように、思考が一瞬停止した。

（僕が、瑞希ちゃんの？）

硬直していると、突然〈狐〉が顔色を変え、両腕で多聞を強く突き飛ばした。

「センセ、逃げてっ……！」

呻《うめ》くようにしぼりだされた言葉に、多聞は我に返る。瑞希の叫び。

突き飛ばされた反動でたたらを踏みながら、多聞は腕を伸ばし、瑞希の頭上から狐の面だけを掴《つか》みとった。面を剝《は》がされた瑞希は酔った人間のように足元をふらつかせ、その場に崩れ落ちる。倒れた瑞希は白装束ではなく、水色にアサガオを染め抜いた浴衣姿だった。

一方、多聞が手につかんだ白い狐面は、驚いたように目を見開いている。――やはり、と多聞は思った。

「こっちが本体か」

『……っ！』

狐の面は唸《うな》るように口元を吊《つ》り上げ、多聞の手の中で激しくもがく。身をよじった面を多聞がとり落とすと同時に、面は四肢のある白狐に変化《へんげ》した。白銀の尾を持つ狐はアスフアルトの地面をトンと蹴《け》り、多聞との距離をとる。

『はじき出されたのは不覚だったが……、どうしてわかった？』

正体を見破られたにも拘《かかわ》らず、少しの焦りも見せずに〈狐〉が訊《たず》ねる。多聞は〈狐〉が離れた隙を狙って瑞希に駆けより、倒れた体を抱き起こした。

「瑞希ちゃんにはもともと妖怪《ようかい》が視えなかったからだよ」

『どういう意味だ？』

「声は聴こえても、本来は実体のない妖怪の姿を視ることはできない。つまり最初から、瑞希ちゃんにきみの姿が見えたこと自体おかしいんだ」

『………』

「はじめて会ったとき、きみがとっていた童子の姿は実体だった。あのときは子どもの体を借りるか憑依《ひょうい》してたんだろう。だから僕だけじゃなく、瑞希ちゃんにも見えたんだ。だとしたら、本体はどこなんだって話になる」

多聞の解答に、そうか、と〈狐〉は唸った。

『だから面こそがわたしの正体だと気づいたのか。まったく、人間なぞ化かし慣れていると油断して、おまえのような若造に見破られるとはね。わたしも耄碌《もうろく》したものだ』

くくく、とおかしげに〈狐〉は体を揺らす。自嘲《じちょう》というより面白がっているようだった。

『それで、どうする？　おまえが隠し持っている筆で、わたしも「封印」するか？』

狐の指摘に、多聞は無意識に胸元を手で押さえた。たしかに、念のためふところには「魂ごめの筆」を所持している。

「いや。もともとこの筆はきみの体の一部だ。本体に通用するとは思えない」

『そうかな？　その筆はわたしからわかたれたものだが、素養のない者にはそもそも扱えない。試してみる価値はあると思うけど』

これも狐一流の欺瞞《ぎまん》なのか、なんらかの策略なのか。判断に迷ったのは一瞬だった。

「――狐、僕の名前は多聞だ。安心院多聞」

〈狐〉は目を見張った。まさか多聞が自分から名乗るとは思わなかったのだろう。

『気でも違ったのか。みずからわたしに名を明かすなんて』

「瑞希ちゃんだけが名を握られているのは公平じゃないからね」

白狐は押し黙った。自身が他人を誑《たぶら》かす存在であるため、多聞の言葉に裏がないか考えているのだろう。

「偶然だったけど、僕もきみから置き土産をもらった。ただ、ひとつだけ言わせてもらうなら、僕も瑞希ちゃんも自分から望んで得た力じゃない。だから代価をよこせ、というのは正直言って理不尽な要求だと思う」

どう感じたのか、〈狐〉は沈黙を守っている。多聞は瑞希を抱く腕に力をこめた。

「だけど人間の道理をきみたちに説いても無意味だろう。きみがその気になれば、僕やこの子を無理やり拐《かどわ》かすことも可能なはずだ。だから」

『……だから？』

「情に訴えてみることにした」

真顔でこたえると、〈狐〉は声をあげて笑った。

『わたしの情に？　あっはは、それで自分の名前を担保にしたのかい？　つまり、おまえ自身がミズキの身代わりになる気はないんだね』

「身代わりになれば、きっとこの子はどんな手を使っても僕を捜そうとするよ」

多聞は瑞希に視線を落とす。〈狐〉は口をつぐんだ。

「攫われるのは困るけど、僕が代わりになっても危険に晒《さら》すだけだ。それならいっそ」

『ふたりまとめて、かい。変わった男だね。別に心中したいわけでもないだろうに』

心中する気は毛頭ない。「だから言っただろう。情に訴えてみることにしたって」

『道理を説いても無意味だと言いながら、情には訴えるんだね。そんなにミズキと引き離されるのは嫌なのかい？　互いにもう、お守が必要な歳でもないくせに』

「居てくれることに意味があるんだ。僕も、瑞希ちゃんも。お互いのおまもりだからね」

『一心同体というわけ？　それは妬《や》けるね』

くっくっ、とふたたび〈狐〉は笑いを漏らした。

『いいよ。正体を見破られたこともあるし、今回は痛みわけってことにしてあげよう。名前を知っていれば、いつでも好きにできるからね。我ながら甘いけど』

白狐の姿が霧にまぎれでもしたように揺らぎ、一瞬後には白い着物を着た童子が佇《たたず》んでいた。顔の部分だけは相変わらず狐の面に隠されていたが。

「ミズキを娶《めと》って子を孕《はら》ませるのもいいと思ってたけど、女になっておまえの子を産む、というのも面白そうだ」

え、と間の抜けた言葉を漏らし、多聞は青ざめた。男女どちらにでも化けられる狐に性別を問うのは野暮だが、冗談だとしても笑えない。

「……どっちも勘弁してくれ」

「なんだ、おまえの理想どおりの女に化けてやることもできるのに。まあいい、しばらくはおまえたちふたりを眺めていよう。なかなか退屈しない気がするしな」

ふふっと小さく笑うと、まさに狐の身軽さで童子は跳躍した。トンと長刀鉾《なぎなたぼこ》の屋根を蹴って、四条通の夜空に舞い上がる。

「また顔を見に来るぞ、多聞」

もう来なくていい、と返す間もなく狐の童子は夜闇に搔《か》き消えるように姿を消した。張りつめていたものがどっと両肩にのしかかってくるようで、多聞は深々と息を吐いた。

「はあ、まったく、厄介なことになった……」

ああいうものとは、ただ向き合っているだけでも気力を消耗してしまう。この先のことを考えるだけで胃が痛くなりそうだ。

「――さて。それで、これからどうすればいいのかな」

周囲はやはり人の存在しない異界だ。狐が去ったと同時に現実世界へ戻れるかと思ったが、それほど甘くはなかったらしい。眠る瑞希を腕に抱えたまま、多聞は思案に暮れた。

(自力でなんとかしろ、ということか)

多聞はこほんと小さく空咳《からせき》をした。

「もしかして、そこにいたりするのかい、衣笠くん」

「へえ。お呼びでっしゃろか？」

案の定、背後から返答があった。ふり向くと、当然のように衣笠がそこに存在していた。だが、どこかばつが悪そうに見えるのは気のせいだろうか。

「まさか、最初から全部見てたのか？」

衣笠は否定も肯定もしなかったが、微妙に気まずげに目をそらした。

「あわいのもんいうても、わてらは十把一絡《ひとから》げとちゃうんですわ。あれをわてらと同類にするんはいささか難しゅうて。神仏も妖《あやかし》も、本来は分類できるもんとちがいますさかい」

あれ、とは狐面童子のことだろう。衣笠の言い分は理解できる。神仏も妖怪も、所詮《しょせん》は人間が勝手に枠に嵌《は》めて線引きしているだけだ。

衣笠があの場に姿を見せなかったのも、何か彼らなりのルールや事情があるのだろう。

助けにあらわれなかったことを責める気にはなれないし、多聞にそんな権利はない。弁《わきま》えねばならない分というものは、きっとどこにでも存在する。

「いい機会やさかい言わしてもらいますけど、多聞はんは甘すぎや。いろんな意味で」

こちらを睨み、衣笠がずばりと言ったひと言に、多聞はうっと詰まった。

「まさか自分から名を晒すとは思わなんだ。あんさんは瑞希はんには口酸っぱ言うくせに、自分にはひどく無頓着《とんちゃく》でんな。わてらは所詮異なる存在、あんまり無茶するといつか手痛いしっぺ返しを受けることになりますえ」

手厳しい忠告だったが、多聞は真摯《しんし》に受けとめた。

「うん。それは、その通りだと思う」

「多聞はんはよく自分のことは陰陽師《おんみょうじ》でも妖怪退治屋でもないって言わはりますけど、まさかわてらとの共存を望んではるんでっか」

「共存？　どうかな、そこまで大げさな話にしていいかわからないけど……たとえばもし、きみたちのような存在がこの世からひとりもいなくなったら、たぶんそのほうが、人間にとっては大きなゆがみが生じるんじゃないかとは思ってるよ」

「腫《は》れ物やできものが身体の外に出たほうがええんとおんなじ理屈で、でっか」

「僕としてはつかず離れずでいたい、というのが本音かな」

衣笠は目を細め、ようやくふっくりと彼らしい笑みを見せた。

「憑かず離れず、でんな。多聞はんはなんだかんだ言うてわてらにも大甘や」

「まあ、きみたちが視えるし、声も聴こえてしまうからね。情が湧くのは否定できない」

「なんや愛の告白のようやな。わてもちょっと照れてまうわぁ」

ふざけてきゃっきゃと女子のような甲高い声をあげる衣笠に、多聞はわずかに頬を赤くしてむっつりと言った。

「茶化さないでくれよ。僕だって恥ずかしいけど真剣に言ってるんだから」

衣笠は一転してまじめな顔でうなずいた。

「へえ、わかっとります。せやけど、多聞はんのそれは人間にはひどく厄介な茨《いばら》の道でっせ。視える、聴こえるとかそういうこと以上に」

「……そうだね。ありがとう、肝に銘じておくよ」

礼を言うと、衣笠はようやく安心した様子を見せた。

「まあ、そういうわても深入りしすぎなんやけど」

そっぽを向き、ぽつりとつぶやいた衣笠の台詞《せりふ》は聞かなかったことにして、多聞は話題を変えた。

「ところで衣笠くん、ここっていわゆる黄泉《よみ》とかあの世とか、そういう場所なのかい」

「いんや、そんなキワとはちゃいます。いうたら彼岸と此岸《しがん》のちょうど境、あわいの領域ですわ。どっちかいうたら、まだ現世に近いほうやけど」

「ここが『あわい』なのか」

遠くかすかに聞こえてくるのは、コンコンチキチ、という祇園祭独特のお囃子《はやし》だ。煌々《こうこう》とした提灯のあかりは、祭りがまだ賑《にぎ》わっていることを教えてくれる。

しかし通りかかる車もなければ、混雑を避けて歩く必要もない。無人の四条通に、提灯をいくつもぶら下げた巨大な鉾が並んでいる様はなかなかに壮観だ。こんな場合でもなければゆっくり全基見物して回りたいと思っただろう。

「珍しゅうても、生身の人間が長時間いるんはようない場所でっせ。はよ戻らんと」

「うん。瑞希ちゃんを起こして早く帰ろう」

だが瑞希は完全に気を失っているようで、揺さぶっても一向に目覚める気配はなかった。

「うーん。仕方ないか」

結局、衣笠の手を借りて、多聞は瑞希の体を背中に負うことになった。その重みに、多聞はおっと、と足をもたつかせる。本人に言えば怒られるかもしれないが、意識のない彼女の体は決して軽くなかった。

「本当に大きくなったなあ」

自然と感慨がもれた。やはりもう子どもではないのだと、否応なしに気づかされる。

「いまさら何を言うてはるやら。ぴっちぴちの女子高生でっせ」

まあ、それはそうなのだが。

「衣笠くん、もうひとつ教えて欲しいことがあるんだけど」

「へえ。なんでっしゃろ、多聞はん」

「現実世界にはどうやって戻ればいいんだい？」

四、

「あー……、疲れた」

意識のない瑞希を布団に寝かせたと同時に、多聞は畳の上にどっと座りこんだ。

「お疲れさんどした」

と、横に正座した衣笠が労《ねぎら》うようにポンポンと多聞の膝《ひざ》を叩《たた》く。

あわいの側から現世に戻るには、神社の鳥居をくぐるのが一番てっとり早い、という衣笠の助言に従い、多聞は瑞希の体を背負って綾小路通を歩いた。

近場で「鳥居のある神社」といえば、真っ先に浮かんだのが綾小路にある神明神社だった。小さいので前を通りすぎても一瞬それとわからないほどだが、かの有名な京《みやこ》の「鵺《ぬえ》退治」で使われた弓矢の矢じりが二本、宝物《ほうもつ》として現在も伝えられている社だ。

多聞が作法に従って参拝し、鳥居をくぐって出たとたん、ざわざわとした人いきれに包まれた。視界を横ぎっていく通行人の姿に、多聞も深々と安堵《あんど》の息を吐いた。

その時点ですでに疲労困憊《こんぱい》だったが、気絶した瑞希を介抱する必要があった。人混みの中をふらふらになりながら歩き、どうにかこうにか帰宅した。さすがに体力の限界だ。

時計の針はいつの間にか夜の九時近くになっている。これ以上遅くなるようなら一度瑞希の実家に連絡を入れなければならないだろう。

（それから瑞希ちゃんの友達にも。心配してるだろうし）

思いながらも、多聞は部屋の壁に後頭部をもたせ掛け、目を閉じた。疲労と空腹で頭が回らない。屋台で何か食べるつもりでいたから、昼から食事も摂《と》っていないのだ。

あわいにいたときは意識にものぼらなかったのに、こっちに帰ってきたとたん腹が鳴った。やはりあちら側と現実の空間とでは様々な面で差異があるようだ。

「多聞はん、せめて何か摂らはったらどうどす？」

「いや、いいよ。瑞希ちゃんが目を覚ますまでは……」

見かねた衣笠が訊《たず》ねるが、多聞は首を横にふった。背負って帰る道中も何度か呼びかけてみたが、結局瑞希は目を覚まさないままだった。

「そのことなんやけども。多聞はん、瑞希はんの意識は戻らんのとちごて、戻って来られへんのかもしれまへん」

「えっ？」

衣笠の言葉に頰を張られたような思いがした。多聞は目を見開き、がしっと衣笠の両肩をつかむ。

「瑞希ちゃんが戻って来られないってどういうことだ？〈狐〉に一時的に体を乗っとられていただけじゃないのか？」

がくがくと揺さぶられ、衣笠は顔を半分のけぞらせつつもこたえた。

「い、いや。わても最初はそう思とったんやけど、まったく目の覚める気配がないさかい。つか、少し落ちつきなはれ多聞はん」

諭され、多聞はようやく衣笠から手を離す。衣笠はこほんと空咳をひとつこぼした。

「瑞希はん、ここ最近ずっと、なんか悩んではりましたやろ」

「……それには僕も気づいてたけど」

「今日は宵山で、強烈なハレの日や。おまけに瑞希はんは多聞はんとおなじで、あわいの側に順応が高い。ただでさえ不安定やったところに体のっとられて、精神がポンと外へはじき出されたんやとしてもおかしゅうない」

それじゃあ、と多聞は呻《うめ》いた。

「へえ。体だけでは半分や。出て行ってしもたこころのほうも戻さんと」

ぐっとくちびるを嚙《か》んだ。瑞希がここのところ何を悩んでいたのか、多聞は知らない。あえて聞き出そうとはしなかったからだ。瑞希ときちんと向き合い、何をそんなに思いつめているのか訊《き》き出していれば、こんなことにはならなかったのだろうか。

「けど、こころを戻すって、具体的にどうすればいいんだ？」

「通常は祈禱《きとう》とかの儀式を行うんやろうけど、多聞はんなら別の手がありますやん」

「別の手？」

「例の『筆』を使いなはれ」

筆、と言われて多聞ははっとした。胸元を押さえ、ふところから一本の毛筆をとり出す。どれほど使おうと、洗えばすぐに下ろしたてのように真っ白になる、獣の尾に似たそれ。

「その筆で絵を描くんですわ。瑞希はんの絵を」

「……これで瑞希ちゃんの絵を？」

ぽかんと間抜け面をさらして口をあけた多聞を、衣笠は呆《あき》れたまなざしで見やった。

「筆に描く以外のどんな使い道があるんでっか。鼻くすぐっても仕方あらへんやろ。多聞はん、それはなんて名前の筆ですねん？」

「え？　それは、魂ごめの……」

答えかけ、多聞はあっと声をあげた。——そういうことか。

「そう、『魂ごめの筆』でんな。文字通り、魂をこめなはれ。瑞希はんがちゃんともとの体に戻ってこられるように」

確証はないが、ほかに方法もないように思われた。筆を握りしめ、多聞はうなずく。

「わかった。やってみよう」

いつも仕事や趣味で使っている紙をあるだけ用意し、墨は自分の手で丁寧に磨《す》った。

眠っている瑞希のかたわらに愛用の仕事机を置き、定位置に座布団を敷いて座る。

仕事で引き受けたものでもなければ、完全に趣味で描くものとも違う。うまく描く必要はない。特に気負うでもなく、ただ真剣に向かい合えばいいだけだ。「魂ごめの筆」を手に、何も描かれていない白紙に臨む。

被写体は目の前にあるのだし、描くのに何も支障はないはずだった。意識のない人間を断りもなしに描くのはいささか良心が咎《とが》めるが、あとで平謝りに謝ろうとこころに決める。

よし、と気合をいれ、多聞は作務衣《さむえ》の袖《そで》をまくった。筆に墨汁をつけ、いざ――。

「…………」

だが、多聞の手は止まってしまった。手にした筆を、紙面に下ろすことができない。

「どうしたんでっか、多聞はん」

多聞が硬直しているのを見かねたか、衣笠が静かに問うた。多聞は歯を食いしばり、筆を紙面に下ろそうとして、ふたたび手を元の位置に戻す。

そうして、唸《うな》るようにつぶやいた。

「……描けない」

〈のっぺらぼう〉の江梨子を対象にしたときも描けなかった。だが、あのときとは違う。目の前にあるものをそのまま描けばいいだけにも拘《かか》わらず、頭のなかに線をたどるイメージがまったく浮かんでこないのだ。

多聞の中に絵として起こすには、何かが決定的に欠けていた。足りていなかった。無理やり線だけをなぞることはできても、それは死肉のようなもので、魂が宿ったものではない。からっぽの入れ物を、そのまま写しとるだけだ。

(僕は、瑞希ちゃんの何を知ってる?)

唐突にそのことに思い至り、多聞は愕然《がくぜん》とした。

彼女はいつもどんな表情で、どんなふうに自分に語りかけていた? うれしいことがあったとき、あるいは落ちこんでいるときは、訊かなくてもその様子がわかった。だがこころの内で本当はどんなふうに感じていたのか、その真意を問うてみたことなど、ただの一度もなかった。瑞希のことはなんでも知っている、わかっていると、頭から一方的に思いこんではいなかったか。

「それは、見んようにしようとしてはったからとちゃいますの?」

衣笠が再び問う。

「……ちが、……!」

違う、とこたえようと口を開きかけ、多聞は筆をおいて猛然と立ち上がった。階段を駆けあがり、物置として使用している二階の部屋に飛びこむと、今まで描いた作品をまとめてしまってある整理棚の前に座りこんだ。一番下の、滅多に触らない引き出しを開けると、そこには一枚の日本画が横たわっていた。

それは多聞がたった一度だけ、瑞希を被写体として描いた作品だった。制作時期は高校三年の夏だったはずだ。なぜこれを描こうと思ったのか、その理由までは覚えていない。ただ、描いた。描かずにはいられなかったから描いた、それだけだ。

手にした紙面の中に、こちらに背を向けて佇《たたず》む幼い少女の姿がある。背格好が十歳くらいの浴衣を着た少女は、背景に描かれた夏祭りのなかへ、いま正に吸いよせられていくかのように危うげだった。

うしろ姿だから表情はわからない。そしてそんな瑞希を多聞も実際に自分の目で見たわけではなかった。なぜなら多聞が気づいたときにはもう、瑞希は多聞の手をふりほどいて、いなくなってしまったあとだったから。

（どうして手を離したんだ）

多聞には悔いがあった。あの日、瑞希を見失ってしまった。そのせいで、瑞希は〈狐〉と出会うことになったのだ。

以降、瑞希は妖怪を恐れなくなった。オバケの声が聴こえると怯《おび》え、泣いていた子どもは変容したのだ。本人の知らないうちに。

怖がるどころか自分から進んであちらへ近づき、困っているものを見れば、たとえ人間でなくとも手を差し伸べる。喩《たと》えるなら、それは近づきもしなかった危険な崖《がけ》にふらふらと引きよせられるようなものだ。狐のような厄介な輩《やから》が、またいつ、いらぬちょっかいを掛けてくるともかぎらない。もしも瑞希が崖から足を踏み外すようなことにでもなれば――。

「そうどすか？」

問いを投げたのは、またもや衣笠だった。多聞の隣にちょこんと座り、諭すように言葉を重ねる。

「瑞希はんかてずっと幼いまんま、小さいまんまの子どもとちゃいますやろ。多聞はんはずっと、負い目を通して瑞希はんを見てはったんとちゃいますの？」

負い目、か、負い目を通して。その言葉に、鉛を飲みこんだような気分になる。

「せやから、いまの瑞希はんを、ちゃんと見ようとはしてはらへんかった」

「そんなことは……」

「ありまへんか。――ほんまに？」

多聞は口をつぐんだ。

瑞希は多聞にとって、ずっとまもってやらなければならない存在だった。怖がりで、臆《おく》病《びょう》で、ひとでないものに怯えては多聞に泣きついてきた。現在《いま》も、好むと好まざるとにかかわらず妙なものを引きよせては、結局放っておけずに関わろうとしてしまう。

　多聞はそのたびに仕方ないなと嘆息しながら、瑞希に降りかかる火の粉は払おうと奮闘してきた。そうするのが自分の役目だと、しなければいけない義務だと思っていたからだ。

　瑞希がおとなになって、多聞の助けを必要としなくなるときまで。それがいつのことなのか、あえて考えないようにしながら、ずっと。

「わては別に恋愛相手として瑞希はんを意識しろ、言うてんのとちゃいますえ。そういうんやのうて、そういう感情やなくても、多聞はんにとって瑞希はんは、ただ『大事なもの』とちゃいますの？」

「………」

「わては以前、『多聞はんにとって、瑞希はんってなんですか？』と質問したことがありましたな。そのとき、多聞はんはなんと答えはったか、憶《おぼ》えてはりますか？」

「ああ」

　もちろん憶えている、と多聞はうなずいた。

　自分は「おまもり」だと答えた。咄嗟《とっさ》の質問だったからこそ、なんの偽りもない本音が出た。逆ではないのか――つまり多聞にとっての瑞希が、ではなく、瑞希にとっての多聞がおまもりではないのかと重ねて訊かれたが、首をふって否定した。

　危険からまもってくれるわけではない。自分を救えるのは自分だけだ。だが、持っていることで、救われる部分はたしかにあるのだ。瑞希にとって、唯一の理解者である多聞が必要であったように、多聞にとっても瑞希は必要だった。

なぜなら、多聞も不安だったからだ。瑞希がいなければ、ひとりになっていたのは多聞も同じだ。ふつうの人間には見えない、聞こえない世界がどれほどの孤独だったことか。

「瑞希はんが多聞はんに絵を描いて欲しかった理由、わて、なんとなくわかってましたわ。わては妖怪やさかい、乙女心の詳細まではようわからんけど」

「……どういうことだい？」

衣笠は続けた。

「たぶん、単純なことですねん」

「単純なこと？」

「へえ。瑞希はんは、ただ見て欲しかっただけちゃいますの。絵師としての目でもええから、負い目を通してやない、そのまんまの自分を」

ただの親戚《しんせき》の子でも、手のかかる妹のような存在でも、身近な年下の女の子でも、なんでもよかった。ただそこに、〈負い目〉というフィルターが掛かってさえいなければ。

「…………」

多聞は息を止めた。そして、自分の手のひらで、ばしん、と思い切り己の顔面を叩《たた》いた。

本気で叩いたためにじんじんとした痛みが顔中に広がったが、気にしてはいられなかった。

そうだ、と痛感する。対象をはじめからまともに見ようとしていないのに、描けるはずなどないではないか。

「……失格だ」

何が絵師だ、とつぶやき、多聞は腰を上げた。

「多聞はん？」

「もう一度。いや、何度でもやってみるよ」


多聞の筆が薄い和紙の上を走り続ける。

筆には迷いがあり、躊躇《ちゅうちょ》があり、疑問があった。途中で何度も筆を止め、こうだったか、ああだったかと悩むこともあった。

絵とは、そこになんらかの線や点や色を留《とど》めることだ。あくまで多聞の個人的な考えだが、絵とは明確な「想い」を残すものではない。少なくとも自分はそうだ。

だが、自分の手を動かし、線を描き、濃淡をつけ、——そういう試行錯誤をくり返しているあいだに、だんだんと自分の一部を紙の上に置いていくような錯覚がしてくる。

自分の一部が剝離《はくり》して、腕を伝い、手首を伝い、指先を伝って描かれる対象物の中に落ちこんでいくような、そんなふしぎな感覚が。

（……瑞希ちゃん）

笑った顔、困った顔、不機嫌な顔。天真爛漫《てんしんらんまん》で、好奇心旺盛《おうせい》で、なんの衒《てら》いもなく人間や妖怪に近づいてはおせっかいを焼く。天性の聞き上手で、嘘をつくのが下手で、他人に警戒心を抱かせないほど裏表がない。

どれも正解のような気がしたし、間違っているような気もした。記憶にある少女と現在の瑞希が微妙に重ならず、さらに首を捻《ひね》ることにもなった。絵の出来としても、「会心の作」と断言できるようなものは一枚も描けていない。だがどれも、多聞にとっての瑞希だった。負い目ではない、多聞の瞳《ひとみ》を通して見たさまざまな瑞希だった。

何枚もの紙のなかに、あらゆる角度から見た瑞希が写され、畳を汚さぬようにと敷かれた新聞紙の上に、雨あられと降っていく。描きあがったものから順に、衣笠が絵を見ては「近い」だの「うーん惜しい」だの「理想が入りすぎや」だのと勝手な感想を述べながら、片っ端から拾い上げていく。だが、集中している多聞は気にも留めない。

ただ、丹精をこめ、願いをこめ、魂をこめて描くだけだった。

（――早く、戻っておいで）

そして、とうとう残った紙の最後の一枚まで、多聞は瑞希を描ききった。最後のそれは、浴衣姿を褒められて嬉《うれ》しそうにはにかむ、いちばん新しい瑞希の姿だった。

## 五、

どこからか、コンコンチキチ、のお囃子《はやし》が聞こえてくる。

祇園囃子は疫病のもとである悪霊を誘い出し、楽しい気分にさせて酔わせ、最終的には封じこめるためのものだ。だがそれと同時にお囃子は、人間の衰える霊魂を笛や太鼓などの楽器で囃したて、活力をとりもどさせるという側面も持つ。

（あれ、うち、どうしたんだっけ……？）

ふわふわと雲の上を歩いているような心地で瑞希は思った。意識がとりとめもなく分散していくようで、思考がまとまらない。

そのうちにやっと、祇園祭だ、ということを思い出した。

（そうだ。誕生日に、宵山の日にみんなで行こうって……恵ちゃんや佳苗ちゃん、センセといっしょに……）

なのに、うちはどうしてこんな姿で、こんなところにいるんだろう。

自分を見下ろすと、浴衣姿の体が半分透けて見えた。幽霊みたい、と瑞希は思う。

ぼんやりと周囲を見渡す。背の高いビル群が道の両側に聳《そび》え立つ四条通には、「五瓜《ごか》に唐花《からはな》」と「三《み》つ巴《どもえ》」の紋が入った駒形提灯《ちょうちん》と、長刀《なぎなた》、函谷《かんこ》、月と言った巨大な鉾《ほこ》が一定間隔に並び、明々とした光を放っている。

ふしぎなのは人っ子ひとり見当たらないことだ。

ただ瑞希には見えないだけで、大勢の人間がいる気配はある。太鼓と能管《のうかん》、摺《す》り鉦《がね》からなる祇園囃子の演奏、ツーレという男衆の掛け声、怒涛《どとう》のような群集のざわめき、むっとするような濃い夏の大気がうねる音。分厚い膜か緞帳《どんちょう》のようなもので遮られているが、自分が祭りの只中《ただなか》にいることは感じられる。

だが、ここが通常の場所でないこともわかった。浴衣に下駄という慣れない格好で歩いていても、少しも疲労を感じない。どのくらい時間が経ったのか、それすらも曖昧《あいまい》だ。

瑞希は原因を必死で思い出そうとした。

(たしか……最初に保昌山へ行こう、ってことになったんだ)

そうだ。そして通りを歩いているときに、瑞希は何かに気をとられた。道ですれ違った人々のなかに、白い着物を着た子どもがいたのだ。

その子も瑞希をふり返る。顔は狐面に隠されていたが、どこかで見た覚えがした。

ほぼ同時に、恵が痛い、と叫んで道にうずくまった。どうやら下駄で靴ずれを起こしたらしく、瑞希以外の全員が——多聞もそちらに気をとられた。

だが、瑞希の意識は別のものにとらわれていた。まるで世界にふたりだけしかいないように、瑞希は狐面と見つめ合った。

子どもの手がゆっくりとした動作で狐面を外す。その下からあらわれたのは、驚くべきことに自分の顔だった。

（うちが、もうひとり？）

年齢は現在の瑞希よりもだいぶ若く、六つか七つくらいだ。だからまったく同じというわけではない。それでも、その顔は自分だった。よく似た他人などではなく。

ドッペルゲンガー、あるいは自己像幻視。脳にそんな単語が浮かぶ。鏡のようにうりふたつの顔ではないから、実際には少し違うのかもしれないが。

幼い自分がにっこり笑う。つられて瑞希も笑い返そうとしたが、うまくいかなかった。

（たしか、ドッペルゲンガーって、見ると死んでしまうのじゃなかったっけ……？）

そう思った瞬間、瑞希の意識はふっつりと途絶えた。


次に気づいたときは、自分の体がのっとられ、指一本動かせない状態になっていた。重《おも》石《し》で上から無理やり押さえつけられているような、そんな奇妙な感覚に、瑞希は驚く。

「ミズキを連れて行かれるのは困るのだろう。なら、おまえがわたしとともに来るか？」

「え？」

それでも、多聞の声だけは聞き間違いようがなかった。

「ミズキの代わりになる覚悟はあるか。ミズキの代償として」

視界はひどく暗く、音も断片的にしか聞こえない。だが自分の名前と「代償」という言葉に悪寒が走る。状況はよくわからないが、それでも強烈に多聞が危ない、と思った。

(——だめ!)

全身全霊で自分を押さえつけている重石を撥《は》ね退《の》けた。眼前の多聞を突き飛ばし、逃げて、と叫ぶ。身を切られるような覚悟で己の意志をつらぬいたが、その反動は大きかった。

瑞希のこころは体から分離した。疲弊した精神はふたたび途切れ、瑞希はまたしばしのあいだ、すべての感覚を失った。そしていま、戻るべき体を見失い、こうしてふらふらとどこかを彷徨《さまよ》っている。

(そっか。うち、幽霊みたいなものになっちゃったんだ)

実体のない、精神だけの存在。だから誰の姿も見えず、声も聞こえないのだ。

(うちがいなくなって、センセ、また心配してるだろうなあ)

当然のことだが、瑞希は決して多聞に迷惑を掛けたいわけではない。彼は瑞希が厄介事に巻きこまれるのをひどく気に病む。まるでそれが自分のせいだと思っているかのように。

(違うのに。うちは、そんなことセンセに思って欲しいわけじゃない)

口うるさいほどの気遣いを見せる多聞をうれしく思うのと同時に、いつまで経っても「子ども」扱いだと残念にも思う。

そもそも彼があれほど過保護になったのは、十年前の夏祭り、瑞希が多聞――〝おにいちゃん〟とはじめていっしょに出かけた夜のことが原因だ。

あの夜から、最初は声が聴こえるだけで見えなかったオバケの存在が、瑞希の目にもはっきり「視える」ようになった。

多聞は、瑞希が何も覚えていないと思っているのだろう。実際瑞希はほとんど気を失っていたし、自分に何が起きたのかさえ、当時はよくわかっていなかった。迷子になったことも、後になっておとなたちから聞かされて思い出したぐらいである。

はっきりと記憶にあるのは、祭りのあとで多聞が瑞希に何度も言いきかせたことだ。

「次からオバケのことで困ったことが起きたら、必ず僕に相談するんだよ」と。

もとから瑞希の「オバケ」相談の相手など、多聞しかいない。そのときはもちろんそうする、とうなずいたはずだ。

だが、多聞の気遣いとは裏腹に、瑞希はあれほど恐ろしかった妖怪《ようかい》たちを恐れなくなった。恐怖しない――とは、危機的な側面から見れば実は非常に厄介である。遭遇するなり逃げ出していた相手から、逃げる必要がなくなったのだ。

恐怖ではなく、好奇心をもって妖怪と関わるようになった瑞希は、よほどのことがないかぎり多聞に泣きつくようなことはなくなった。が、その一方で、近づきすぎるといらぬ心労を掛けるようにもなったのだ。

（ごめんね、センセ。センセのせいじゃないのに心配ばっかりかけて）

挙句の果てに、今度は自分が幽霊になってしまうだなんて。本当に、どうしてこんなことになったのだろう。瑞希はふわふわと散漫する思考を必死で掻《か》き集めた。

（……ど、う、し、て？）

最初は、たしか——そうだ。

「でも、じゃあそれって『恋』じゃないんじゃないですか？」

下鴨《しもがも》神社で江梨子にそう問われたとき、瑞希はこたえられなかった。なんと返したらいいのか、わからなかったのだ。そしてその戸惑いが、瑞希をさらなる混乱に陥れた。

この気持ちは恋だと思っていた。自分は多聞に恋をしているのだと。でも、「これ」がそうでないなら、いったいなんだというのだろう。

恋とはつまり、「乞《こ》う」こころなのだと古典の授業で習ったことがある。

（うちは、センセに一度でいいからうちを描いてほしい）

わがままだと知っていても、それが瑞希の「乞う」気持ちだ。多聞への乞い。

女の子として——異性として見てもらうのは無理だろうとわかっているから、せめて「絵師としての目」で自分を見てもらいたかった。「負い目」を通してではなく。

（でもこれって、恋じゃないのかな。もっと別の、自己肯定とかそういうものなのかな）

浴衣を褒めてもらえたのがうれしかった。恵たちが保昌山へ行きたいと言い出したときも、恋のお守りがあると聞いて、瑞希も気になった。

（保昌山の恋のお守り、センセも知ってた。もしかして恋人と行ったこと、あるのかな）

体がないにも拘《かか》わらず、心臓のあるあたりがもやもやとする。気持ちが波立つ。本音を言えば、あのときも嫉妬《しっと》めいた感情が湧いた。本当はこんないやな感情は、恋とは呼ばないのかもしれない。

（もう、自分の気持ちでさえ、よくわからないよ）

芯《しん》となるものがない。だから帰る方法も、どうすればいいのかも思いつかない。自分はずっと、この場所から出られないのだろうか。堂々巡りするこころのままに。

（なんだか、それって妖怪の名前みたい）

だけど〈おいてけ堀〉という妖怪がいるぐらいだから、〈堂々巡り〉という名の妖怪もいるのかもしれない。永遠に出口を見つけられず、失ってしまった体を探して彷徨《さまよ》いつづける妖怪だ。

「そしたら、衣笠さんのお仲間になるなあ」

こんな場合なのにおかしくなって、思わずふふっと笑ってしまった。そのとき。

「――やっと、呼んでくれはった」

唐突に足元から話しかけられ、瑞希は驚いた。見下ろすと、ほっとしたような衣笠がこちらを見上げている。

「このまま呼ばれへんかったらどうしようかと思《おも》た。待ちくたびれましたで、瑞希はん」

「き、衣笠さんっ？」

へえ、と衣笠はうなずいた。

「なんでこんなところにいるの？」

「前に言いましたやろ、名を与えることで相手とのあいだには『因果』が生じてまうって。せやさかい、名をもらったわてと瑞希はんは繋《つな》がってるんどすわ。さ、帰りまひょ」

ほい、と迷子の手を引くように小さな手を差し出される。

「ちょ、ちょっと待って衣笠さん。帰るって、ここはどこ？」

「彼岸と此岸《しがん》のちょうどあいだ。あわいと呼ばれる境界ですわ。多聞はんも心配して待ってはりますえ。瑞希はんが戻って来うへんから」

「センセが……」

急激に多聞の顔が見たいという想いが溢《あふ》れ、こころが揺れた。だが、それと同じくらい迷う気持ちがある。逢《あ》いたいけど、逢いたくない。相反するふたつのこころ。

「瑞希はん？」

その場で立ち止まり、瑞希はうつむいた。「うち、まだ帰れない」

「はへ？　なんでですのん？」

「自分がわからないの。心配してもらってうれしいのか、かなしいのか。逢いたいのか、逢いたくないのか。……恋なのか、そうじゃないのか」

芯《こころ》が定まらず、行ったり来たりの堂々巡り。そう言うと、衣笠は訳知り顔でうなずいた。

「多聞はんが〈負い目〉で瑞希はんは〈堂々巡り〉か。ほんまややこしふたりでんなあ」

「え？」

「いやいや、そら難儀な話やで。ほな、これを見たらわかりますやろか」

衣笠はごそごそと蓑《みの》の下から紙の束をとり出すと、こちらの手に押しつけた。薄手の紙はいつも多聞が手習いや下描きに使っているもので、瑞希にもなじみがある。

そこに描かれているものを目にし、瑞希は驚いた。

「これ、もしかして……うちの絵？」

めくってもめくってもさまざまな表情をした瑞希がいる。墨一色で、下描きなどないほぼ一発描きの絵。荒々しい筆致で描かれたそれらには迷いや失敗も多かったが、だからこそ必死さがうかがえた。

「ほかの誰に見えるんでっか。これ全部、ぜーんぶ瑞希はんやで。多聞はんの目を通した瑞希はんや」

「センセが……描いてくれたの？　こんなに……」

めくるたびに瑞希の透けた体に色が戻っていく。絵にこめられた多聞の一部、多聞の魂。

衣笠は力強く首を縦にふった。

「大丈夫や。じゅうぶん愛されてまっせ、瑞希はん」

言葉もなくうなずくと、瑞希は感極まって両手いっぱいの紙の束を抱きしめた。帰っておいでという多聞の声が、絵を通して聞こえてくるような気がした。

「……帰りたい。センセが待っててくれてるなら」

決然と瑞希は顔を上げた。この手に抱えたものが恋だろうと恋じゃなかろうと、いまはただ多聞に会いたかった。その気持ちだけで、もはや迷ってなどいられない。

「ほな、出口はその絵に聞きなはれ。案内してくれるはずや」

「絵に？」

瑞希の手のなかで紙の束がひとりでに動き出した。わっと驚いて手を開くと、紙の一枚が鳥に似た形状に変化し、宙へと舞い上がる。

呆気《あっけ》にとられて見上げていると、衣笠が慌てて瑞希の浴衣の裾を引っぱった。

「瑞希はん、はよ追いかけな。あれが多聞はんのところまで案内してくれるさかい」

「わかった！」

ビルとビルの谷間を、紙の鳥が雁《かり》の群れのように連なって飛んでいく。そのあとを、見失わないように瑞希は必死で追いかけた。途中、走るのに邪魔で下駄を脱ぎ、裸足《はだし》になってアスファルトの地面を走り続けた。実体がないせいか、疲れも痛みも感じない。

無人の夜の四条通。遠くかすかに、祇園囃子《ぎおんばやし》と浮かれ騒ぐひとびとの声。山鉾《やまぼこ》の提灯《ちょうちん》の明かりが尾を引いて横を流れ、瑞希は知らぬ間に夜闇を駆け上がっていく。空を飛ぶ夢そのままに紙の鳥と宙を舞う。やがて彼らが弧を描いて急降下していくときも、瑞希はためらわなかった。

真下に見える一軒の屋根。そこがどこなのか、瑞希は知っている。宙を蹴《け》って飛び降りる寸前、誰かにやんわりと背中を押された気がした。

──おまえはあのころから変わらず、ずっとおまえのままだよ、ミズキ。

驚いて、うしろをふり向いた。狐の面をかぶった何者かの顔が、一瞬だけ視界を掠《かす》める。だがそれをはっきりと認識する寸前、周囲は白い光につつまれ、何も見えなくなった。

──どさっと音を立てて、多聞は畳の上に仰向けに倒れこんだ。

意識のない瑞希とは、ちょうどさかさまの方向に大の字になって寝転がる。集中力が切れると同時に、精も根も尽きてしまったかのようだ。

真上に木目の天井とひっぱり紐《ひも》のついた蛍光灯が見える。真白い明るさが目にまぶしくて、多聞はぎゅっとまぶたを閉じた。

こんなに集中して、一気に何十枚もの絵を──それが一発描きのものとはいえ──描きあげたのはいつぶりだろうか。絵の仕事で生計の一部を立てるようになってからは特に、こんなにがむしゃらに、ただ描きたい一心で描いたことなどなくなっていたように思う。

(……ああでも、なんだか久しぶりにすっきりした)

目を閉じたまま、大きく深呼吸する。心地の良い疲労感に体をゆだねていると、どこからかかさりという音がした。

なんだと思ってまぶたを開けると、なぜか天井から無数の紙が舞いながら降ってきた。

「うわっ⁉」

驚いて、顔の真上に落ちてきたものを無意識に摑《つか》んだ。浴衣姿の瑞希の絵だ。

最後の一枚だったからか、比較的本人に近しいものが描けたように思う。衣笠が見れば、もしかすると「いまより少し、おとなっぽい瑞希はんやな」と評したかもしれない。

(乙女のすがた、しばしとどめむ——かな)

ふっと目を細めたとき、その似姿の向こうに本物の顔がひょっこりとのぞいた。

大の字になって寝転がる自分を心配したのか、どことなく不安げに眉《まゆ》をよせている。あまりに普段の彼女とは似つかわしくない表情に、なぜか多聞の口元には笑みが浮かんだ。

「……おかえり、瑞希ちゃん」

「ただいま。センセ」

はにかむその顔には、絵のなかにいる乙女の面影が、はっきりと色濃くあらわれているかのようだった。

六、

祇園祭《ぎおんまつり》最大のハイライトである山鉾巡行《やまぼこじゅんこう》——華麗に飾り立てられた巨大な山鉾が祭囃子で賑《にぎ》やかしながら所定のコースを巡り、都大路《みやこおおじ》を清める儀式——も終わり、つづく神幸祭も滞りなく執り行われた。

結局宵山の日はお祭りを見て回るどころではなく、瑞希《みずき》は心配をかけたことを友人たちに平謝りに謝って許してもらった。今年も祇園祭をゆっくり楽しむことができなかったね、と申し訳なさそうな瑞希に、多聞《たもん》は「来年もあるから」と笑って返してくれた。

丸一ヶ月つづく祇園祭が残すところあと一週間になると、外では盛大に蟬が青春を謳歌《おうか》しはじめる。ジジジジジ、とまさに蟬時雨という名にふさわしい大音声が、開け放した縁側から網戸の隙間を縫って聞こえてくる。こうなると、風鈴で涼をとるなど焼け石に水だが、多聞は仕事中はかたくなに冷房のスイッチを入れなかった。

うだるような暑さで家守たちも騒ぐ余裕がないのか、すっかりなりを潜めている。そんななか、ひとり騒がしくしている人間がいた。

「ねーセンセー、記念にちょーだいってばー」

「だーめ」

膝下丈《ひざ》のジーンズパンツにキャミソールという薄手の格好をした瑞希がごろごろと畳の上を寝転がりながら訴える。ちゃぶ台に向かって黙々と作業を進める多聞は、訴えをにべもなくはねつけた。

「ええー。いいじゃない、別に減るものでもなし」

「減るでしょ、一枚。物理的に」

すっぱりきっぱり言い切って、多聞は白い絵皿の上に置いた複数の色を筆でちょんちょんと取りわけていく。

瑞希が欲しい欲しいとねだっているのは、多聞が描いた瑞希の似顔絵である。一枚でいいからとごねても、本人は「一発描きだから」「練習だから」と言って決して譲らなかった。

「ちぇー、センセのイケズ」

瑞希はふたたびごろごろと畳を転がり、縁側に背を向けて寝そべった。セミたちもひとまず休憩をとるかのように、鳴くのをやめている。その合間を縫って、あるかなきかの風に揺られ、風鈴がチリンと涼しげな音を立てた。

「いけずって……そういえば、何度数えても一枚足りなかったんだけど」

平筆で複数の色を混ぜ合わせながら、多聞はぽつりとつぶやいた。描いている最中は多聞もいちいち正確な数まで把握していなかったが、どんな瑞希を描いたのかは憶《おぼ》えている。

だが、どこをどう捜しても、浴衣姿を描いた一枚だけが見つからなかったのだ。

「そんなら、わてが頂きましたけど」

「「ええっ？」」

縁側に腰掛け、ぱたぱたと団扇《うちわ》をあおいでいた衣笠《きぬがさ》がぽつりとつぶやいた。多聞と瑞希は声をそろえ、そろって同時に衣笠をふり向く。

「頂いた？　って、まさか食べたのかい？」

「うちの絵を!?」

迫るふたりにひょひょひょ、と衣笠は笑う。

「おふたりさん、お忘れやないでっか？　わては〈面喰《めんく》い〉でっせ。黒ヤギさんがお手紙食べるんと一緒ですって」

「ええー」

「前にも聞いたな、そのフレーズ」

そろって渋い顔になるふたりを尻目《しりめ》に、衣笠はからからと笑った。

「わてかて尽力しましたやろ。ご褒美もろうてもええですやん」

そう言われてしまうと多聞にも瑞希にも返す言葉がない。衣笠には大きな借りがある。

「……わかったよ。食べてしまったんならしょうがない」

「でも、ちょっとだけ残念だなあ」

苦笑する多聞に、瑞希も消沈した様子で肩を落とした。衣笠はけろりとした声で話題を変える。

「ところで多聞はん、いま何を描いてはるんでっか？」

「トラ……じゃない、後輩から頼まれてる仕事の絵だよ。今度、怪談というか妖怪《ようかい》ものを劇でやるんだってさ。それのイメージデザイン」

ぱっと顔を輝かせたのは瑞希である。

「妖怪ものかあ。おもしろそう！　今度、恵《けい》ちゃんや佳苗《かなえ》ちゃんやえりちゃんも誘ってみようかな。宵山すっぽかしちゃったから、そのお詫《わ》びも兼ねて」

「いいね。女子高生がたくさん来てくれたら後輩も喜ぶと思うよ。――あ、チラシが出来たら鳥居《とりい》さんにも送ってみようか。妖怪ものなら彼女も興味があるかもしれない」

「彩《あや》さんに？　センセ、それいい！」

瑞希はぱちんと手を打ち、くるりと衣笠をふり向いた。

「そうだ、衣笠さんもセンセに描いてもらったら？　みんなにも妖怪〈面喰い〉を知ってもらえるチャンスだよ」

「うひょひょ、照れますけど、いっちょモロ肌脱ぎまっか。もちろん主役でひとつ」

「モロ肌はダメだよ、衣笠さん。舞台に出られなくなる。ひと肌くらいにしとこ」

「ほなひと肌で。あかん、いまからサインの練習しとかな」

「はいはい」

盛り上がるふたりに苦笑すると、多聞は筆を置いた。重い腰を上げ、台所へ向かう。

「冷たい麦茶でも淹《い》れてくるよ。さすがに喉《のど》が渇いた」

その背中にはーいと返事をして、瑞希は身軽に上半身を起こした。

「けど衣笠さん、ちょっとひどいよ。食べるんだったらせめてセンセとうちにひと言断って欲しかったのに」

プライバシーの侵害、と訴える瑞希に、衣笠はニヤニヤした顔で指を一本立てて見せた。

ナイショでっせ、と断りを入れて、衣笠は蓑《みの》の下から紙を一枚とり出した。

「あ、これうちのっ……!?」

思わず声をあげかけた瑞希の口を、衣笠が慌ててふさぐ。衣笠が見せたのは、多聞の描いた瑞希の絵だった。

「衣笠さん、食べたなんてウソだったの？」

「ウソやおまへん、『頂いた』て言いましたやろ。わては恋するおなごの味方やさかい」

台所にいる多聞に聞こえないよう、ひそひそ声で訊《たず》ねると、衣笠は悪びれもせず片目をつむって見せた。あまり似合っていなかったが。

「もろうときなはれ。モデル料っちゅうことで」

「………」

手渡され、瑞希はおそるおそる紙を受けとった。絵のなかの瑞希は自分と似ているのかどうか、自分では判断できない。が、照れたように笑う表情が恋する乙女そのもので、多聞にもこう見えているのかと思うと、ひどく気恥ずかしかった。

「これを食べてもらったら、うちのこと全部、衣笠さんにはわかってしまうのかな？」

「どうでっしゃろな。前も言いましたけど、人間のこころは複雑すぎて、わてにはようわからんこともあるさかい」

「そっか……」

「瑞希はん、自分のことで何か白黒つけたいことがありますのん？」

しばしのあいだ、瑞希は逡巡《しゅんじゅん》した。恋かどうか、はっきりさせたいのか、いまもわからないでいる。返答に窮していると、衣笠はいたずらを唆《そそのか》すような顔で、さらにこう問うた。

「もしほんまに瑞希はんが知りたいんやったら、自分のことだけやのうて、多聞はんの写真でもあれば、わてが食べることはできますけど。どうしゃはります？」

一瞬だけ、携帯の画像フォルダに保存してある多聞の写真のことが頭をよぎった。知りたくないと言えば、それはたぶんウソになる。

だが、結局のところ、瑞希は首を横にふった。

「んーん、やめとく。いつか、知りたくなったら自分で訊《き》くよ」

「……せやな。わての力なんかに頼らんでも、瑞希はんはたぶん、そのほうがええ。自分で見て、自分で聞けるおひとやさかいな」

ふっくり笑う衣笠に、うん、と瑞希はうなずいた。

「いますぐはっきりさせたいわけじゃないし」

「あえて曖昧《あいまい》なままもええ、っちゅうことでんな」

「うん、しばらくはね。このままでもいいかなって」

「白か黒かのあわいでんな。わてが思うに、きっと多聞はんもおんなじやろなあ」

「なんの話だい？」

声と同時に多聞がひょいと台所から顔をのぞかせた。瑞希は驚いて飛びあがり、衣笠がそばにあった座布団でばふっと絵を覆い隠す。幸い、瑞希が多聞に背を向ける格好になっていたので、衣笠が何を隠したかまでは見えなかったはずだ。おそらく。

「な、何？」

盆に麦茶入りのグラスを三つ載せ、運んできた多聞は面食らった様子だ。瑞希と衣笠は同時に顔を見合わせた。

「人間には、あえてシロクロつけんほうが気楽なこともあるっちゅう話ですねん」

「そうそう。あいだも悪くないよねって」

そろってエヘヘとごまかすような笑みを浮かべるふたりがおかしかったのか、まるでくすくすと笑うかのように、天井がみしりと音を立てた。

「多聞はんも、そう思わはるやろ？」

怪訝《けげん》な表情で天井を見上げた多聞は、衣笠の問いに視線を戻すとにっこり笑った。グラスに入った氷が、かろんと涼しげな音色を立てる。

「そうだね。人間も結局、あわいのものだからね」

(完)

# あとがき

富士見L文庫さまより初めての出版となります。はじめまして、朝戸麻央《あさどまお》と申します。お久しぶりです、という読者さまには感謝を申し上げます。

今作は現代京都を舞台にした妖怪《ようかい》のお話です。今まで架空の世界の話ばかりを書いておりましたが、ずっと慣れ親しんだ土地の物語を形にしたいと思っていました。長い間ぼんやりしたイメージだけがあって、なかなか定まらずにいたのですが、とある登場人物が浮かんだ瞬間、みるみるうちに全体像が見えてきました。怒涛《どとう》の勢いで書き上げたのは短いお話で、その短編をいくつか併せてひとつの流れにできないかと試行錯誤した結果、できあがったものがこの物語です。

実際に書いてみて、いかに自分が生まれた土地について無知であったかを思い知ったのですが、どうせなら好きなものをたくさん詰めこもうと、取材と称してデジカメ片手にあちこち出歩く日々はそれなりに楽しかったです。

それでは、この場を借りてお世話になった皆さまに厚く御礼申し上げます。今作はいつも以上にたくさんの方々に協力を仰ぎ、お力添え頂きました。

いくつか実際の場所をモデルとして書かせて頂いておりますが、作中の登場人物やエピソードはすべて架空、フィクションであることをここにお断りいたします。

モデルとして使わせて頂くことを承諾してくださった皆さま、忌憚《きたん》のない意見を聞かせてくれた友人たち、さまざまな形で協力してくれた方々。本当にありがとうございます。

また、唐突な申し出にもかかわらず、快く取材に応じてくださった「遊劇体《ゆうげきたい》」大熊《おおくま》ねこさま、「劇団ショウダウン」林遊眠《りんゆうみん》さま。あとがきで必ずお礼を記させて頂きますと約束してから、こうして形になるまで、実に一年半以上もの時間が掛かってしまいました。遅くなってしまい、本当に申し訳ありません。貴重なインスピレーションを与えて下さったことを、深く感謝しております。

表紙を担当して下さったろくしょうさま。優しく繊細なイラストで表紙を飾って頂けることをとてもうれしく感じております。

いつもお世話になっております担当編集者さま、編集部および出版関係者の皆さま。何かといたらない作家ですが、今後ともどうぞご指導よろしくお願いいたします。

この一年だけでも数えきれぬほどの出会いがあり、そのどれもが私にとっては貴重な経験でした。皆さまに出会えたことが本当に幸せです。

最後になりましたが、いまこの本を手にとってくださっている読者さま。この物語を少しでも楽しいと感じて頂けたのなら、作者として望外の喜びです。
またいつか、どこかでお目にかかれますよう。

二〇一五年卯月《うづき》　朝戸麻央

お便りはこちらまで

〒一〇二―八一七七
富士見L文庫編集部　気付
朝戸麻央（様）宛
ろくしょう（様）宛

富士見L文庫

妖怪《ようかい》センセの京怪図巻《きょうかいずかん》
祇園祭《ぎおんまつり》にあわいは騒《さわ》ぎ

朝戸麻央《あさどまお》

平成27年7月20日　初版発行

発行者　郡司　聡
発　行　株式会社KADOKAWA　http://www.kadokawa.co.jp/
〒102-8177　東京都千代田区富士見2-13-3
電話　03-3238-8521（カスタマーサポート）
03-3238-8641（編　集　部）

印刷所　暁印刷
製本所　ＢＢＣ
装丁者　西村弘美

定価はカバーに表示してあります。



ISBN 978-4-04-070653-5 C0193 

富士見L文庫

# 香魅堂奇譚

羽根川牧人
イラスト／遊兎ルコ

京都に居を構えるお香専門店《香魅堂《こうみどう》》。「霊なんて存在しない」と言い放つ慇懃無礼な十代目店主・辰巳のもとに持ち込まれるのは、やっかいなオカルト事件ばかりで……。霊感ゼロの辰巳は、どう解決するのか!?

株式会社KADOKAWA　富士見書房　富士見Ｌ文庫

第4回
富士見ラノベ文芸大賞
原稿募集中!
賞金
大賞 100万円
金賞 30万円
銀賞 10万円
応募資格
プロ・アマを問いません
締め切り
2016年4月30日
※紙での応募は出来ません。WEBからの応募になります。
最終選考委員
富士見L文庫編集部
投稿・速報はココから!
富士見ラノベ文芸大賞WEBサイト
http://www.fantasiataisho.com/
新しいエンタテインメント小説が
切り開く未来へ——
イラスト/清原紘